KB235871

Sons and Lovers

푸 른 숲
징 검 다 리
클 래 식
0 1 2

아들과 연인

Sons and Lovers

데이비드 허버트 로렌스 지음
공경희 옮김

푸른숲주니어

'푸른숲 징검다리 클래식'을 펴내며

어린 시절, 할머니께서 조근조근 들려주시던 옛날이야기는 새로운 세상과 통하는 작은 창이었다. 상상의 날개를 달고 떠나는 창 너머 세상으로의 여행은 들어도 들어도 질리지 않는 재미와 마음속 깊은 곳을 울리는 감동을 선사해 주곤 했다. 그뿐 아니라 우리의 삶을 어떻게 꾸려 가야 하는지 곰곰이 생각해 보게 하는 지혜를 가르쳐 주었다. 말하자면 우리는 그 이야기들을 통해 '삶'을 배운 셈이다.

우리가 문학 작품을 읽어야 하는 까닭 또한 '삶을 배운다'는 점에서 크게 다르지 않다. 우리는 한 편 한 편의 문학 작품을 만나 사랑을 배우고, 우정을 배우고, 진실을 배우고, 지혜를 배운다.

그런 점에서 '푸른숲 징검다리 클래식'은 참 의미가 깊다. 오랜 세월을 거치며 각 나라의 문학사에 확고히 자리매김한 작품들을 한데 모았기 때문이다. 문학을 사랑하는 사람들이 즐겨 읽어 세계적인 명저로 일컬어지는 작품들……. 이를테면 우리 부모 세대, 아니 그 이전 세대부터 즐겨 읽었던 작품들로 많은 이들에게 삶의 의미와 가치를 일러주고, 또 '인생'이란 망망대해에서 등대 역할을 담당했던 것들이다.

세월이 흘러 사람들이 사는 모습도 달라지고 생각도 달라졌다. 그러나 시대와 장소를 뛰어넘어 변하지 않는 것이 있다. 바로 '삶'이다. 사람이 있는 곳이라면 어디든지 존재하는 삶은 항상 저마다의 무게를 떠안고 있다. 그 무게는 진실이라는 옷을 입고 문학 작품 속에 영원한 생명을 불어넣는다. 우리는 그것을 '고전'이라 부른다.

그러나 제아무리 훌륭한 고전이라 해도 독자가 읽고 소화할 수 없다면 아무런 소용이 없다. 지나치게 방대한 분량과 길고 어려운 문장은 책을 읽으려는 청소년들의 의지를 꺾을 뿐 아니라 좌절감마저 불러일으킨다.

'푸른숲 징검다리 클래식'은 바로 그러한 점을 염두에 두고 기획된 세계 명작 시리즈이다. 작품이 본디 지닌 맛과 재미를 고스란히 살리면서 우리 청소년들이 읽고 소화하기 쉽게 글을 다듬었다.

그리고 본문 뒤에는 현직 국어 교사들이 직접 쓴 해설을 붙였다. 작가나 작품에 대한 풍부한 설명은 물론, 그 작품들이 지니고 있는 현재적 의미까지 상세하게 짚어 보이고 있다. 아울러 해설 곳곳에 관련 정보를 담은 팁과 시각 자료를 배치해, 읽는 재미를 넘어 보는 재미까지 만끽할 수 있도록 했다.

아무쪼록 '푸른숲 징검다리 클래식'을 통해 우리 청소년들의 삶이 더욱더 깊고 풍성해지기를…….

2006년 4월
기획위원 강혜원·계득성·전종옥

| 차례 |

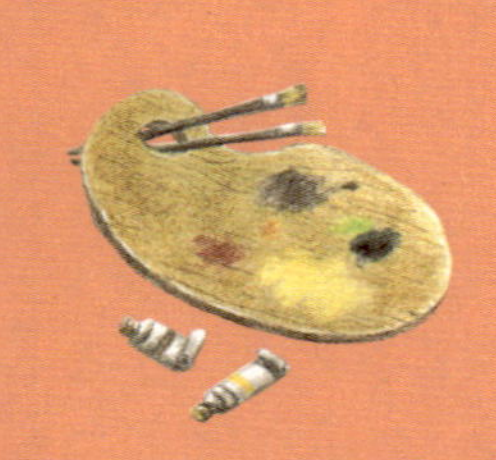

제 1 장
모렐 부부의 신혼 시절

그린힐 레인의 계곡을 따라 짚으로 지붕을 인 초가들이 즐비하게 늘어서 있었다. '헬로'라고 불리던 그 구역에는 들판 너머의 작은 탄광에서 일하는 광부들이 모여 살았다.

탄광은 아주 오래전부터 그 지역의 곳곳에 널려 있었다. 그런데 수십 년 전, 외지에서 온 자본가들이 그 지역에다 대규모 광산을 만들면서, 이미 있던 작은 탄광들을 마구 밀어내기 시작했다.

'카스턴웨이트'라는 이름의 회사가 제일 먼저 등장했다. 그 회사는 셔우드 숲 가장자리의 스피니 파크에 첫 번째 광산을 개장했다. 그리고 곧 계곡을 따라 여섯 개의 광산을 연이어 세웠다. 그들은 광부들에게 숙소를 제공하기 위해서 베스트우드의 언덕

배기, 즉 헬로가 있던 자리에 네모반듯하게 생긴 '보텀스'를 지었다.

모렐 부인이 이사할 때는, 보텀스를 지은 지 이미 십여 년이 흐른 뒤였다. 사실 그녀는 그곳이 마음에 들지 않았다. 좁은 골목은 언제나 극성맞은 아이들로 넘쳐났으며, 화장실 쪽으로 나 있는 부엌은 불쾌한 냄새에 절어 있었기 때문이다.

그러나 막상 이사를 하고 나자, 생각했던 것만큼 나쁘지는 않았다. 집이 언덕배기의 맨 위쪽에 자리하고 있어서, 다른 집보다 넓은 뜰을 가질 수 있었다.

그녀의 나이 이제 서른한 살. 결혼한 지 팔 년이 되었으며, 두 달 뒤엔 셋째 아이를 낳을 예정이었다. 그녀의 남편 월터 모렐은 이 마을에 사는 대부분의 가장들과 마찬가지로, 광산에서 석탄 캐는 일을 하고 있었다.

그들이 새 집으로 이사한 지 삼 주일쯤 지났을 때, 마을에선 축제가 시작되었다. 축제가 열리던 날, 일곱 살 난 장남 윌리엄은 아침을 먹자마자 냉큼 밖으로 달려 나갔다. 이제 막 다섯 살이 된 딸 애니도 구경을 가겠다고 아침 내내 성화를 부렸다.

정오가 조금 넘었을 무렵, 아침 일찍 집을 나섰던 윌리엄이 다시 나타났다.

"엄마, 점심 주세요. 축제가 1시 반에 시작된대요."

"조금만 기다려. 곧 차려 주마."

모렐 부인이 느긋하게 대답하자, 윌리엄은 푸른 눈으로 어머니를 뚫어져라 쏘아보며 이렇게 소리쳤다.

"많이 기다려야 해요? 그렇담 안 먹고 그냥 갈래요."

"5분이면 돼. 게다가 이제 겨우 12시 반이잖니? 아직 한 시간이나 더 남았어."

윌리엄은 급한 마음에 식탁 차리는 일을 손수 거들었다.

모자가 마주앉아 푸딩에 잼을 발라 먹고 있을 때, 멀리서 회전목마 돌아가는 소리가 들려왔다. 윌리엄은 식사를 하다 말고 모자를 집어 든 채 단숨에 달려 나갔다.

모렐 부인은 그날 오후 늦게야 애니를 데리고 언덕길을 터벅터벅 걸어 내려갔다. 윌리엄이 어느 노점 앞에 넋을 놓고 서 있는 것이 보였다. 윌리엄은 흑인 한 명을 죽이고 백인 두 명을 불구로 만들어 버렸다는 전설의 사자 그림을 뚫어지게 바라보고 있는 중이었다.

잠시 뒤, 모렐 부인을 발견하고는 흥분된 목소리로 말했다.

"정말 볼 게 많아요, 엄마. 글쎄 저 사자가 사람을 셋이나 물리쳤대요."

윌리엄은 어머니를 이리저리 끌고 다니면서 많은 것들을 보여 주었다. 요지경 앞에 이르자, 모렐 부인은 요지경 속의 그림들을 하나하나 재미있는 이야기로 꾸며서 설명해 주었다. 두 아이는 주문에라도 걸린 듯이 그 이야기 속에 흠뻑 빠져 들었다.

해질 녘이 되자, 모렐 부인은 밀려드는 고단함 때문에 발걸음조차 옮기기가 힘들었다. 그래서 윌리엄을 그곳에 내버려 둔 채 애니와 함께 먼저 집으로 돌아왔다. 윌리엄은 6시 반이 넘어서야 집으로 왔다.

"아빠는 오셨어요?"

"아니. 오늘도 술집에서 아르바이트를 하는 모양이다. 그래 가지고 용돈이라도 버는지 모르겠다만……."

햇빛이 사라지고 땅거미가 내리자, 모렐 부인은 아이들을 일찍 재운 다음 뜰로 나갔다. 그녀는 꽤 오랜만에 평온함을 느꼈다. 그래서 오랫동안 느린 걸음으로 뜰을 거닐었다. 그런데 문득 뱃속의 아이가 떠올랐다. 그러자 등줄기가 서늘해지면서 우울한 기분이 들었다.

사실 모렐 부인은 셋째 아이를 원하지 않았다. 아니, 낳을 여유가 없다는 게 더 정확한 표현이었다. 뱃속의 아이는 지금 그녀에게 너무나 버거운 짐이었다. 윌리엄과 애니만 아니라면, 그녀는 진즉 자신을 둘러싸고 있는 이 지긋지긋한 가난을 떨쳐내 버렸을 것이다.

그녀는 몸이 무거워서 걷는 것이 썩 편치가 않았다. 하지만 집 안에 가만히 앉아 있는 것도 갑갑할 것 같아서 애써 더 거닐어 보았다. 조금 전까지 작열하던 햇빛은 어느덧 들판 너머로 사라져 버리고, 땅에서는 서서히 어스름이 피어오르고 있었다.

모렐 부인은 아무리 애써 봐야 자신의 처지가 크게 달라지지 않으리라는 것을 너무나도 잘 알고 있었다. 그녀는 온몸에 기운이 쭉 빠지는 것을 느끼며 힘없이 집 안으로 걸어 들어갔다. 개수대 위에 쌓여 있는 그릇들을 닦고 난로에 불을 붙인 다음, 빨랫감을 찾아서 물에 담갔다. 그러고는 의자에 엉덩이를 붙이고 앉아 바느질을 하기 시작했다.

모렐은 11시가 넘어서야 돌아왔다. 그의 뺨은 붉게 물들어 있었다.

"이런, 날 기다리고 있었소? 여보, 오늘 저녁 내내 안토니오를 도와주었는데, 겨우 반 크라운밖에 주질 않지 뭐야."

모렐은 기분이 무척 좋아 보였다.

"당신이 나머지 일당을 맥주로 다 마셔 버렸다는 걸 그가 알고 있었던 모양이죠."

"무슨 소리! 오늘은 조금밖에 마시지 않았다고. 여기, 당신과 아이들을 위해 생강 과자와 코코넛을 가져왔소. 참, 당신은 무슨 일에든 고맙다는 인사를 할 줄 모르는 사람이지."

모렐은 생강 과자와 털투성이의 코코넛을 탁자 위에 거칠게 내려놓았다.

"아주 싱싱한 거야. 빌한테서 얻었거든. 그 녀석, 보면 볼수록 괜찮은 놈인 것 같아."

"당신네들이야 술에 취하면 뭔들 못 나눠 주겠어요?"

잔뜩 흥이 난 모렐은 아내와 계속 이야기를 나누고 싶어 했지만, 모렐 부인은 그렇지가 않았다. 몸이 피곤하기도 한 데다 남편의 무의미한 수다에 몸서리가 났다. 그래서 일부러 빨리 잠자리에 들어 버렸다.

모렐 부인은 유서가 깊은 상인 집안 출신이었다. 그녀의 할아버지는 레이스 사업을 크게 벌이다 파산했다. 아버지 조지 커퍼드는 기술자였는데, 자존심이 강하고 남들에게 굽히기 싫어하는 성격이었다. 모렐 부인은 아버지의 그런 성격을 거의 그대로 이어받았다.

모렐 부인이 어렸을 때, 아버지는 쉬어니스의 조선소에서 기술자들을 관리, 감독하는 일을 했다. 그녀는 쉬어니스의 방파제를 뛰어다니며 바닷가에 떠 있는 배들을 바라보던 때를 지금도 생생히 기억하고 있었다. 그녀가 어쩌다 조선소에 모습을 드러내면 기술자들이 너나없이 반기며 놀아 주었다.

그녀가 더 자라서 사립학교의 조교 노릇을 하던 시절도 퍽 행복했다. 그때 존 필드에게서 받은 성서를 그녀는 아직도 간직하고 있었다. 존 필드는 부유한 상인의 아들로, 그 당시 런던에서 대학을 다니고 있었다.

열아홉 살 때였던가. 교회에서 예배를 마치고 집으로 돌아오는 길에 그와 종종 부딪쳐서 얘기를 나눌 기회가 많았다. 모렐 부인은 섬세하면서도 자상한 그가 마음에 들었다. 존 역시 자신의 이야기를 누구보다 진지하게 들어주는 그녀에게 호감을 가졌다. 하지만 다음 해, 그녀의 건강이 급작스레 나빠지는 바람에 쉬어니스를 떠나지 않으면 안 되었다.

그 무렵, 존 필드는 아버지가 사업에 실패하는 바람에 더 이상 공부에 열중할 수 없게 되었다. 결국 그는 교사의 길을 걷기 위해 노우드로 떠났다.

그로부터 이 년여의 세월이 흘렀다. 하지만 모렐 부인은 존 필드를 잊을 수가 없었다. 그래서 여기저기 수소문을 했는데, 들려온 소문은 그야말로 참담했다. 그가 하숙집의 여주인과 결혼을 했다는 것이다. 그 여자는 당시 마흔 살로, 돈이 많은 미망인이라고 했다. 모렐 부인은 그 소식에 큰 충격을 받았지만 더 이상 어찌할 수가 없었다.

그리고 스물세 살이 되었다. 그녀는 어느 크리스마스 파티에서 한 청년을 만났다. 그는 광부였는데, 군살 없는 단단한 몸을 지닌 데다 춤을 아주 잘 추었다. 게다가 항상 활기차 보였으며, 호탕한 성격 때문인지 누구하고나 쉽게 어울렸다.

평소에 노는 것을 별로 좋아하지 않는 그녀였지만, 그의 모습만큼은 무척이나 경이롭게 와 닿았다. 마치 그의 몸을 둘러싸고 황금빛 생명의 불꽃이 활활 타오르는 것만 같았다. 그 청년의 이름은 월터 모렐이었다.

사실 모렐도 그녀에게 한눈에 반하기는 마찬가지였다. 파랗게 빛나는 눈동자와 갈색의 부드러운 고수머리, 그리고 도도하면서도 맑디맑은 미소가 그의 마음을 온통 사로잡아 버렸다. 게다가 말투는 또 얼마나 우아한지! 그녀에게서는 제대로 교육받은 사람만이 가질 수 있는 고상함과 조신함이 은은하게 풍겨 나왔다.

두 사람은 이듬해 크리스마스에 결혼식을 올렸다. 결혼을 하고서 몇 달 동안 모렐 부인은 한없이 행복했다. 그때까지만 해도 모렐은 아내에게 한 맹세를 지키기 위해 술을 입에 대지 않았다. 그녀는 좁고 어두운 탄광에서 매일같이 목숨을 내놓고 일하는 남편이 존경스럽기만 했다. 남편만 곁에 있어 준다면 언제까지라도 지금처럼 행복하게 살아갈 수 있을 것만 같았다.

모렐 부인은 남편과 모든 것을 공유하기 위해 아무리 사소한 문제라도 대화로 해결하려고 애썼다. 하지만 매번 그 노력은 허사로 돌아갔다. 모렐 역시 나름대로 노력했지만, 아내의 생각과 말을 제대로 이해하는 데 한계가 있었다.

그런 일이 반복되자, 모렐 부인은 조금씩 마음을 닫아 가기 시작했다. 자신이 가지고 있는 고상한 생각이나 우아한 취미를 남편과 함께 나눌 수 없다는 사실을 깨달았기 때문이다.

결혼하고 나서 칠 개월쯤 지났을 때였다. 모렐 부인은 남편의 양복을 손질하다가 안주머니에서 종이쪽 하나를 발견했다. 결혼할 때 사들인 가구의 대금 청구서였다. 모렐은 아직 가구 값을 치르지 않은 것이었다.

그날 저녁, 식사를 마친 뒤 그녀가 남편에게 물었다.

"당신 양복 주머니에서 이게 나왔어요. 아직 가구 값을 치르지 않은 건가요?"

"미처 하지 못했소. 시간이 없어서……."

"하지만 당신은 이전에 모두 지불했다고 그랬잖아요. 아무래도 내가 토요일에 노팅엄에 가서 해결을 해야겠군요. 당신 통장을 가져가도 되겠지요?"

"물론 가져가도 되지. 당신에게 조금이라도 도움이 될 수 있다면 말이야. 전에는 돈이 꽤 들어 있었는데……."

모렐 부인의 기대와 달리, 통장의 잔고는 텅 비어 있었다. 그녀는 남편의 뻔뻔함에 할 말을 잃고 말았다.

다음 날 아침 일찍 그녀는 노팅엄에 사는 시어머니를 찾아가 물었다.

"저희가 결혼할 때, 어머니께서 가구를 사 주신 거죠? 월터에게 가구 값으로 얼마나 주셨어요?"

"80파운드."

"80파운드라고요? 그런데 그 돈이 다 어디로 간 거죠?"

모렐 부인은 깜짝 놀라서 자기도 모르게 목소리를 높였다.

"나한테 10파운드의 빚이 있고, 또 결혼식 때 6파운드가량의 빚을 졌고……."

"6파운드라고요?"

모렐 부인은 어이가 없어서 다시금 소리를 질렀다. 시어머니는 결혼식 때 자신들이 먹고 마시느라 쓴 돈마저 아들에게 물리려 하고 있었다. 모렐 부인은 치밀어 오르는 감정을 가까스로 억누르고 다시 물었다.

"그럼 그 사람이 집을 살 때는 얼마나 보태 주셨지요?"

"집이라니, 무슨 집?"

순간 모렐 부인은 입술 끝까지 하얗게 질려 버렸다. 모렐은 지금 살고 있는 집과 그 옆집이 자신의 소유라고 말했었다.

"저희가 살고 있는 집이……."

"그 두 채는 다 내 집이야. 대출 이자를 갚기에도 벅차 죽을 지경이란다."

"그럼 저희가 어머니께 집세를 내야 하는 거로군요."

"지금까지 월터가 집세를 내 왔다. 일주일에 6실링 6펜스씩. 넌 아주 운이 좋은 줄 알거라. 돈 걱정은 혼자 다 떠안은 채 널 자유롭게 해 주는 자상한 남편을 만났으니."

그것은 집의 상태나 규모에 비해 상당히 비싼 금액이었다. 모렐 부인은 기가 막혀 할 말을 잃은 채 시어머니의 얼굴만 멀거니 바라보았다.

그녀는 남편에게 그와 관련된 말은 한 마디도 꺼내지 않았다. 하지만 남편에 대한 신뢰는 무참히 깨져 버리고 말았다. 아무리 애를 써도, 그를 예전과 같은 마음으로 바라볼 수는 없을 것 같았다.

시간이 흐르면서, 모렐 부인은 이웃 사람들을 조금씩 알게 되었다. 그 무렵, 베스트우드에 춤 강습소가 생긴다는 소문이 돌았다. 어느 날, 그녀와 가까이 지내고 있던 이웃집의 커크 부인이 이렇게 물었다.

"부인은 춤추는 걸 좋아하지 않지요? 그런데 모렐 같은 사람과 결혼하다니, 참 재미있는 일이에요. 당신 남편이 춤판에서 아주 유명하다는 것 정도는 알고 있겠죠?"

"그이가 유명 인사인 줄은 몰랐는데요."

모렐 부인이 애써 웃으며 대답했다.

"몰랐어요? 당신 남편이 마이너스 암스 클럽에서 오 년 넘게 춤 강습을 해 왔잖아요. 모렐 씨한테 춤을 배우러 온 사람들 때문에 발 디딜 틈도 없었는걸요."

"그랬어요? 전혀 몰랐어요. 그런데 요즘 탄광에 일이 많은가 보죠? 매일같이 늦네요."

"일이 많아서가 아니고, 오는 길에 술집에 들러서 한 잔씩들 하기 때문이지요."

“하지만 제 남편은 술을 입에도 대지 않는데요.”

커크 부인은 당최 무슨 말을 하는지 모르겠다는 듯 모렐 부인의 얼굴을 빤히 쳐다보더니, 아무 말 없이 하던 일을 계속했다.

언제인가부터 모렐 부인은 남편의 사랑에 연연해 하지 않게 되었다. 그녀에게 있어 그는 이방인이었고, 그렇게 생각하는 것이 삶을 견디는 데에 도움이 되었다. 그녀는 그가 자신과 정반대의 인간이라는 사실을 확인할 때마다 몹시 괴로웠다.

사실 모렐은 그동안 아내 몰래 술을 계속 마셔 오고 있었다. 술을 마시는 횟수는 점점 늘어났고, 나중에는 아예 대놓고 마시기에 이르렀다. 그 때문에 부지런히 일을 해도 벌이는 늘 시원찮았다. 돈을 모으는 건 꿈도 꿀 수 없었으며, 그가 가져다주는 돈으로 생계를 유지하기도 빠듯할 지경이었다.

어느 일요일 저녁이었다. 모렐 부인은 아이들을 재운 뒤 부엌에서 약초와 홉 열매를 끓이고 있었다. 그런데 멀리서 남편의 발소리가 들려왔다.

모렐은 얼마 전까지 기분이 무척 좋았지만 집이 가까워 오자 슬슬 짜증이 나기 시작했다. 대문이 마음처럼 쉽게 열리지 않자, 발길로 걷어차서 빗장을 아예 부수어 버렸다. 마침 그때 약초 우린 물을 그릇에 옮겨 담고 있던 모렐 부인은, 그 소리에 놀라 하마터면 그 뜨거운 물을 발에 엎지를 뻔했다. 그녀는 화가 나서 소리쳤다.

"맙소사, 이렇게 고주망태가 되어 돌아오다니!"

"어떻게 돌아왔다고? 하긴 당신같이 건방진 여편네의 눈에는 그렇게 비칠 수도 있겠지."

"밤 11시가 넘도록 취하지 않았다면, 하루 종일 당신이 무슨 짓을 하고 다녔을지 알 만하네요. 살림에 쓸 돈은 없다면서 술 마실 돈은 흘러넘치나 보죠?"

"난 온종일 2실링도 쓰지 않았어. 그리고 그게 당신하고 무슨 상관이야?"

모렐은 소리를 버럭 질렀다.

"나하고 무슨 상관이냐고요? 세상에, 기가 막혀! 나한테는 고작 25실링을 던져 주고는 온갖 걸 다 하라면서, 당신은 온종일 술이나 퍼마시고 돌아다니다가 자정이 다 돼서야 비틀거리며 돌아와 놓고선……."

"입 다물어, 이 여편네야!"

부부 싸움은 차츰 격렬해지기 시작했다. 둘은 마치 상대를 향한 증오심밖에는 남지 않은 사람들 같았다.

"넌 거짓말쟁이야! 거짓말쟁이! 거짓말쟁이 같으니라고!"

모렐은 손으로 식탁을 내려치며 소리쳤다. 모렐 부인도 남편에게 품고 있던 미운 감정을 한꺼번에 쏟아 내었다.

"당신은 이 집에서 한낱 먼지 같은 존재에 지나지 않아요!"

"그래? 그렇다면 여기서 나가 버려! 내 집이니까. 돈을 벌어 오는 사람은 당신이 아니라 나라고. 그러니까 어서 꺼져!"

모렐 부인은 자신의 무기력함에 눈물을 흘리며 울부짖었다.

"아이들만 아니었다면 오래전에 내 발로 나갔을 거예요. 내가 당신 때문에 사는 줄 알아?"

모렐은 아내의 팔을 붙잡은 뒤 마구 흔들었다. 그녀는 비명을 지르면서, 그의 손아귀에서 벗어나려고 버둥거렸다. 그는 그녀를 문 앞으로 끌고 가 밖으로 내쫓은 다음, 문을 닫아 걸어 버렸다. 그리고 다시 거실로 돌아와 의자에 주저앉더니 그대로 잠이 들어 버렸다.

모렐 부인은 밤하늘을 바라보며 한참 동안 멍하니 서 있었다. 몸에 한기가 느껴지자 뱃속에 있는 아이가 생각났다. 주위에서는 아무 소리도 들리지 않았다. 저 멀리 계곡을 가로질러 달리는 기차 소리만이 아득하게 들려올 뿐이었다.

그녀는 현관문 앞으로 가서 손잡이를 돌려 보았다. 아직도 잠겨 있었다. 두 팔을 뻗은 채 식탁에 엎드려 자는 남편의 모습이 창문 너머로 보였다. 모렐 부인은 창문을 세차게 두드렸다. 하지만 그는 깨어날 기미를 보이지 않았다.

모렐 부인은 뱃속의 아기가 행여나 잘못될까 싶어서, 뜰 앞을 왔다 갔다 하면서 온기를 자아내려 애썼다. 그러다가 가끔씩 문 쪽으로 다가가 창문을 세차게 두드려 보곤 했다. 한참 만에야 남편이 그 소리를 듣고 정신을 차렸다.

"문 열어요, 월터."

그제야 모렐은 자신이 무슨 짓을 했는지 깨닫고 서둘러 문을 열어 주었다. 모렐 부인이 집 안으로 들어서자, 남편은 멋쩍은 듯한 표정을 지으며 계단을 올라가 버렸다.

제 2 장

폴, 태어나다

커크 부인은 푸딩 재료를 섞고 있다가 벽난로에서 쿵쿵 하는 소리를 들었다. 그것은 모렐 부인이 보내는 비상 신호였다. 보텀스에 사는 여자들은 이웃의 도움이 필요하면 부지깽이로 벽난로 안을 두드리곤 했다. 벽난로들이 서로 붙어 있기 때문에 그 소리가 고스란히 옆집에까지 전달되었다.

커크 부인은 허겁지겁 밖으로 달려 나와 모렐 부인의 집으로 뛰어 들어갔다.

"모렐 부인, 무슨 일이 있나요?"

"네. 바우어 부인을 불러 주시겠어요? 아기, 아기가……."

커크 부인은 서둘러 산파인 바우어 부인을 부르러 갔다.

그 시간, 모렐은 탄광에서 일을 하고 있었다. 그런데 이상하게
도 그날따라 일이 손에 잡히지 않아서 공연히 시계만 자주 내려
다보았다.

그는 다음 날 해야 할 일의 준비 단계로, 바위 조각을 잘라내
고 있었다. 작업반장이 이쯤에서 그만 끝내자고 했지만, 그는 들
은 척도 하지 않은 채 곡괭이질을 계속했다.

"모렐, 그만하게. 자네가 그렇게 고생하지 않아도 내일 일엔
차질이 없을 거야."

작업반장이 그렇게 말하고 가 버리자, 모렐은 혼자 남아 있다
는 사실에 되레 화가 치밀었다. 그래서 연장을 내던지고 밖으로
나갔다.

사람들은 삼삼오오 짝을 지어 술집으로 향하고 있었다. 하지
만 모렐은 진흙길을 걸어 집으로 갔다. 모렐이 집에 도착했을
때, 아내는 이미 아기를 낳은 뒤였다. 아내 대신 바우어 부인이
부엌에서 그를 맞았다.

"사내아이예요. 근데 부인의 몸 상태가 썩 좋지 않군요."

모렐은 외투를 벗어서 옷걸이에 걸어 놓은 뒤, 의자에 힘없이
주저앉았다.

"술 있어요?"

그가 묻자, 바우어 부인이 술을 한 병 가져다주었다. 그러고는
아무 말 없이 저녁밥을 차려 준 뒤 이층으로 올라갔다. 모렐은

이십 분가량 의자에 그렇게 망연히 앉아 있었다.

지금 그에게는 아내가 아프다든지, 아들이 또 생겼다든지 하는 것이 그리 의미 있게 와 닿지 않았다. 너무나 지쳐 있었기 때문에 잘 차려진 저녁을 먹고 싶다는 생각만 머릿속에 가득했다. 하지만 그런 그의 속내를 바우어 부인이 알 리 없었다. 모렐은 초라한 식탁을 보자 기분이 나빠지기 시작했다.

잠시 뒤 그는 땀에 전 얼굴로 마지못해 이층으로 올라갔다. 그러고는 침대 끝에 멀거니 서 있다가 한참 뒤에야 입을 열었다.

"그래, 몸은 어때?"

"괜찮아질 거예요."

모렐 부인이 대답했다.

"아들이라면서?"

그녀는 담요를 펼쳐서 아기를 보여 주었다. 모렐은 짐짓 기쁜 척해 보였지만, 그녀는 남편이 아이에게 별 관심이 없다는 사실을 알아차렸다. 모렐 부인은 이럴 때 남편이 고생했다며 입을 맞춰 주었으면 좋겠다고 생각했다. 하지만 차마 그런 내색을 하지는 못했다.

모렐 부인은 아기를 물끄러미 바라보았다. 원하지 않았던 아기였지만, 품에 안고 있으니 가슴에 찡한 전율이 일었다. 뜨거운 모성의 파도가 그녀로부터 아기에게로 흘러갔다. 모렐 부인은 아기를 꼭 끌어안았다.

마을 교회의 목사인 히턴 씨는 매일같이 모렐 부인의 집을 방문해 주었다. 그는 젊지만 매우 가난했으며, 아내가 아이를 낳다가 죽은 뒤로는 목사관에서 혼자 살고 있었다. 모렐 부인은 그를 좋아했고, 그만큼 그에게 의지를 많이 했다. 그녀는 몸이 괜찮을 때면 히턴 씨와 몇 시간 동안이나 마주앉아 이야기를 나눴다. 그는 기꺼이 아기의 대부가 되어 주기까지 했다.

모렐 부인은 목사와 차를 마실 때면 새하얀 식탁보를 간 다음 연녹색 테두리가 있는 가장 좋은 컵을 꺼내 놓았다. 그리고 속으로 모렐이 일찍 돌아오지 않기를 바랐다.

그날도 그랬다. 모렐 부인은 하얀색 식탁보를 서둘러 깔았다. 윌리엄과 애니는 버터 바른 빵을 손에 들고 거리로 나가 놀았다. 그녀는 목사와 마주앉아 차를 마시면서 행복감에 젖어 들었다. 때때로 목사는 모렐 부인에게 버터 바른 빵을 건네주고는 그녀가 먹을 때까지 기다리곤 했다.

시간이 얼마나 흘렀을까. 문밖에서 장화 끄는 소리가 났다. 모렐 부인은 자기도 모르게 "맙소사!" 하고 소리를 질렀다. 목사도 뜻하지 않은 상황에 놀란 나머지 겁에 질린 표정을 지었다.

이윽고 모렐이 안으로 들어섰다. 기분이 상당히 좋지 않아 보였다. 모렐이 목사에게 고개를 숙여 인사하자, 목사는 그와 악수를 하려고 자리에서 일어섰다. 모렐은 자신의 손바닥을 펼쳐 보이면서 말했다.

"아무리 목사라도 이런 손과 악수하고 싶진 않을 거요."

당황한 목사는 얼굴을 붉히며 다시 자리에 앉았다. 모렐은 웃옷을 벗고 안락의자를 식탁 앞으로 거칠게 끌어당긴 뒤 털썩 주저앉았다.

"피곤하세요?"

"피곤하냐고? 그걸 말이라고 하쇼? 자, 여기를 만져 봐요. 아직도 땀에 축축이 젖어 있소."

목사의 물음에 모렐은 내의를 보여 주면서 툴툴거렸다. 그때 모렐 부인이 소리쳤다.

"맙소사! 히턴 씨는 당신의 지저분한 옷을 만지고 싶어 하지 않아요."

"그렇겠지. 그런데 당신은 탄광에서 숨통이 막히도록 일하고 온 남편에게 마실 것도 주지 않는구려."

모렐 부인이 물을 따라 주자, 그는 이렇게 중얼거리며 물을 들이켰다.

"이 시커먼 목구멍을 청소하려면 물 갖고는 어림도 없지."

그러고는 한숨을 내쉬면서 석탄 먼지로 검게 얼룩진 팔을 새하얀 식탁보 위에 올려놓았다. 그것을 보고 모렐 부인은 깜짝 놀라 자기도 모르게 소리쳤다.

"무슨 짓이에요? 이 깨끗한 식탁보에다……."

"그럼 나더러 개처럼 바닥에 엎드려서 밥을 먹으란 말이오?

사람이 하루 종일 단단한 바위에 곡괭이질을 하다 보면, 팔이 너무 저려서 가누지도 못할 지경이 되지요. 그렇지 않나요, 히턴 씨?”

“이해할 수 있습니다.”

목사가 대답했다. 모렐 부인은 자기 역시 노예처럼 혹사당하고 있다는 말을 하고 싶었지만 구차스런 생각이 들어서 그만두었다. 잠시 뒤, 모렐은 음식을 칼로 집어서 게걸스럽게 먹어 치웠다.

목사가 돌아가고 난 뒤, 모렐 부인은 식탁보를 내려다보며 말했다.

“당신이 엉망으로 만들어 버렸군요!”

“당신이 목사하고 차를 마시고 있어서 내가 일부러 그랬다고 생각하는 거요?”

그는 고함을 버럭 질렀다. 그녀는 남편의 허세를 더 이상 참을 수 없었다. 그래서 아이들을 데리고 밖으로 나갔다. 어느덧 해가 지고 있었다. 온종일 하늘에서 빛을 내뿜던 태양이 가라앉으면서, 그 위로 부드러운 푸른색이 뒤덮였다.

모렐 부인은 잠시나마 마음이 평온해지는 것을 느꼈다. 그때 품에 안긴 아기가 손으로 스러져 가는 빛을 잡으려고 버둥거렸다. 모렐 부인은 아기를 물끄러미 내려다보았다. 그녀는 남편에 대한 감정 때문에 이 아기가 마치 재앙 같다고 생각해 왔다.

아기를 바라보고 있노라니 답답함으로 채워져 있던 가슴이 강렬한 슬픔으로 바뀌었다. 그녀는 아기 위로 몸을 굽혔다. 눈물 몇 방울이 그녀의 가슴속 깊은 곳에서 빠르게 흘러나왔다. 그녀는 부드럽게 속삭였다.

"내 어린 양!"

아기가 어머니를 올려다보았다. 그 깊고 푸른 눈은 마치 그녀 안의 생각을 밖으로 끄집어내려는 것만 같았다.

그녀는 이제 남편을 더 이상 사랑하지 않았다. 그래서 이 아이가 태어나지 않기를 바랐지만, 아기는 그녀의 팔에 안겨서 그녀의 심장을 끊임없이 끌어당기고 있었다. 그녀는 자신과 아기를 이어 주었던 탯줄이 아직도 끊어지지 않은 것같이 느껴졌다.

모렐 부인은 건너편 언덕의 능선을 물들이고 있는 태양의 마지막 붉은 빛을 향해 아기를 번쩍 쳐들었다.

"저것 봐, 아가야! 저것 좀 봐!"

모렐 부인은 아기가 그 붉은 빛을 향해 작은 주먹을 들어 올리는 것을 보았다. 그 순간, 자기도 모르게 이렇게 중얼거렸다.

"이 아이를 '폴'이라고 불러야겠어."

모렐 부인이 다시 집으로 돌아왔을 때, 남편은 외출하고 없었다. 그는 11시가 넘어서야 집으로 돌아왔다. 복수라도 하려는 듯, 술에 잔뜩 취한 채로……. 그는 외투와 모자를 못에다 걸더니, 마치 하인에게나 하듯이 무례하게 물었다.

"먹을 것 좀 없나?"

"집에 뭐가 있는지 당신이 더 잘 알잖아요."

모렐 부인이 차갑게 대꾸했다. 그는 아내를 한참 동안 쏘아 보다가, 식탁에 비스듬히 몸을 기댄 채 빵칼을 꺼내려고 서랍의 손잡이를 잡아당겼다. 서랍이 쉽사리 빠지지 않자 더 힘껏 잡아당겨 보았다. 순간 서랍이 휙 빠지면서 숟가락과 포크, 칼 들이 요란한 소리를 내며 바닥으로 쏟아져 버렸다. 그 바람에 좀 전에 가까스로 잠들었던 아기가 깨어나 그악스럽게 울었다.

모렐 부인은 화가 나서 소리쳤다.

"지금 뭐하는 거예요? 술에 잔뜩 취해서……."

모렐은 그 소리에 깜짝 놀라 서랍을 손에서 늦쳐 버리고 말았다. 서랍은 그의 정강이를 세차게 내려친 다음 바닥으로 떨어졌다. 그는 순간적으로 화가 치밀어서 서랍을 아내에게로 냅다 던져 버렸다. 서랍의 한쪽 모서리가 그녀의 눈두덩을 스치고 지나갔다. 그녀는 머리가 빙빙 도는 것 같은 어지럼증을 느끼며 아기를 내려다보았다. 빨간 핏방울이 아기의 담요 위로 뚝뚝 떨어져 내리고 있었다.

"맞았소?"

모렐은 비틀거리면서 아내에게로 다가갔다.

"저리 가요!"

"이봐, 어디 한번 보자고."

그의 입에서 술 냄새가 확 풍겼다. 모렐 부인은 그를 힘껏 떠밀었다. 모렐은 멍하니 선 채 아내의 얼굴을 바라보았다. 그녀는 온 힘을 그러모아 아기를 안은 채 자리에서 일어섰다. 그러고는 부엌으로 가서 찬물로 눈두덩을 닦았다. 온몸이 떨려 왔다. 그녀는 본능적으로 아기를 꼭 끌어안았다.

모렐은 얼떨떨한 상태로 서랍을 제자리에 끼워 넣은 다음, 무릎을 꿇고 앉아 흩어진 수저들을 그러모았다. 모렐 부인의 이마에서는 아직도 피가 흐르고 있었다.

"어떻게 된 거지, 여보?

남자다운 호기는 이미 사라진 지 오래였다. 그는 고개를 숙인 채 아내의 상처 부위를 뚫어지게 바라보았다.

"중간 서랍에서 솜을 가져다주세요."

그녀의 목소리가 다소 누그러지자, 그는 빠른 동작으로 서랍에서 솜을 찾아다 내밀었다. 그녀는 그것을 받아 든 뒤 몸을 덜덜 떨면서 피를 닦았다. 그러고는 남편에게 불을 지피고 문을 잠그라고 말한 뒤 이층으로 올라갔다.

그 일이 있은 뒤로 며칠이 지났다. 모렐의 수중에는 돈이 한 푼도 남아 있지 않았다. 그래서 모렐 부인이 아기와 뜰에서 볕을 쬐고 있는 사이, 몰래 아내의 지갑을 열어 6펜스를 꺼냈다.

다음 날, 모렐 부인은 채소 장수에게 돈을 주려고 지갑을 열었다가 그 사실을 뒤늦게 알아차렸다. 그녀는 온몸의 기운이 다

빠지는 듯했다. 온 집 안을 샅샅이 뒤졌다. 그러다 문득 남편이 돈을 가져갔을지도 모른다는 생각이 들었다. 전에도 두 번이나 그런 일이 있었다.

그날 저녁, 모렐 부인은 남편에게 차분하지만 단호한 어조로 이렇게 물었다.

"당신이 내 지갑에서 6펜스를 꺼내 갔어요?"

모렐은 완강히 부인했지만, 그녀는 그가 거짓말을 하고 있다는 사실을 단박에 알아차렸다.

"그러니까 내가 아기랑 뜰에 있는 때, 당신이 내 지갑에서 6펜스를 훔쳐간 거지요?"

"지금 날 도둑놈 취급하는 거야? 좋아, 나한테 함부로 대한 걸 뼈저리게 후회하도록 해 주지."

모렐은 노발대발하더니, 의자를 뒤로 밀면서 벌떡 일어났다. 그리고 이층으로 후다닥 뛰어 올라가더니, 이내 외출복 차림으로 내려왔다. 손에는 푸른색 보자기로 싼 꾸러미를 하나 들고 있었다. 그가 말했다.

"앞으로 나 보기 힘들 거요."

"글쎄, 그렇게 될까요? 제발 그렇게 되길 바라요."

모렐 부인이 맞받아쳤다. 그러자 그는 분을 삭이지 못한 채 식식거리며 밖으로 나가 버렸다. 그녀는 그가 밖에서 다른 여자와 어울리면 어쩌나, 하는 걱정이 들기도 했지만 애써 마음을 다독였다. 사실 그는 그럴 위인도 못 되었다.

얼마 뒤, 윌리엄이 학교에서 돌아와 물었다.

"아빠는 어디 계세요?"

"짐을 싸 들고 나갔단다."

"그럼 우린 이제 어떻게 해요?"

윌리엄이 깜짝 놀라서 소리쳤다.

"걱정 말거라. 오늘 밤 안에 꼭 돌아오실 테니."

모렐 부인은 겉으로는 아무렇지 않은 척했지만, 속으로는 몹시 불안했다.

'만약 남편이 돌아오지 않는다면 어떻게 하지?'

마음 한쪽에서는 오히려 속 편히 살 수 있을 거라는 생각이 들기도 하고, 또 다른 한쪽에서는 아이들이 어리기 때문에 아직은 남편이 필요하다는 생각이 들었다.

날이 어두워지자, 모렐 부인은 석탄을 가지러 가기 위해 뜰 귀퉁이에 있는 창고로 향했다. 그런데 창고 문 뒤에 무언가가 놓여 있는 것이 보였다. 가까이 가서 들여다보니, 푸른색 보따리였다. 그녀는 하도 어이가 없어 피식 하고 헛웃음이 흘러나왔다.

집 안으로 들어온 그녀는 그때부터 남편이 돌아오기를 기다렸다. 그는 분명 술집에 있을 터였다. 지금 이 순간에도 빚을 늘리고 있는 셈이었다. 그 생각을 하자 다시 힘이 쭉 빠졌다.

9시쯤 되었을 때, 모렐은 잔뜩 부은 표정을 한 채 집으로 들어

왔다. 그녀는 아무 말도 하지 않았다. 그는 안락의자에 엉덩이를
대고 앉아 웃옷과 장화를 벗었다.

"신발을 벗기 전에 그 보따리부터 가져오는 게 어때요?"

"당신은 내가 이렇게 일찍 되돌아온 것을 하늘에 감사해야 할
거요."

그는 애써 퉁명스럽게 말했다.

"됐어요. 당신이 갈 데가 어디 있겠어요? 보따리 하나 담 너머
로 가져갈 재주도 없으면서……."

모렐 부인은 그가 너무도 어수룩해 보였기 때문에 화조차 나
지 않았다. 그는 슬그머니 밖으로 나가더니 푸른색 보따리를 들
고 들어왔다. 모렐 부인은 그의 그런 모습을 보고 다시 한 번 피
식 하고 웃었다. 그러면서도 마음 한구석이 쓰라려 왔다.

제 3 장

남편에서 아들로

광부들이 대개 그러하듯, 모렐 역시 한때 뇌염을 매우 심하게 앓았다. 그는 몸이 아플 때마다 무조건 약에 의지하려고 했다.

"황산염정을 사다 주구려. 집에 한 알도 남아 있지 않구먼."

모렐 부인은 그가 좋아하는 황산염정을 사다 주었다. 그는 손수 쑥차를 한 주전자 끓인 뒤, 그것을 벌컥벌컥 들이마셨다. 하지만 이번에는 황산염정이나 쑥차도 머릿속의 고약한 통증을 덜어 주지는 못했다.

모렐 부인은 남편을 극진히 간호했다. 비단 그가 가정의 생계를 책임지고 있기 때문만은 아니었다. 그녀는 진심으로 그가 죽지 않기를 바랐다.

몇 주일이 지난 뒤에야 모렐의 몸이 조금씩 회복되기 시작했다. 오래간만에 집 안에 평화가 찾아왔다. 모렐 부인은 남편에게 너그럽게 대했고, 그는 어린아이처럼 그녀에게 의존하면서 행복해 했다. 하지만 불행히도 두 사람 다 중요한 사실을 알아차리지 못했다. 그녀가 그에게 관대할 수 있는 건 그를 덜 사랑하기 때문이라는 사실을. 그에 대한 그녀의 사랑은 이미 오래전에 쇠퇴해 버렸음을.

셋째 아이가 태어나면서 그녀는 더 이상 무력하게 남편을 바라보지 않게 되었다. 남편에게서 그 어떤 감정이나 욕망도 느끼지 않았다. 오로지 아이들에게서만 사랑과 생명을 추구할 뿐이었다. 언제인가부터 그는 껍데기에 불과했다.

하지만 모렐의 몸이 회복되어 가던 그때는 잠시나마 신혼 초와 같은 기분을 맛보기도 했다. 아이들이 잠자리에 들고 그녀가 바느질을 하고 있을 때, 그는 곁에 앉아서 신문을 읽어 주곤 했다. 하지만 그녀의 생각은 온통 윌리엄에게 가 있었다. 첫째 아들은 벌써 소년으로 성장해 있었다.

윌리엄은 공부를 잘 했다. 담임선생님은 자기 학교에서 그 아이가 가장 똑똑하다고 말했다. 그녀는 윌리엄이 이 세상을 다시 빛나게 해 줄 것이라고 믿었다. 그럴 때 모렐은 혼자 멍하니 앉아서 막연하게 불편한 감정을 느껴야 했다. 그의 영혼은 손을 내밀어 그녀를 찾았지만, 그녀는 이미 어딘가로 가 버리고 없었다. 일종의 공허감 같은 것이 그의 가슴속으로 스며들었다.

그는 슬그머니 일어나 잠자리에 들러 갔고, 그녀는 혼자만의 시간을 즐겼다. 모렐은 자신의 존재가 묵살당하는 것에 적응하기가 쉽지 않았다. 그래서 다시 광산의 친구들에게로 돌아갔다. 모렐 부인의 마음속 깊은 곳에서는 그가 가 버린 사실에 안도감을 느꼈다.

그런데 두 사람 사이에 잠깐 찾아왔던 애정의 결실로, 새로운 아기가 태어나게 되었다. 그때 폴은 십칠 개월이었다. 막내도 사내아이였는데, 이름을 '아서'라고 지었다. 아서는 황금빛 고수머리를 가진, 아주 예쁜 아기였다. 그런데 특이하게도 처음부터 아버지를 따르며 좋아했다. 모렐 부인은 내심 그것을 다행으로 여겼다.

모렐 부인은 남편이 퇴근해 옷을 갈아입자마자 아기를 앞치마로 둘러싸 넘겨주곤 했다. 그러면 아이의 얼굴은 아버지의 장난으로 온통 검정 얼룩이 져 있곤 했다. 그럴 때마다 모렐은 즐겁게 웃었다. 모렐 부인도 작으나마 행복을 느꼈다.

그동안 윌리엄은 아주 활동적인 청년으로 자라났다. 열세 살이 되자, 모렐 부인은 그를 광산의 조합 사무실에 취직시켰다. 모렐은 장남이 자기처럼 광부가 되기를 바랐기 때문에 아내의 행동을 몹시 못마땅해 했다.

"대체 그 아이를 딱딱한 의자에 엉덩이를 붙이고 앉아 있도록 만드는 이유가 뭐요? 그 애를 나와 함께 탄광에 넣으면 처음부터 주당 10실링은 벌 거야. 종일 의자에 앉아서 바지나 닳게 하면서 6실링을 버는 것보다 훨씬 더 낫단 말이지."

"처음에 얼마를 받는지는 하나도 중요하지 않아요. 당신 어머니가 당신을 열두 살에 탄광으로 밀어 넣었다고 해서, 나도 내 아들한테 그래야 한다는 법은 없다고요."

모렐 부인은 단호하게 말했다.

그녀는 아들이 한량없이 자랑스러웠다. 활달한 성품을 지닌 윌리엄은 반짝이는 파란 눈이 유난히 멋졌다. 그는 야간 학교에 다니면서 속기와 부기를 배웠는데, 오래지 않아 그 마을에서 속기와 부기를 두 번째로 잘 하는 사람이 되었다. 나중에는 야학에서 아이들을 가르치기까지 했다.

또 윌리엄은 동작이 바람처럼 날쌨다. 열두 살 때 이미 달리기 경주에서 일등을 했다. 열일곱 살 때는 자전거 경주에서 우승을 하기도 했다.

게다가 윌리엄은 자기가 번 돈을 모두 어머니에게 내놓았다. 그가 일주일에 14실링을 벌면, 어머니는 그에게 용돈으로 2실링을 주었다.

윌리엄은 베스트우드에서 상류 계층에 속하는 사람들하고만 어울렸다. 그 마을에서 가장 지위가 높은 사람은 목사였다. 그

다음이 은행 간부, 의사, 그리고 상인과 광부 순이었다.

그는 약사와 교사, 그리고 상인 들의 자녀와도 어울리기 시작했다. 노동자 회관에서 당구를 치기도 하고, 어머니의 반대를 무릅쓰고 춤을 추러 가기도 했다. 그는 베스트우드에서 누릴 수 있는 모든 것을 마음껏 즐겼다.

무도회장에 갔다 온 날이면 동생 폴과 함께 잠자리에 누워서 이런 저런 이야기를 나누곤 했다.

"하얀 옷을 입은 여자가, 슬리퍼까지 하얀……, 서턴에 살고 있는데, 나한테 홀딱 반해 버렸어. 내일은 그 여자를 만나러 갈 거야."

이 주일쯤 지난 뒤, 폴이 그에게 물었다.

"하얀 옷을 입은 여자는 어떻게 됐어?"

"그 얘긴 잊어버려. 그나저나 폴, 리플리에서 온 백합처럼 아름다운 여자가 있는데…… 가까이 가면 벚꽃 향기가 은은히 풍겨 온단다."

이처럼 폴은 갖가지 꽃 같은 여자들에 대한 현란한 묘사를 듣게 되었고, 꺾어서 꽂아 놓은 꽃처럼 그녀들이 윌리엄의 마음속에 약 보름 정도 머무르다가 사라지는 것을 보았다. 어떤 아가씨는 이 바람둥이 청년을 만나기 위해 집으로 찾아오기도 했다.

낯선 여자가 집 앞을 서성거리다 모렐 부인을 발견하고 이렇게 물었다.

"모렐 씨, 집에 있어요?"

"내 남편은 지금 집에 없어요."

"제 말은 젊은 모렐 씨 말이에요. 리플리에서 만났던……."

"아, 무도회장 말이군요? 솔직히 말하죠. 난 내 아들이 춤추는 데서 만난 여자들을 좋아하지 않아요. 그리고 그 애는 지금 집에 없어요."

그 말에 여자의 얼굴이 붉게 물들었다.

모렐 부인은 실제로 아들이 다니는 싸구려 무도회장을 몹시 혐오했다. 저녁 무렵, 아들이 돌아오자 그녀는 이렇게 말했다.

"넌 언제까지 그렇게 살 거니? 그런 데 나가는 형편없는 아가씨들과 어울리면서……."

"글쎄요, 엄마. 보시다시피 전 형편없지 않잖아요. 저는 그저 그 애들과 재미있게 시간을 보내는 것뿐이에요."

"글쎄다, 아들아. 하지만 그 애들은 너하고 단순히 재미를 보려는 것만은 아닐 게다. 그리고 그건 옳은 일이 아니야."

"초조해 하지 마세요. 전 엄마 같은 여자를 만나기 전까진 절대 결혼하지 않을 거예요."

다음 날, 윌리엄은 어머니가 자기를 찾아온 아가씨를 매몰차게 내쫓은 사실을 알고는 몹시 화를 냈다.

"어제 어떤 숙녀가 저를 찾아왔었어요?"

"숙녀인지는 모르겠다만, 어떤 여자애가 찾아오긴 했었다."

"그 아가씨에게 뭐라고 하셨어요?"

"춤추는 데서 만난 아가씨가 집으로 찾아오는 걸 반길 수 없다고 했다."

"그런 말씀까지 하실 필요는 없었잖아요? 그 아가씨의 아버지가 얼마나 부자인지 아세요? 하인을 두 명이나 두고 있다고요. 그 아가씨의 아버지는 수의사란 말예요."

"어쨌든 앞으론 그런 여자애들이 집으로 와서 널 찾는 일은 없도록 해라."

말다툼은 여기서 끝이 났다. 하지만 그 뒤로도 춤 때문에 빚어지는 어머니와 아들의 불화는 끊이지 않았다. 모렐 부인의 만류에도 불구하고 윌리엄이 계속 무도회장을 찾았던 것이다.

그러고 나면 모렐 부인은 하루 이틀 정도 냉랭한 표정을 짓곤했다. 그럴 때마다 어머니와 아들 사이에 약간의 서먹함이 스며들었다. 그러나 그는 여전히 그녀에게 너무나 사랑스런 아들이었다.

그 무렵, 윌리엄은 공부를 하기 시작했다. 직장에서 퇴근한 뒤, 친구 한 명과 프랑스 어와 라틴 어, 그리고 그 외의 것들을 공부했다. 그의 얼굴은 날로 창백해져 갔다. 모렐 부인은 건강에 신경 좀 쓰라고 타이르기도 하고 화를 내기도 했다.

그렇다고 윌리엄이 무도회장에 발길을 끊은 것은 아니었다.

그는 공부에 열중하면서도 틈나는 대로 무도회장을 찾았다. 그런 그를 지켜보는 어머니의 마음속에는 서늘한 냉기가 일었다.

그녀로선 아들이 무엇을 원하는지 알 수가 없었다. 단지 자신이 심어 준 모든 씨앗들이 제대로 자라서 결실을 맺기만을 바랄 뿐이었다. 그녀는 아들이 강하고 바르게 자라도록 하기 위해 자신의 모든 것을 바쳤다.

그런데 지금 아들은 분명한 목적 없이 허우적거리고 있었다. 때로는 바른 길을 벗어나기도 했다. 그런 모습은 제 아버지와 똑같아 보였다. 그럴 때면 그녀는 몸이 땅 밑으로 꺼져 들어가는 것만 같았다.

열아홉 살이 되자, 윌리엄은 돌연 조합 사두실을 그만두고 노팅엄에 새 일자리를 구했다. 새 직장에서는 일주일에 30실링을 받았다. 대단한 상승이었다. 사람들은 입에 침이 마르게 윌리엄을 칭찬했다. 모렐 부부는 그런 큰아들이 자랑스러웠다.

모렐 부인은 윌리엄이 큰형으로서 동생들에게 도움을 줄 수 있기를 바랐다. 그 무렵 애니는 교사가 되기 위한 공부를 하고 있었고, 폴은 그의 대부이자 목사인 히턴 씨한테서 프랑스 어와 독일어를 배우고 있었다. 아직 응석받이인 아서는 초등학생이었는데, 노팅엄에 있는 중등학교에 장학생으로 입학하기 위해 열심히 노력하고 있었다.

윌리엄은 노팅엄의 새 직장에서 일 년간 일했다. 그는 열심히 공부했고, 또 그만큼 성숙해 갔다. 여전히 무도회장에 들락거렸지만, 적어도 술은 입에 대지 않았다. 무도회장에서 밤늦게 돌아온 뒤에도 그는 책상 앞에 앉아 공부를 했다. 모렐 부인은 어느 것이든 한 가지만 하라고 당부했다.

"춤을 추고 싶으면 춤을 추거라. 얘야, 네가 직장에서 열심히 일한 다음에 무도회장에서 마음껏 즐기고……. 그리고 공부까지 충실히 할 수 있다고 생각하지 말거라. 그렇게는 할 수 없어. 체력이 견딜 수 없단다. 그러니까 공부를 하든지 춤을 추든지, 한 가지만 했으면 좋겠구나."

오래지 않아, 윌리엄은 런던으로 가서 새 직장을 구했다. 연봉을 자그마치 120파운드나 받는 일자리였다. 모렐 부인은 이 일을 두고 기뻐해야 할지 슬퍼해야 할지 갈피를 잡을 수가 없었다. 아들은 두 눈을 반짝이며 이렇게 소리쳤다.

"엄마, 월요일 아침에 런던의 라임 스트리트로 오래요. 면접도 보지 않겠대요. 그들도 분명 제가 잘 해낼 거라고 믿는 거예요. 런던에 있는 저를 떠올려 보세요. 이제 엄마에게 일 년에 20파운드씩은 드릴 수 있어요. 우린 이제 돈방석에서 구르게 되는 거라고요."

윌리엄의 성공은 모렐 부인에게 크나큰 기쁨이었다. 하지만 아들과 헤어져야 한다는 사실 앞에서는 기쁨의 크기도 절반으로 줄어들었다. 윌리엄이 떠날 날이 가까워 오면서, 그녀의 가슴은 절망감으로 새까맣게 타 들어갔다.

모렐 부인은 여태껏 아들이 잘되기만을 바라며 하루하루를 살아왔다. 아들을 위해 차를 만들고 아들의 셔츠를 다림질하면서 행복해 했다. 그런데 이제 아들을 위해 그 일들을 할 수 없게 되었다. 그녀는 아들이 자신의 마음속에서도 떠나가는 것처럼 여겨졌다. 마치 아들이 자신의 마음속에 계속 머물러 있는 것을 허락하지 않는 것처럼 보였다. 그녀에겐 모든 것이 슬픔이자 고통이었다.

며칠 뒤, 윌리엄은 새로운 인생을 위해 런던으로 떠났다.

제 4 장
폴의 어린 시절

폴은 어머니를 닮아 몸집이 작고 마른 편이었다. 낯빛도 늘 창백했다. 또 말수가 적었으며, 제 나이보다 많이 조숙한 편이었다. 폴은 다른 사람들, 특히 어머니의 감정 변화에 마음을 많이 썼는데, 어머니가 어떤 일로 불안해 하거나 근심스러워하면 금세 알아차리고 안절부절못했다.

형 윌리엄은 너무 멀리 떨어져 있어서 더 이상 친구가 될 수 없었다. 그래서 그는 어린 시절의 대부분을 누나 애니와 함께 보냈다. 애니는 말괄량이였지만, 남동생만큼은 무척 아꼈다. 폴 역시 누나를 졸졸 따라다니며 함께 노는 것을 좋아했다.

아이들은 약속이나 한 듯이 아버지를 싫어했다. 특히 폴은 더

했다. 그 무렵 모렐은 날마다 술에 절어 살았는데, 술에 취하면 가족들을 더욱더 들들 볶아 댔다.

어느 월요일 저녁, 폴이 젊은이들의 금주 모임에 참석했다가 귀가했을 때였다. 아버지는 다리를 벌린 채 난로 앞에 퍼질러 앉아 있었고, 어머니의 눈두덩은 시퍼렇게 멍이 들어 있었다.

마침 그때 집에 다니러 온 윌리엄은 그 광경을 보고 입술이 하얗게 질렸다. 그는 분노와 증오심으로 온몸을 부르르 떨었다.

"아버진 정말 비겁해요. 제가 집에 있었다면 어머니한테 이렇게까진 못하셨겠죠."

모렐은 윌리엄에게로 몸을 홱 돌렸다. 그 역시 몹시 화가 나 있었다.

"이 자식이 어디서 건방을 떨고 있어? 망할 놈 같으니라고. 또 한 번 그 따위 소리를 해 봐라. 너도 흠씬 두들겨 패 줄 테니."

그는 짐승처럼 포악스럽게 주먹을 휘둘렀다. 윌리엄은 분노로 얼굴이 잔뜩 일그러졌다.

"때려 보세요! 대신 그게 마지막이 될 거라는 것만 기억해 두세요."

모렐은 아들에게로 비틀거리며 다가가더니 금세라도 내려칠 듯한 태세를 취했다. 윌리엄도 주먹을 움켜쥐었다. 그의 푸른 눈에서 한 줄기 서늘한 빛이 스쳐 지나갔다. 세 명의 아이들은 얼굴이 하얗게 질린 채 소파에 앉아 그 모습을 지켜보았다.

“둘 다 그만둬요.”

모렐 부인이 격한 목소리로 외쳤다. 그리고 남편 쪽으로 몸을 돌리면서 덧붙였다.

“이걸로 충분해요. 그리고 당신……, 애들을 좀 봐요.”

모렐은 소파 쪽으로 고개를 돌려, 두려움에 떨고 있는 아이들의 모습을 흘깃 보았다.

“애들을 보라고? 도대체 내가 애들한테 어떻게 했다는 거야. 애들이야 늘 당신하고 똑같지. 당신은 애들한테 속임수를 써서 당신과 한통속이 되게 만드니까, 안 그래?”

모렐 부인은 아무 말도 하지 않았다. 대답할 가치를 느끼지 못했기 때문이다.

잠시 뒤, 모렐은 장화를 벗어서 식탁 아래로 집어 던지고는 잠을 자기 위해 이층으로 올라갔다.

“왜 제가 한 방 먹이도록 놔두지 않으셨어요? 쉽게 이길 수 있었을 텐데…….”

아버지의 모습이 눈앞에서 사라지자 윌리엄이 말했다.

“네 아버지한테? 어떻게 그런 생각을 할 수가 있니?”

“‘아버지’니까요! 저 사람이 바로 제 아버지니까요! 엄마 얼굴 좀 보세요. 아까 끝장을 내 버렸으면 좋았잖아요.”

“그건 안 되는 일이야. 그러니 다시는 그런 생각일랑 하지 말거라. 피곤할 텐데 어서 올라가서 자렴.”

어머니의 말에 아이들은 힘없이 각자의 방으로 향했다.

그 해 겨울, 모렐 가족은 보텀스를 나와 언덕 위에 자리 잡은 다른 마을로 이사를 했다. 지대가 높아서 그런지 마을 전체가 한눈에 들어왔다.

바람이 거세게 부는 곳이었다. 서풍이 몰아칠 때면 집 앞에 서 있던 물푸레나무들이 괴기스럽게 비명을 질러 댔다. 모렐은 그 소리를 좋아했지만, 아이들은 질색을 했다.

폴은 종종 잠이 들었다가 아래층에서 쿵쿵거리는 소리를 듣고 깨어나곤 했다. 대부분은 술에 취해 들어온 아버지가 식탁을 내려치면서 어머니와 말다툼을 하는 소리였다. 어느 순간부터 그 소리는 집 앞의 물푸레나무가 내지르는 비명 소리와 뒤섞여 엄청난 공포로 다가왔다.

그럴 때마다 아이들은 잔뜩 긴장하기 시작했다. 언제 아버지가 어머니를 때릴지도 모른다는 공포감 때문이었다. 그러다가 한 순간 정적이 찾아들기도 했다. 그것 역시 무섭기는 마찬가지였다. 행여나 아버지가 무슨 일을 저지르는 건 아닌지, 내내 걱정을 해야 했으므로.

아이들은 침대 위에 누워서 쉼 없이 어둠을 들이마셨다. 그러다가 아버지가 장화를 벗어 던지고 쿵쿵거리며 이층으로 올라가는 소리를 듣고 나면 그제야 마음을 놓았다. 하지만 아이들에겐 아직 더 들어야 할 소리가 남아 있었다. 그것은 아침을 준비하는 어머니의 손놀림 소리였다. 수도꼭지를 틀어 주전자에 물을 채우는 소리……. 모두들 그 소리를 들어야만 평화로이 잠을 잘 수 있었다.

모렐은 매일 밤 퇴근길에 술집에 들러서 술을 마셨다. 날이 일찍 어두워지는 겨울밤이면 모렐 부인은 가스를 절약하기 위해서 놋쇠 촛대에다 양초를 켜 두곤 했다. 아이들은 버터나 고기 기름에 빵을 찍어 먹고 나가서 놀았다.

모렐 부인은 남편이 제시간에 귀가하지 않는 것이 몹시 못마땅했다. 탄광의 더러운 먼지를 온몸에 묻힌 채 술집에 앉아 술을 마셔 대고 있을 생각을 하면 참을 수가 없었다. 그녀의 이런 고통은 아이들에게로 고스란히 전해졌다.

폴은 아이들과 놀다가 광부 몇 명이 어둑어둑해지는 들판을 걸어오고 있는 것을 보았다. 그는 쏜살같이 집으로 달려갔다. 식탁에는 촛불 하나가 벌겋게 빛을 뿜어내고 있었다. 모렐 부인은 식탁 위에 음식을 차려 놓은 채 그 옆에 망연히 앉아 있었다.

"아빠 왔어요?"

"보면 모르니?"

모렐 부인은 아들의 쓸데없는 질문에 화가 나서 퉁명스럽게 대답했다. 그러자 폴은 어머니 옆에서 괜스레 꾸물거렸다. 그때부터 그들은 똑같은 걱정을 하기 시작했다.

그녀의 이런 기다림 때문에 해질 녘이 되면 집 안엔 수년 동안 익숙해진 긴장감이 어김없이 감돌곤 했다. 시간은 무척 빨리 지나갔다. 6시가 되어도 식탁에는 아무런 변화가 없었다. 식탁 위에는 여전히 저녁상이 차려진 채로 있었다. 아이들은 이 상황을 몹시 힘겨워했다. 더 이상은 나가 놀기도 힘들었다.

모렐은 그날도 여지없이 술에 잔뜩 취해서 집으로 돌아왔다. 모렐 부인은 분을 참지 못해 한마디 쏘아붙였다.

"아주 제때에 집에 들어오는군요."

"내가 몇 시에 집에 오건 당신이 무슨 상관이야?"

그가 소리쳤다. 순식간에 집 안에 정적이 찾아들었다. 그것은 일종의 폭풍 전야와도 같은 것이었다. 그나마 괜찮은 때는, 모렐이 굶주린 짐승처럼 게걸스럽게 음식을 먹어치우고 곧바로 잠자리에 드는 날이었다.

아이들은 어머니와 함께 있을 때면 그날 있었던 일들을 시시콜콜 다 이야기하면서, 아버지 앞에서는 입을 꾹 다물곤 했다. 그런 의미에서, 그는 '가정'이라는 섬세한 기계를 일시에 멈추게 하는 쐐기와 같은 존재였다. 그가 집 안으로 들어서면 갑자기 활력이 사라지면서 침묵이 흐르기 시작했다.

모렐 스스로도 그 사실을 너무나 잘 알고 있었다. 하지만 이미 단단하게 굳어 버려서 그로서도 어찌할 수가 없었다. 물론 모렐 부인이 중간에서 애를 써 볼 때도 있긴 했다.

가령 폴이 어린이 신문에서 주최한 글짓기 대회에서 상을 받

고 와서 자랑을 늘어놓을 때,

"자, 아빠가 오시면 네가 직접 말씀드리는 게 좋겠구나."

라고 말해 주는 것이었다. 폴은 어머니 앞에서 고개를 끄덕이면서도 속으로는 그 얘기를 아버지에게 하느니 차라리 상을 반납하는 편이 낫겠다고 생각하곤 했다.

폴은 아버지가 퇴근해 오자 건성으로 말했다.

"글짓기 대회에서 상을 탔어요."

모렐은 아들에게로 몸을 돌리며 말했다.

"그래, 기특하구나. 어떤 글을 썼는데?"

"별것 아니에요. 여자들에 관한 얘길 썼어요."

"상품은 뭘 주디?"

"책 한 권요."

"오, 그래! 흠, 흠!"

그것이 전부였다. 아버지와 다른 가족 사이의 대화는 불가능했다. 그는 이방인이었다. 그가 가족들에게 존재감을 안겨 주는 순간은, 고작 낡은 구두를 수선하거나 주전자를 수리할 때뿐이었다. 그럴 때 그는 조수 몇 명이 필요했는데, 아이들은 그나마 그 일을 즐거워했다.

폴은 기관지염을 자주 앓았다. 그래서 그런지 폴에 대한 모렐 부인의 사랑은 다소 남다른 구석이 있었다.

어느 날 오후, 밖에 나가 놀던 폴이 일찍 집으로 돌아왔다. 몸이 많이 아파서였다.

"너, 무슨 일 있니?"

모렐 부인이 걱정스러운 목소리로 물었지만, 폴은 애써 웃음을 지으며 고개를 저었다.

"아니에요, 괜찮아요."

그러나 폴은 점심을 먹지 않았다. 대신 소파에 앉아 꾸벅꾸벅 졸기 시작했다. 모렐 부인은 옆에서 다림질을 하고 있었는데, 아들의 목에서 꺽꺽대는 소리가 계속해서 나는 것을 들었다.

결국 폴은 기관지염이 악화되어 자리에 눕고 말았다. 폴이 앓아누웠다는 소식을 듣고 모렐이 일찍 귀가했다. 집안사람 가운데 누군가 아플 때는 괴팍스런 그의 성격도 한결 누그러졌다. 모렐이 아들의 이마를 짚으며 부드럽게 물었다.

"얘야, 자니?"

"아뇨, 그런데 엄마는 안 와요?"

"지금 빨랫감을 정리하고 있단다. 뭐, 필요한 게 있니?"

"아뇨, 그런데 엄마는 그 일이 오래 걸릴까요?"

"얼마 안 걸릴 거다."

아버지는 벽난로 옆에 서서 잠시 동안 어쩔 줄 몰라 했다. 아들이 자신을 원하지 않는다는 걸 눈치 챘기 때문이다. 잠시 뒤 그는 아래층으로 내려가서 아내에게 말했다.

"폴이 당신을 찾고 있소. 얼마나 걸릴 것 같소?"

"얼른 일을 끝내야죠! 폴한테 먼저 자라고 하세요."

아버지는 폴에게로 가서 애써 부드럽게 말했다.

"엄마가 너보고 먼저 자라는구나."

"하지만 엄마가 왔으면 좋겠어요."

폴은 고집을 부렸다. 모렐은 짜증 섞인 목소리로 아래층을 향해 소리쳤다.

"얘가 당신이 올 때까지 자지 않겠다는데?"

"곧 간다고요. 그리고 제발 아래층에 대고 소리 좀 지르지 마세요. 다른 아이들도 있잖아요."

모렐은 난로 옆에 쪼그리고 앉아서 힘없이 말했다.

"곧 온다는구나. 조금만 더 기다리렴."

폴의 몸은 점점 더 불덩이처럼 뜨거워졌다. 폴은 아버지가 곁에 있어서 병이 더 악화되는 거라고 생각했다.

모렐은 아파하는 아들의 모습을 지켜보다가 이렇게 말했다.

"잘 자라, 얘야. 난 그만 자러 가야겠구나."

"안녕히 주무세요."

폴은 혼자 있게 된다는 사실에 오히려 안도감을 느꼈다. 그는 어머니와 함께 있을 때가 가장 좋았다. 어머니 옆에 누워 있으면 아픈 것도 금세 나을 것만 같았다. 덕분에 어머니는 잠을 설치게 되지만.

아주 가난했던 시절의 아이들은 경제적으로 부모에게 도움을 줄 수 있을 때 가장 큰 행복감을 맛보았다. 애니와 폴, 그리고 아서는 여름철이 되면 아침 일찍 일어나 버섯을 따러 다녔다. 버섯을 반 파운드가량 모으고 나면 그들은 콧노래를 부르며 집으로 돌아오곤 했다.

모렐 부인은 토요일마다 푸딩을 만들었는데, 푸딩을 만들기 위해서는 과일이 필요했다. 어머니는 과일 중에서 먹딸기(농익어서 빛깔이 검붉은 딸기—옮긴이)를 유난히 좋아했다. 그래서 아이들은 주말마다 숲으로 가서 나무 덤불을 헤치며 먹딸기를 찾아 헤맸다. 아이들은 숨이 막힐 만큼 지치고 허기가 질 즈음에야 집으로 돌아오곤 했다. 모렐 부인은 그것도 모르고, 늦도록 밖을 쏘다니다가 돌아온 아이들을 나무랐다.

"세상에! 도대체 어디 갔다 온 거니?"

"이것 좀 보세요, 엄마!"

폴은 뿌듯한 표정을 지으며 바구니를 어머니에게 내밀었다. 그녀는 바구니 속을 들여다보며 함박웃음을 지었다.

"아주 잘 익었구나."

"2파운드는 족히 넘을 거예요, 그죠?"

어머니는 미심쩍은 생각이 들었지만, 그래도 짐짓 고개를 끄덕여 보였다. 폴은 어머니가 기뻐하는 모습어 가슴이 벅차올랐다. 어머니에게 기쁨을 줄 수만 있다면 하루 종일 숲 속을 헤매

다닌다 해도 아무렇지 않을 것 같았다. 하지만 어머니는 폴의 이런 마음을 제대로 알고 있지 못했다. 그저 아이들이 얼른얼른 자라 주기만을 바랄 뿐이었다.

모렐 부인의 마음속은 여전히 윌리엄으로 가득 차 있었다. 그러나 윌리엄이 집에 있는 시간이 별로 없게 되자 서서히 폴을 말동무로 삼기 시작했다. 그 바람에 윌리엄과 폴은 무의식적으로 서로를 질투하게 되었다. 그러면서도 서로에 대한 사랑만큼은 어느 형제 못지않게 깊었다.

모렐 부인이 둘째 아들에게서 느끼는 친밀감은 장남 윌리엄에게서의 그것과는 좀 달랐다. 섬세하고 미묘하기는 하나, 윌리엄한테서처럼 열정적이지는 않았다.

금요일 오후엔 폴이 조합 사무실에 가서 아버지의 급료를 받아 와야 했다. 광부들은 매주 금요일에 급료를 받았는데, 모렐의 집에서는 폴이 그 일을 맡고 있었다.

조합 사무실은 꽤나 근사했다. 그린힐 끄트머리에 택지 정리를 한 뒤 붉은색 건물로 새로 지었는데, 마치 개인 주택처럼 근사해 보였다. 급료를 받으러 온 아이들은 붉은 자갈이 깔린 마당에서 한참 동안 서성거렸다.

얼마쯤 시간이 흐르고 나면, 안에서 "스피니 파크, 스피니 파크!"라고 외치는 소리가 들려왔다. 그러면 스피니 파크에서 온 사람들이 떼를 지어 안으로 들어가는 것이었다. 브레티 사람들 차례가 되었을 때, 폴 역시 사람들의 무리에 섞여서 안으로 들어갔다.

급료를 지불하는 방은 조금 작았다. 방 한가운데에 책상이 하나 놓여 있었으며, 그것을 기준으로 방 안이 둘로 나뉘었다. 책상 앞에는 두 사람이 서 있었는데, 브레이스웨이트 씨와 그의 서기 윈터보텀 씨였다.

브레이스웨이트 씨는 체구가 제법 컸는데, 언제나 실크 스카프로 목을 감싸고 있었다. 더욱 이상한 건 몹시 더운 여름날에도 꼭 벽난로에 불을 활활 피운다는 점이었다.

윈터보텀 씨는 조금 작고 뚱뚱한 체격이었는데, 심한 대머리였다. 그는 말재주가 없어 재치 있는 말을 잘 하지는 못했다. 하지만 광부들에게는 시시때때로 잔소리를 퍼붓곤 했다.

급료는 갱의 번호 순서대로 지급되었다. 브레이스웨이트 씨의 목소리가 울려 퍼졌다.

"홀러데이."

그러자 홀러데이 부인이 말없이 앞으로 나와 돈을 받고는 옆으로 비켜섰다.

"바우어, 존 바우어."

한 소년이 책상 앞으로 나갔다. 성미가 급한 브레이스웨이트 씨는 안경 너머로 그 애를 노려보며 다시 한 번 이름을 반복해서 외쳤다.

"존 바우어!"

"저예요."

소년이 대답했다.

"지난번에는 코가 다르게 생겼던 것 같은데."

윈터보텀 씨가 번들번들한 머리를 들이밀며 소년을 빤히 바라봤다. 사람들은 그의 아버지 존 바우어의 모습을 떠올리며 킥킥거렸다.

"어째서 네 아버지가 오지 않았니?"

브레이스웨이트 씨가 위압적인 목소리로 물었다.

"편찮으세요."

소년이 새된 소리로 대답했다.

"네 아버지에게 제발 술 좀 끊으라고 해라."

남자들이 다시 웃음을 터뜨렸다.

폴은 다음 번이 자기 차례라는 것을 알고 있었다. 심장이 마구 뛰기 시작했다. 이윽고 목소리가 울렸다.

"월터 모렐!"

"여기예요……."

폴은 작은 목소리로 대답했다.

"모렐, 월터 모렐!"

경리과 직원이 폴의 목소리를 듣지 못했는지, 장부를 다음 장으로 넘기려 했다. 그때 윈터보텀 씨가 말했다.

"이상하다. 조금 전까지 여기 있었는데…… 어디 갔지? 모렐의 아들 말이야!"

짜리몽땅한 키의 대머리 남자는 날카로운 눈으로 주위를 휘둘러보았다. 그러다 난롯가에서 폴을 발견하고는 다른 광부들을 밀치고 앞으로 끌어내 주었다. 윈터보텀 씨가 말했다.

"여기 있어!"

"17파운드 11실링 5펜스. 그나저나 너는 왜 대답을 크게 하지 않는 거냐?"

브레이스웨이트 씨가 짜증 섞인 목소리로 말하며 청구서 위에 5파운드짜리 은화와 1파운드짜리 금화를 쌓아 놓았다. 폴은 돈을 그러모아 바지 주머니에 넣었다. 그때 윈터보텀 씨가 말했다.

"16실링 6펜스야."

집세를 비롯해서 작업할 때 쓰는 연장 등을 구입하는 데 쓴 비용을 그 자리에서 공제해야 했다. 폴은 너무 떨려서 돈을 셀 수가 없었다. 폴은 은화 몇 개와 반 파운드짜리 금화를 그 앞으로 밀어 주었다. 윈터보텀 씨가 물었다.

"나한테 도대체 얼마를 준 거야? 네가 다니는 학교에서는 돈 세는 법도 안 가르친단 말이냐?"

"대수와 프랑스 어만 가르치지."

어떤 광부가 대신 말했다. 폴 때문에 다른 사람들이 더 많이 기다리게 되었다. 그는 떨리는 손으로 돈을 그러모아 가방에 넣은 다음, 도망치듯 그 자리를 빠져나왔다.

폴은 몹시 언짢은 얼굴을 한 채 집으로 돌아왔다. 집 안으로 들어선 뒤에도 한참 동안 아무 말도 하지 않았다.

모렐 부인은 빵을 굽고 있었다. 아들이 돌아오자, 방금 구운 따끈한 빵을 내밀었다. 폴은 갑자기 눈을 번뜩이며 어머니에게 화를 냈다.

"앞으로 사무실에 가지 않을래요."

"무슨 일이 있었니?"

어머니가 놀라서 물었다. 무턱대고 화를 내고 있는 아들의 모습이 자못 귀엽기도 했다.

"앞으로 전 돈을 찾으러 가지 않을 거라고요."

"그러면 이웃집 아이들에게 갔다 오라고 그러지, 뭐. 그 애들한테 수고비로 6펜스를 주면 얼마나 좋아하겠니?"

모렐 부인은 폴의 표정을 살피며 말했다. 사실 6펜스는 폴에게도 꽤 큰 돈이었다. 하지만 폴은 뽀로통한 목소리로 또박또박 말했다.

"그 애들 가지라고 해요. 전 돈이 싫어요."

"그래, 좋아. 하지만 그것 때문에 엄마한테 화를 낼 것까진 없잖니?"

"그 사람들…… 너무 가증스러워요. 브레이스웨이트 씨는 발

음도 이상하고요. 언제나 문법에 맞지 않게 달해요.”

“그것 때문에 가지 않겠다는 거냐?”

모렐 부인은 빙그레 미소를 지으면서 물었다. 폴은 아무 말도 하지 못했다. 다만 얼굴이 몹시 창백했으며, 눈은 분노에 차 있었다. 모렐 부인은 아들의 머리를 쓰다듬어 주고는 집안일을 하느라 이리저리 바쁘게 움직였다.

“사람들 때문에 제가 앞으로 나갈 수가 없었어요. 윈터보텀 씨는 ‘네가 다니는 학교에서는 돈 세는 법도 안 가르친단 말이냐?’ 이러면서 화를 냈어요.”

“그 사람이야 학교가 가르쳐 준 게 없겠지. 매너도 없고 재치도 없고, 교활하기밖에 더하니? 그건 타고났을 테고……. 사람들이 무슨 말을 하든 흥분할 필요 없단다. 일일이 반응을 보이는 건 어린아이들이나 하는 짓이야.”

“하지만……”

어느새 폴의 눈에 눈물이 어렸다. 슬픔보다는 분노와 수치심 때문이었다. 아들이 눈물을 보이자, 모렐 부인은 일손을 멈추고 이렇게 말했다.

“그냥 ‘이제 제 차례입니다.’라고 말하면 될 것을. 그렇게 하지 못하고 엉뚱하게 화를 내고 있구나. 전부 네 잘못이야.”

어머니는 아들을 위로하려고 애썼다. 우스꽝스러울 만치 예민한 성격의 아들이 그녀의 마음을 종종 아프게 만들었다.

"그래, 얼마를 받았니?"

"17파운드 11실링 5펜스요. 16실링 6펜스는 공제됐어요. 그 중에서 아버지의 공제액은 5실링밖에 안 돼요."

모렐 부인은 아이들을 통해서 급료를 주는 방식이 꽤 마음에 들었다. 그전에 남편은 수입을 늘 비밀로 했는데, 지금은 남편이 돈을 얼마나 벌었는지 알 수 있어서 좋았다. 공제액이 많을 때도 그 이유를 명확히 알 수 있기 때문에 남편한테 당당하게 따져 물을 수 있었다.

모렐 부인은 장 보는 걸 좋아했다. 노팅엄과 더비셔, 일크스턴, 맨스필드로 가는 네 갈래의 길이 만나는 언덕 위에 조그만 시장이 있었다.

시장은 언제나 사람들로 북적거렸다. 모렐 부인은 가게를 이리저리 기웃거리면서 필요한 물건이 있는지 살펴보았다. 그러다 레이스 가게 여자와 가벼운 말다툼을 벌이기도 하고, 못된 아내를 둔 얼간이 과일 장수를 동정하기도 하고, 익살스러운 생선 장수와 마주서서 웃음을 터뜨리기도 했다.

얼마 뒤 그녀는 그릇을 파는 가게 앞에서 걸음을 멈추었다. 국화가 그려져 있는 작은 접시에 마음을 빼앗긴 것이었다.

"저 접시, 가격이 얼마죠?"

"7펜스만 주십시오."

모렐 부인은 접시를 그냥 내려놓고 다른 곳으로 갔다. 그러나 그 접시가 자꾸만 눈앞에 아른거려서 시장을 벗어날 수가 없었다. 그녀는 결국 그릇 가게 근처를 얼쩡거리면서 그 접시를 연신 흘깃거렸다. 그릇 장수는 그녀의 행동을 유심히 살펴보다가 선심이라도 쓰듯 이렇게 말했다.

"5펜스면 되겠소?"

그녀는 속으로 쾌재를 불렀다.

"사겠어요."

"대신 내 부탁 하나만 들어주시겠소? 공짜로 무엇을 받을 때 하듯이, 그 접시에다 침을 한 번 뱉어 주면 좋겠소."

순간 모렐 부인의 표정이 싸늘해졌다. 그녀는 그에게 5펜스를 내밀며 이렇게 말했다.

"그렇다고 공짜로 주는 것은 아니잖아요?"

"이렇게 찌는 더위에 이런 데 앉아서 물건을 팔아야 하는 내 입장도 좀 생각해 주시오. 거저 줄 수 있다면 나야말로 얼마나 좋겠소?"

그가 투덜거리자, 모렐 부인이 대답했다.

"장사를 하다 보면 좋을 때도 있고 나쁠 때도 있지요."

하지만 모렐 부인은 그릇 장수의 말을 오래도록 마음에 담아 두지는 않았다. 자기가 원하던 접시를 손에 넣었다는 사실만으로도 상당히 흡족해 했다.

폴은 집에서 그림을 그리며 어머니를 기다리고 있었다. 그는 어머니가 시장에 다녀오는 것을 무척 좋아했다. 갖가지 꾸러미들을 한 아름 안은 어머니의 표정이 언제나 행복해 보였기 때문이다.

바깥에서 가볍고도 잰 어머니의 발소리가 들려오자, 폴은 그림 그리던 손을 멈추고 고개를 들었다.

"와, 짐이 되게 많네요."

"그래!"

모렐 부인이 가쁜 숨을 고르면서 말했다.

"애니가 시장에서 만나자고 해 놓고선 나오지 않았지 뭐니? 무거워 죽는 줄 알았다."

모렐 부인은 실로 짠 장바구니와 여러 꾸러미를 식탁 위에 올려놓았다.

"왜, 시장 한구석에서 그릇을 파는 사내 있잖니? 약간 비열해 보이기는 하는데, 영 나쁜 사람 같지는 않더구나. 장사해서 먹고살기가 힘든가 봐. 하긴 뭐, 요새 전부 다 난리지만……. 이거, 얼마 줬을 것 같니?"

어머니는 신문지에 싼 접시를 꺼내 보였다.

"어디 봐요! 국화 그림은 언제 봐도 예뻐요. 1실링 3펜스?"

"5펜스야."

"와! 진짜 싸네요, 엄마."

"그래, 거의 공짜나 다름없지. 사실 돈을 다 써 버려서 더 이상
은 줄 수가 없었단다. 그 사람 역시 그렇게라도 팔고 싶었던 모
양이고……."

"거기다 과일 스튜를 담으면 좋겠어요."

"커스터드나 젤리도 담을 수 있지."

"무나 상추도 담고요."

어머니는 장바구니를 열어 이것저것 살펴보면서 말했다.

"아, 난 낭비벽이 너무 심해. 이렇게 살면 안 되는데……."

폴은 어머니가 도대체 무얼 갖고 그런 소릴 하는지 궁금해서
가까이 다가갔다. 어머니가 장바구니 안에서 꺼낸 것은 진홍색
팬지와 데이지였다.

"글쎄, 4펜스나 주었단다. 사실 이번 주는 이걸 살 여유가 없는
데……."

"그렇지만 무척 예뻐요!"

"그렇지? 폴, 이 노란 꽃 좀 보렴. 마치 나이 든 여자의 얼굴 같
구나!"

폴은 몸을 굽혀 냄새를 맡으면서 말했다.

"향기도 아주 좋은걸요."

그는 곧 창고로 가서 쓰다 남은 천을 가져온 뒤, 꽃잎을 정성
스럽게 닦았다. 모렐 부인은 모처럼 만에 환한 미소를 지었다.

여름철에는 광산이 가동되지 않았다. 모렐 부인의 옆집에 사는 데이킨 부인은 난로 깔개를 털려고 울타리 밖으로 나갔다가, 정오도 되지 않은 시각에 힘없이 언덕을 올라오고 있는 광부들의 무리를 보았다. 모렐도 그 무리 속에 끼어 있었다.

모렐은 집으로 돌아가기가 싫었다. 이렇게 이른 시각에 집으로 들어가야 한다는 건 그야말로 치욕이 아닐 수 없었다. 아니나 다를까, 모렐 부인은 그를 보자 큰 소리로 말했다.

"맙소사, 이 시각에! 아직 점심 준비도 다 못했는데……."

"이봐, 나도 이러고 싶지 않았어! 점심 준비가 덜 됐다면 아침에 가져간 도시락이나 먹지, 뭐."

그가 굴욕감을 느끼며 애처로운 목소리로 말했다. 잠시 뒤, 학교에서 돌아온 아이들은 아버지가 식탁 앞에 앉아 도시락을 먹고 있는 것을 보고 이상히 여겼다. 아서가 물었다.

"아빠, 왜 지금 이걸 먹고 있어요?"

"내가 안 먹으면 네 엄마가 내 입에 강제로 퍼 넣고 말걸."

"무슨 소리예요!"

모렐 부인은 화가 나서 소리쳤다.

"그럼 버리란 말이오? 난 당신처럼 버리기 잘 하는 사람이 아니야. 탄광의 흙먼지 속에서도 빵 조각을 떨어뜨리면 그냥 주워서 먹는다고."

"그건 쥐들이 먹어 줄 거예요. 그걸 내버려 둔다 해서 낭비는 아니지요."

폴이 대신 말하자, 모렐이 반박했다.

"버터 바른 빵은 쥐들이 먹을 음식이 아니야. 사람이 먹는 음식이지."

그 해 가을, 모렐 가족의 생활은 몹시 쪼들렸다. 윌리엄이 런던으로 간 지 얼마 되지 않았을 때였는데, 그가 보내오던 돈이 끊긴 것이었다.

윌리엄은 두어 번쯤 10실링인가를 보내왔을 뿐이었다. 모렐 부인은 처음 살림을 난 것이라 이것저것 살 것이 많아서 그렇겠지, 라고 생각했다.

그는 일주일에 한 번씩 규칙적으로 편지를 보내왔다. 그 편지에는 그가 런던에서 어떻게 생활하고 있는지 아주 상세하게 적혀 있었다.

그 편지 덕분에 모렐 부인은 윌리엄이 집에 있을 때처럼 자신에게 속해 있다고 느낄 수 있었다. 그녀는 집안일을 하면서도 종종 큰아들을 생각하곤 했다.

크리스마스 때, 윌리엄이 집에 다녀간다는 소식을 전해 왔다. 폴과 아서는 트리를 장식하기 위해 하루 종일 숲 속을 헤매고 다녔다. 애니는 색종이로 예쁜 고리를 만들었다. 모렐 부인은 멋진 케이크를 준비했다. 온 가족이 들떠 있었다. 윌리엄은 크리스마스 전날에 온다고 하였다. 찬장에는 온갖 음식들이 빼곡히 들어찼다. 커다란 케이크는 물론, 갖가지 재료를 사용해서 만든 파이가 한가득 들어 있었다.

집 안은 여러 가지 장식들로 예쁘게 꾸며졌다. 과자 굽는 냄새가 온 집 안에 퍼졌다. 특별히 그날은 모렐도 일찍 귀가했다.

"윌리엄이 몇 시에 온다고 했지?"

모렐이 물었다. 벌써 똑같은 질문만 다섯 번째였다.

"기차가 6시 반에 도착한대요."

모렐 부인이 힘주어 대답했다.

"7시 10분이면 여기에 오겠구먼."

모렐은 아들이 오는지 보려고 현관으로 갔다. 그러고는 금세 다시 돌아왔다. 그걸 보고 모렐 부인이 중얼거렸다.

"꼭 안절부절못하는 암탉 같군요."

그 무렵, 세 아이들은 기차역에 나가서 윌리엄을 기다리고 있었다. 한 시간이 지났을 때, 기차가 한 대 도착했다. 하지만 윌리엄은 거기에 타고 있지 않았다. 날씨가 몹시 추웠다.

"한 시간 반이나 지났어."

아서가 애처로운 목소리로 말하자 애니가 대답했다.

"크리스마스 이브잖아."

그리고 그들은 한참 동안 아무 말도 하지 않았다. 대신 칠흑 같은 철로의 끝을 하염없이 바라보았다. 아이들은 이제 걱정에 사로잡히기 시작했다.

어느덧 두 시간이 지났다. 멀리 어둠 속에서 기차의 불빛이 방향을 바꾸는 것이 보였다. 짐꾼이 달려 나갔다. 아이들은 두근대는 마음으로 한 발 뒤로 물러섰다. 이윽고 기차가 플랫폼에 멈추었다. 문이 열렸다. 그리고 윌리엄이 내렸다! 아이들은 윌리엄에게로 쏜살같이 달려갔다. 그는 동생들에게 손에 들고 있던 꾸러미를 건네주며, 왜 이렇게 늦었는지 설명해 주었다.

그사이 모렐 부부는 걱정이 태산처럼 커져만 갔다. 모렐 부인은 모든 준비를 완벽하게 끝낸 뒤 가장 좋은 옷을 꺼내 입었다. 그녀에게는 초침 소리가 고문과도 같았다. 모렐이 말했다.

"흠! 벌써 한 시간 반이 지났어."

"오늘 같은 날에는 몇 시간씩 연착하곤 하잖아요."

모렐 부인은 짐짓 아무렇지도 않은 듯이 대답했다. 집 밖의 물푸레나무가 바람결에 으스스한 신음 소리를 냈다.

마침내 밖에서 아이들의 발자국 소리가 났다.

"그 애가 왔어!"

모렐이 벌떡 일어서며 소리쳤다. 모렐 부인은 문 쪽으로 몇 걸음 달려 나갔다. 이윽고 문이 활짝 열리면서 윌리엄의 모습이 나타났다. 그는 여행 가방을 바닥에 떨어뜨리며, 양팔로 어머니를 힘껏 안았다.

"엄마!"

"얘야!"

모렐 부인은 아들을 끌어안고 쉼 없이 입맞춤을 했다.

"왜 이렇게 늦었니?"

"그러게 말예요!"

그는 아버지 쪽으로 몸을 돌리면서 말했다.

"아버지!"

두 사람은 악수를 했다.

"아, 내 아들아!"

모렐의 눈은 어느새 축축하게 젖어 있었다.

"우린 네가 오지 않는 줄 알았다. 건강해 보이는구나."

윌리엄은 훌륭한 청년으로 변해 있었다. 그는 주위를 휘둘러 보았다. 그러고는 한결 여유로운 표정으로 말했다.

"조금도 달라지지 않았어요."

윌리엄은 가족들에게 줄 선물을 꺼냈다. 그는 어머니를 위해 손잡이에 금장식이 달린 양산을 사왔다. 그녀는 그것을 죽는 날 까지 간직하리라 다짐했다. 아이들은 런던에서나 맛볼 수 있는 과자를 받았다. 그날은 모두들 행복에 겨워했다.

윌리엄이 다시 런던으로 떠났을 때, 아이들은 저마다 다른 곳 으로 가서 혼자 울었다. 모렐은 비참한 기분으로 침대에 누워 있었고, 모렐 부인은 자신의 모든 감정이 마비된 것 같은 느낌 속에 싸여 있었다.

제 5 장
폴, 인생과 마주하다

모렐은 조심성이 별로 없는 사람이었다. 게다가 느긋한 천성 때문에 위험한 상황과 맞닥뜨려도 전혀 개의치 않았다. 그래서 사고가 끊이지 않았다.

현관 밖에서 덜컹거리는 석탄 수레 소리가 들리는 날이면, 모렐 부인은 하던 일을 멈추고 당장 밖으로 달려 나갔다. 그러면 열에 아홉은 남편이 상처투성이가 된 채 수레에 실려 있었다.

윌리엄이 런던으로 간 지도 일 년이 넘었다. 폴은 학교를 마치고 취업 준비를 하고 있었다.

하루는 누군가가 다급히 현관문을 두드렸다. 그때 모렐 부인은 이층에 있었고, 폴은 거실에서 그림을 그리고 있었다. 폴은 짜증스런 표정을 지으며 붓을 내려놓고 일어섰다. 모렐 부인은 이층의 창문을 열고 밖을 내다보았다. 광산의 사환이 문간에 서 있었다.

"여기가 월터 모렐 씨 집인가요?"

"그런데…… 무슨 일이지?"

그녀는 이미 사태를 짐작했다.

"아저씨가 다쳤어요."

"오, 맙소사! 그래, 이번에는 어디를 다쳤니?"

"다리인 것 같아요. 사람들이 병원으로 데리고 갔어요."

"정말 대단한 사람이야. 한시도 평안할 때가 없어."

"갱 안에서 아저씨가 죽은 듯이 기절해 있었어요. 프레이저 의사 선생님이 병원으로 옮겨야 한다고 했는데, 막 욕설을 퍼부으면서 집으로 가겠다고 우기지 뭐예요."

그 소년이 더듬거리며 말을 끝냈다.

"그는 집으로 오고 싶어 할 거야. 그래야 내게 온갖 시중을 다 떠맡길 수 있으니까. 고맙다, 애야. 정말이지 지겹고 넌더리가 난다!"

모렐 부인은 아래층으로 내려와 폴에게 말했다.

"병원으로 갔다면 상태가 꽤 나쁜 모양이구나. 사람이 어쩜 그렇게 조심성이 없을까. 이제 조금 편안해지나 싶었더니……. 기차가 몇 시에 있지?"

모렐 부인은 그 뒤로도 한참 동안 불평을 늘어놓았다. 그러면서 먼 길을 떠날 채비를 했다. 폴은 서둘러 식탁에다 음식을 차렸다.

"4시 20분까지는 기차가 없어요. 우선 차를 한 잔 마셔요. 아니면 제가 함께 갈까요?"

"그럴 필요 없어! 그런데 뭘 가져가야 하지? 셔츠, 그리고 양말……. 네 아빠가 원하지는 않겠지만 수건도 필요하겠군. 그리고 또 뭐가 필요할까?"

"빗, 칼, 수저도 챙겨 가세요."

모렐 부인은 연신 뭐라고 중얼거리면서 머리를 빗었다. 그녀의 긴 갈색 머리는 비단처럼 가늘었는데, 언제인가부터 흰 머리카락이 하나 둘 나기 시작했다. 폴은 빵을 얇게 자른 뒤 버터를 발라서 어머니에게 내밀었다.

"그럴 경황이 없어."

그녀가 성마르게 큰 소리로 말했다. 하지만 폴이 고집을 부리자, 의자에 엉거주춤 걸터앉아 차를 한 모금 마셨다.

얼마 뒤, 모렐 부인은 역을 향해 떠났다. 폴은 어머니의 자그마한 뒷모습을 오래도록 바라보았다. 어머니가 다시 근심과 고통 속에 휩싸일 생각을 하니 마음이 아파 왔다.

직접 눈으로 확인한 모렐의 상태는 생각보다 심했다. 모렐 부인은 집으로 터벅터벅 걸어가면서, 아이들한테 어떻게 말해야 할지 고민했다. 그녀가 집으로 들어서자마자 폴이 물었다.

"부상이 심해요?

"상황이 좋질 않구나."

모렐 부인은 한숨을 내쉬고 의자에 털썩 주저앉았다.

"그렇지만 위험한 건 아니야. 간호사 말로는 네 아빠 다리 위로 큰 바위가 떨어졌다는구나. 뼈가 부서진 모양이야. 네 아빠는 금세라도 죽을 듯이 굴고……. 하긴, 그러지 않으면 네 아빠가 아니지. 다 나으려면 시간이 좀 걸릴 것 같구나."

모렐 부인의 얼굴이 창백해졌다. 집 안은 이내 침묵 속에 잠겼다. 폴은 다시 붓을 들고 그림을 그렸다. 아서는 바깥으로 석탄을 가지러 갔고, 애니는 우울한 표정으로 앉아 있었다.

모렐 부인은 첫 아이가 태어났을 때 남편이 그녀를 위해 만들어 준 작은 흔들의자에 앉아 생각에 잠겼다. 그녀는 슬펐다. 그렇게 심하게 다친 남편에게 동정심이 느껴졌다. 그럼에도 불구하고 여전히 그를 진정으로 사랑할 수 없다는 사실이 몹시 마음을 아프게 했다.

경과는 썩 좋지 않았다. 일주일이 지나서야 모렐의 상태가 조금씩 나아지기 시작했다. 그가 없는 생활이 가족들에게는 오히려 평화로웠다. 광산에서 급여가 계속 지급되었기 때문에 생활하는 데도 큰 어려움이 없었다.

폴은 종종 기쁨에 넘쳐 어머니에게 이런 말을 하곤 했다.

"이젠 제가 가장이에요."

모렐의 가족들은 차마 입 밖으로 내지는 못했지만, 아버지의 몸이 곧 완쾌되어 집으로 돌아온다는 사실이 퍽 유감스러웠다.

폴은 이제 열네 살이었다. 체구가 작은 편이었지만, 얼굴에서는 이제 더 이상 어린아이의 모습을 찾아보기 힘들었다. 그는 퍽 예민한 성격을 지닌 데다 누구보다 자의식이 강했다. 무슨 일이든 처음 접할 때에 적응하는 시간이 많이 필요했다.

초등학교에 입학할 때도 그랬다. 폴에겐 학교에 가는 것은 악몽이며 고문이었다. 세상으로 나가는 것에 대한 두려움 때문이었다. 하지만 그는 또래 아이들에 비해 상당히 영리했으며, 무엇보다 그림을 잘 그렸다. 그리고 히턴 씨가 프랑스 어와 독어, 수학 등을 가르쳐 줘서 남들보다 기본 소양이 월등히 높았다.

하지만 앞으로 어떤 일을 해야 할지는 막막했다. 험한 일을 하기에는 체력이 너무 약한 데다 손재주조차 빼어나지 못했다. 잘 하는 것이라곤 산이나 들로 다니면서 그림을 그리는 것뿐이었다.

어느 날, 모렐 부인이 폴에게 물었다.

"무엇이 되고 싶니?"

그때까지 그는 아무런 생각이 없었다. 계속 그림을 그리고 싶었지만 평생 그렇게 살 수는 없는 노릇이었다. 당장 돈을 벌어야 하는 상황이었다. 하지만 그는 이 세상의 그 어떤 일에도 매력을 느끼지 못했다. 그래서 언제나 똑같이 대답했다.

"아무거나요."

"그건 대답이 아냐."

모렐 부인이 말했다. 하지만 그것이 그가 할 수 있는 유일하고 정직한 대답이었다. 그가 진심으로 바라는 것은, 매주 30실링이나 35실링씩을 받을 수 있는 곳에서 조용히 일을 하며 지내다가, 아버지가 죽은 뒤에는 어머니와 자그마한 집을 마련해 그림을 그리며 사는 것이었다.

"이제부턴 신문의 구인 공고라도 살펴봐야겠구나."

폴은 어머니를 바라보았다. 남들처럼 그런 과정을 겪어야 하다니! 처참한 기분이 들었다. 그러나 아무 말도 하지 못했다. 어떻게든 일자리를 찾긴 찾아야 하기 때문이었다.

폴은 창밖을 내다보며 생각에 잠겼다. 그는 이미 산업주의의 포로였으며, 자신도 모르는 새 멍에를 짊어지기 시작했다. 사랑하는 고향에서의 자유는 사라진 지 오래였다. 폴은 자기가 바보였으면 좋겠다고 생각했다.

그 무렵, 윌리엄은 꽤 멋을 부리고 다녔다. 런던에서 생활하면서 그는 베스트우드의 친구들보다 훨씬 더 사회적 지위가 높은 사람들과 어울릴 수 있다는 사실을 알아차렸다. 윌리엄은 어디를 가든지 친구를 잘 사귀었는데, 그들에게 매우 유쾌한 존재로 인식되었다. 그러는 사이, 스스로가 꽤나 대단한 존재라고 여기기 시작했다. 어느덧 그는 신사가 돼 있었던 것이다.

윌리엄은 종종 어머니에게 편지를 보냈다.

사랑하는 어머니,

지금은 새벽 1시예요. 어머니의 아들이 최신식 전기 램프가 놓여 있는 탁자에서 편지를 쓴다고 상상해 보세요. 금단추가 달린 화려한 야회복을 입은 모습도요. 솔로몬이 모든 영광을 누렸다지만, 앞으로 제가 누릴 것에 비하면 분명 초라하다고 느낄 거예요.

모렐 부인은 아들이 만족스럽게 생활하는 것 같아서 일단 마음이 놓였다. 그런 아들이 대견스러웠지만, 또 한편으로는 염려스럽기도 했다. 저러다가 자기 자신을 잃어버리지나 않을지 걱정이 되어서였다.

윌리엄은 발빠르게 움직이지 않으면 하루가 다르게 급변하는 세상에 적응하지 못할 거라고 생각하는 듯했다. 그래서 틈만 나면 친구들과 어울려 극장엘 가고 춤을 추고 강으로 나가 배를 타고 놀았다.

그리고 오로지 성공하기 위해 늦은 밤에 혼자서 공부에 몰두

하곤 했다. 이제는 어머니에게 돈을 보내지도 않았다. 모든 수입을 자신의 삶을 위해 썼다.

모렐 부인도 아들의 수입을 탐내지는 않았다. 오로지 그가 성공하기만을 바랐으며, 그 뒤에서 자신이 뒷바라지하는 모습을 상상했다. 윌리엄 때문에 자기 마음이 얼마나 무겁고 불안한지를 한 순간도 인정하려 들지 않았다.

윌리엄은 여전히 무도회장에서 만난 여자들에 관한 이야기를 많이 했다. 그는 갈색 머리칼을 가진, 어느 어여쁜 숙녀를 쫓아다니고 있었다.

어머니가 그녀를 본다면, 제가 왜 이러는지 아실 거예요. 아주 밝고 투명한 올리브색 피부를 가졌어요. 그리고 깊은 밤 호수 위에 비친 불빛처럼 도도하게 빛나는 회색 눈……. 게다가 얼마나 멋쟁이인데요. 런던에서 그녀보다 옷을 잘 입는 여자는 아직까지 보지 못했어요. 그녀와 함께 길을 걸을 때면 눈이 부셔서 고개를 들 수조차 없어요.

모렐 부인은 윌리엄이 허영심 많은 여자와 어울리는 것은 아닌지 걱정이 되었다. 그래서 그녀 특유의 회의적인 어투로 답장을 보냈다.

모렐 부인은 집안일을 하다가도 문득문득 윌리엄에 대한 생각에 잠기곤 했다. 그가 화려한 여자와 결혼한 뒤, 교외에서 작고 누추한 집을 얻어 근근이 살아가는 모습을 상상했다. 그러다가도 애써 마음을 다독거렸다.

'내가 어리석은 생각을 하는 걸 거야.'

한편 폴은 노팅엄에 있는 외과 의료 기구 제조 회사인 '토머스 조던 사'로부터 면접 통지를 받았다. 모렐 부인은 무척 기뻐했다.

"봐라! 이력서를 겨우 네 번밖에 안 보냈는데……. 넌 참 운이 좋은 아이야. 내가 늘 얘기하지 않았니?"

하지만 폴은 조던이 보낸 편지에 그려져 있는, 여러 가지 재료로 만든 의족을 보고는 깜짝 놀랐다. 그는 그 회사가 몹시 비인간적이라고 느꼈다.

며칠 뒤, 폴은 어머니와 함께 면접을 보러 가기 위해 집을 나섰다. 8월의 태양은 뜨거웠다. 폴은 마음속에서 무엇인가가 옥죄어 오는 듯한 느낌을 받으면서 터벅터벅 걸음을 옮겼다.

그러나 모렐 부인은 한창 들떠 있었다. 기차역에 다다르자, 다른 여행객들 앞에서 일부러 큰 소리로 얘기하기 시작했다.

"난 어쩐지 네가 이번에 일자리를 얻을 수 있을 것만 같구나. 넌 운이 좋은 아이니까."

기차에 오른 지 얼마 되지 않아 그들은 목적지에 도착했다. 어머니와 아들은 모험을 떠나는 연인들처럼 묘한 흥분을 느끼면서 노팅엄 시내로 들어섰다. 두 사람은 다리 난간에 기대어 운하에 떠 있는 거룻배를 내려다보았다.

"꼭 베네치아 같군요."

높은 공장들의 담벽 사이를 흐르는 운하 위로 햇빛이 쏟아지고 있었다.

"그렇구나."

폴의 말에 모렐 부인이 미소를 지으면서 대답했다. 면접 때까지는 시간이 많이 남아 있었다. 어머니와 아들은 시내를 둘러보기로 했다.

노팅엄 시내는 신기하고 재미있는 것들로 넘쳐났다. 그러나 폴의 가슴은 불안의 매듭으로 묶여 있었다. 그는 토머스 조던과의 면접이 두려웠다.

어느덧 11시가 되었다. 그들은 어느 좁은 길로 들어섰다. 그러자 꽤 음침해 보이는 거리가 나타났다. 집집마다 현관의 황토색 층계가 늘어뜨린 혓바닥처럼 길목까지 나와 있었고, 오래된 가게에서는 작은 창문들이 반쯤 뜬 교활한 눈처럼 음침하게 매달려 있었다.

어머니와 아들은 토머스 조던 사를 찾기 위해 사방을 연신 두리번거렸다. 폴은 자신의 모습이 마치 황야로 첫 사냥을 나선 어설픈 사냥꾼같이 느껴졌다.

이윽고 그들은 아치형의 통로를 발견했다. 거기에 토머스 조던 사가 있었다.

통로로 이어진 층계 끝에 더러운 유리문이 하나 있었고, 유리문에는 '토머스 조던 사―외과 의료 기구'란 글자가 적혀 있었다. 모렐 부인이 먼저 들어가고 폴이 뒤를 따랐다. 어머니의 뒤를 따라 더러운 층계를 올라가 더러운 문으로 들어서는 폴의 심정은 단두대에 오르는 찰스 1세의 마음보다 더 무거웠다.

조던은 백발에 얼굴이 유난히 붉은 노인이었다. 다리는 짜리몽땅했고, 키에 비해 뚱뚱한 편이었다. 노인은 두 사람을 사무실로 안내했다.

"자네가 쓴 게 맞나?"

조던은 다짜고짜 폴에게 서류 한 장을 내밀면서 날카로운 목소리로 말했다. 폴은 고개를 끄덕였다. 순간 그의 머릿속에 두 가지 생각이 떠올랐다. 그중 하나는 윌리엄의 자기 소개서를 몰래 베꼈기 때문에 거짓말을 한 데 대한 죄의식이었고, 나머지 하나는 자신의 글이 노인의 살찐 손 안에 있다는 사실이 아주 낯설게 느껴진다는 생각이었다.

"어디서 이런 글쓰기를 배웠나?"

그가 퉁명스럽게 물었다. 폴은 아무 대답도 하지 못했다. 그러자 모렐 부인이 변명하듯 한마디 했다.

"얘는 글을 잘 쓰지 못해요."

"그런데 프랑스 어는 잘 한다고?"

"네."

폴이 대답했다.

"학교는 어디까지 다녔지?"

"초등학교요."

"그럼 프랑스 어를 학교에서 배웠나?"

"아뇨, 전……."

폴은 얼굴이 벌겋게 달아올라 더 이상 말을 잇지 못했다.

"이 아이의 대부가 가르쳤어요."

모렐 부인이 기어 들어가는 목소리로 말했다. 조던은 잠시 망설이다가 주머니에서 다른 종이를 한 장 꺼내어 펼쳤다.

"한번 읽어 봐."

그것은 프랑스 어로 쓴 쪽지였다. 폴은 가늘고 희미한 외국어 필체를 제대로 읽어 낼 수가 없었다. 그는 서류를 멍하게 바라보다가 더듬더듬 읽기 시작했다. 그런데 너무나 당황한 나머지 한 줄도 채 읽지 못하고 막히고 말았다.

"무슈어……, 그리고……."

폴은 절망적인 심정으로 다시 쪽지를 읽어 나갔다.

"귀하……, 어, 어, 회색 스타킹, 두 짝을…… 어, 어, 이 말을 모르겠어요. 손가락…… 어, 없이…… 못 알아보겠어요. 보내 주기 바랍니다."

그는 필체를 도저히 알아볼 수 없다고 말하고 싶었지만, 차마 그 말이 입 밖으로 나오지 않았다. 그가 제대로 읽어 내지 못하자, 조던은 쪽지를 낚아채 가 버렸다.

"발가락이 없는 회색 스타킹 두 켤레를 브내 주세요! 이렇게 해석하는 거라구."

폴은 얼굴을 붉혔다.

"'doigts'에는 손가락이라는 뜻도 있어요. 일반적으로⋯⋯."

노인은 폴을 빤히 바라보았다. 'doigts'에 손가락이라는 뜻이 있는지 알 턱이 없었기 때문이다. 그들의 사업에서는 그 단어가 '발가락'을 의미하는 것만으로도 충분했다. 그가 날카로운 목소리로 말했다.

"스타킹에 손가락이라니!"

"하지만 그 단어는 손가락이라는 뜻이에요."

폴은 고집을 부렸다. 그는 자기를 순식간에 바보로 만드는 남자를 증오했다. 조던은 멍청하면서도 도전적인 소년의 얼굴을 바라보다가 어머니에게로 눈길을 돌렸다. 그녀는 다른 사람들의 호의에 의존할 수밖에 없는, 가난한 사람들에게서 흔히 볼 수 있는 무표정한 얼굴로 조용히 앉아 있었다.

"얘가 언제부터 일하러 나올 수 있겠소?"

"언제든지 원하실 때 올 수 있어요."

모렐 부인은 놀란 나머지 두 눈을 동그랗게 뜨고서 말했다.

그날의 면접은 폴이 다음 주 월요일부터 주 8실링에 나선과의 초급 직원으로 일하는 것으로 마무리되었다.

"시간이 지나면 이 일이 마음에 들어질 거다. 같이 일하는 사람들도 말이야."

모렐 부인은 환한 얼굴로 아들을 바라보았다. 하지만 폴은 자신에게 망신을 준 노인이 마음에 들지 않았다.

마침내 월요일 아침이 되었다. 폴은 첫 출근을 하기 위해 6시에 일어났다. 모렐 부인은 작은 바구니에 정성껏 준비한 점심을 싸 주었다. 그는 7시 15분 기차를 타러 가느라 6시 45분에 집에서 나왔다. 모렐 부인은 문 앞까지 나와 아들을 배웅했다.

완벽한 아침이었다. 물푸레나무가 부드러운 바람에 흔들리고 있었다. 계곡에서는 짙은 안개가 피어올랐고, 안개 속으로 잘 익은 밀이 흔들리며 반짝였다. 바람이 입김처럼 부드럽게 불어오는, 그런 날이었다.

모렐 부인은 폴의 뒷모습을 오래도록 바라보았다. 아들의 몸은 작지만 탄탄했으며, 생명력으로 가득 차 보였다. 그녀는 들판을 가로질러 터벅터벅 걸어가는 아들을 보면서, 폴만큼은 자기가 이끌려고 마음먹은 곳에 반드시 도달할 것이라고 느꼈다.

그러면서 윌리엄을 떠올렸다. 윌리엄은 멀리 런던에서 잘 지내고 있었다. 이제 그녀는 두 아들을 세상에 내보냈다. 그녀는 거대한 산업 중심지인 두 곳에 아들을 각각 보냈으며, 그들이 그녀가 원하는 것을 이뤄 주리라 굳게 믿었다. 그들은 그녀 자신으로부터 세상에 나왔기에 그녀의 일부나 다름없었다. 그들의 일 또한 그녀의 일이나 마찬가지였다.

회사에 도착한 폴은 젊은 사무원의 안내를 받아 한 사무실로 들어갔다. 폴의 선임은 패플워스라는 삼십대 중반의 사내였는데, 체구가 마르고 피부색이 누르스름하며 코가 빨갰다. 그는 동작이 몹시 빨랐으며 딱딱 끊어서 말하는 버릇이 있었다.

"네가 새로 온 내 조수냐?"

사내가 껌을 질겅질겅 씹으며 물었다.

"네."

"앉아라."

폴이 의자에 앉자, 사내는 편지 한 통을 들고 그에게 바싹 다가앉았다. 그러고는 자기 앞에 있는 서류대에서 기다란 장부 하나를 끄집어내어 펼치더니 펜과 함께 내밀며 말했다.

"이제 여길 봐라. 우선 이 편지를 여기에 베껴야 해."

사내는 코를 킁킁거리더니 편지를 뚫어지게 바라보았다. 잠시 뒤 그는 화려한 필체로 빠르게 장부에 기록했다. 그러고는 재빨리 폴에게 시선을 주었다.

"알겠지?"

"네."

"제대로 할 수 있겠어?"

“네.”

“좋아! 그럼 시작해 보자.”

패플워스는 폴이 해야 할 일을 가르쳐 주었다. 패플워스와 함께 폴이 해야 할 일은 물품을 주문하는 편지를 읽고, 주문 품목을 큰 장부에 기입하는 것이었다. 또 노란색 주문지에 세부 사항을 정확히 적어서 물품을 만드는 부서에 접수해야 했다. 주문품의 대부분은 탄력 스타킹이나 붕대였다.

폴은 아래층에서 일하는 여직원들과도 인사를 나누었다. 그렇게 정신없이 보내다 보니 어느새 점심시간이 되었다.

주말이 다가오거나 계산서를 작성해야 할 경우가 아니면 오후에는 그렇게 할 일이 많지 않았다. 오후 5시가 되면 사람들은 어두컴컴한 지하로 내려가서 차를 마시거나 더러운 판자 위에 식탁보도 깔지 않은 채 둘러앉아 간식을 먹으며 지저분한 수다를 떨었다.

차를 마시고 나서 모든 가스등에 불이 켜지면 작업은 더 빠르게 진행되었다. 저녁에 보내야 할 우편물이 꽤 많이 있었다. 작업실에서 방금 다림질한 따뜻한 스타킹이 올라오면, 폴은 청구서를 작성한 뒤 포장을 하고 주소를 썼다. 그다음에는 발송할 우편물들의 무게를 저울에 달아야 했다.

사방에서 무게를 말하는 소리, 쇠가 서로 부딪치는 소리, 신속하게 끈을 자르는 소리, 우표를 받으러 나이 든 멜링 씨에게 서둘러 달려가는 소리 등이 들렸다. 그리고 얼마 뒤, 우편집배원이 즐겁게 웃으면서 커다란 자루를 들고 왔다. 그런 뒤에는 일의 속도가 한결 느슨해졌다. 폴은 빈 점심 바구니를 들고 8시 20분 기차를 타러 역으로 달려갔다. 공장에서는 꼬박 열두 시간을 일했다.

폴은 지친 표정으로 집에 돌아왔다. 하지만 모렐 부인은 아들이 노동의 기쁨을 알게 된 것이라고 생각했다.

"그래, 괜찮았어?"

"재미있었어요, 엄마. 일도 생각보다 많지 않고요. 그리고 사람들이 친절해요."

폴은 어머니에게 회사에서 있었던 모든 일을 말했다. 그가 관찰한 모든 것, 그가 생각한 모든 것, 요컨대 그가 경험한 모든 것을 그녀에게 고스란히 전달했다. 그러나 불쾌한 일만은 이야기하지 않았다. 폴은 어머니가 자신을 부끄러워하거나 수치스럽게 느끼는 것을 참을 수 없었다.

시간은 빠르게 지나갔다. 폴은 곧 조던 회사를 좋아하게 되었다. 특히 그는 여공들과 이야기 나누는 것을 좋아했다. 회사에 있는 남자들은 하나같이 시시하고 재미가 없었다.

퇴근길 기차 안에서 바라보는 시내의 불빛은 일상의 소소한 즐거움 중 하나였다. 언덕 위에 촘촘히 박힌 불빛을 바라볼 때마다, 그는 삶의 풍요로움을 느꼈다.

모렐 부인은 폴을 항상 반갑게 맞이했다. 폴은 자신이 번 8실 링을 자랑스럽게 식탁에 올려놓은 뒤 그날 있었던 일을 어머니에게 자세하게 들려주었다. 모렐 부인은 아들의 말을 항상 진지하게 들었다. 아들의 하루 일을 듣고 있노라면, 마치 자신이 공장에서 일하는 것 같은 착각마저 일었다.

제 6 장

장남 윌리엄

아서 모렐은 하루가 다르게 커 나갔다. 그의 암갈색 머리카락과 긴 속눈썹으로 그늘진 암청색 눈동자, 그리고 활력이 넘쳐 보이는 얼굴빛은 꼭 젊은 시절의 월터 모렐을 보는 것 같았다. 아서는 수려한 외모 덕에 어디에서나 인기를 독차지했다.

아서는 세 형제 가운데 아버지의 기질을 가장 많이 닮아 있었다. 그래서 그런지 매사에 조심성이 없고 충동적이었다. 그의 기질은 커 가면서 점점 더 변덕스러워졌다. 그는 아무것도 아닌 일에 자주 화를 냈는데, 성격이 얼마나 거친지 모렐 부인조차도 넌더리를 낼 지경이었다.

한편 모렐은 조금씩 무너져 가고 있었다. 단단했던 근육은 조금씩 늘어지기 시작했고, 선 굵은 얼굴은 세월 속에서 중후해지기는커녕 오히려 궁색맞고 미련해 보였다. 게다가 모렐의 행동은 점점 더 안하무인이 되어 갔다. 가족들은 세월이 가도 바뀌지 않는 그의 습관들을 혐오스럽게 생각했다.

아서는 그런 아버지를 유독 더 미워했다. 과거에는 아버지를 그 누구보다 따랐지만, 세월이 지나면서 상황은 바뀌고 말았다. 아서는 아버지가 가족들에게 행패를 부릴 때면 "성가신 인간!"이라고 소리를 지르며 집 밖으로 뛰쳐나가곤 했다.

모렐은 아이들이 싫어할수록 더욱더 자기 방식을 고집했다. 그 역시 때때로 냉담한 자식들에게 증오심 비슷한 감정을 느끼는 듯했다.

"나만큼 가족을 위해서 몸 바쳐 일하는 사람 있으면 나와 보라고 해. 그런데 이게 뭐야. 존경은커녕 개만도 못한 취급을 받으니. 난 더 이상 참지 못하겠다!"

모렐은 자식들을 향해 그렇게 소리치곤 했다.

아서가 노팅엄의 중학교에 장학생으로 입학하게 되었다. 모렐 부인은 막내아들을 시내에 사는 이모 집에 맡기기로 했다. 사춘기에 접어든 아서를 도저히 감당할 자신이 없어서였다.

애니는 일주일에 약 4실링을 받으며 초등학교의 보조 교사로 일하고 있었다. 그런데 얼마 전 승급 시험을 통과해 급여가 자그마치 15실링으로 오를 수 있게 되었다. 모렐 부인은 그 덕분에 살림이 한결 나아질 거라고 기대했다.

모렐 부인의 집착은 이제 윌리엄에서 폴에게로 옮아갔다. 폴은 비록 형처럼 재기가 뛰어나지는 않았지만, 과묵하고 사려가 깊었다. 그는 그림 그리는 일에 몰두했으며, 여전히 모렐 부인에게 의존했다. 그가 하는 모든 일은 오로지 어머니를 위한 것이었다.

모렐 부인은 매일 저녁 그가 집에 돌아오기를 기다렸다가, 낮 동안에 일어났던 일들을 낱낱이 들려주었다. 그러면 그는 진지한 표정으로 어머니의 말을 끝까지 들었다. 어머니와 아들은 그렇게 서로의 삶을 공유하고 있었다.

한편 윌리엄은 런던 생활에 완전히 적응한 듯했다. 그는 이따금 어머니에게 편지를 보냈는데, 편지에는 온통 그 갈색 머리칼의 여자 이야기뿐이었다. 모렐 부인은 그런 아들이 걱정되었지만, 좀 더 지켜보기로 했다.

그러던 어느 날, 윌리엄은 결국 갈색 머리의 여자와 약혼식을 올렸다는 소식을 전해 왔다. 모렐 부인은 갑작스럽게 일어난 일에 어안이 벙벙했다. 그는 약혼녀를 집에 데려오고 싶어 했지만, 모렐 부인은 영 내켜 하지 않았다. 하지만 윌리엄이 안달을 하자 크리스마스에 오는 게 좋겠다며 반승낙을 했다.

크리스마스가 되자, 윌리엄은 약혼녀와 함께 집을 찾았다. 그러나 작년과 달리 올해는 빈손이었다. 윌리엄은 어머니의 뺨에 입을 맞춘 뒤 자신의 약혼녀를 소개했다. 그녀는 흑백 체크무늬 옷 위에 모피 외투를 걸치고 있었는데, 키가 크고 꽤나 미인이었다.

"제가 전에 말씀드렸죠? 릴리예요!"

"처음 뵙겠습니다, 모렐 부인!"

릴리는 한쪽 손을 살짝 내밀며 가볍게 미소를 지었다.

"먼 길을 왔으니 배가 많이 고프겠군요."

"괜찮아요. 기차 안에서 뭘 좀 먹었거든요. 그나저나 윌리엄, 혹시 내 장갑 가지고 있어요?"

릴리가 묻자, 윌리엄은 고개를 저으며 말했다.

"아니. 그걸 왜 나한테 물어?"

"어머, 그새 잃어버렸나 봐."

윌리엄은 얼굴을 살짝 찡그렸지만, 더 이상 아무 말도 하지 않았다.

바로 그때, 일을 마친 모렐이 집 안으로 들어왔다.

"아버지!"

"그래, 아들아. 어디 보자!"

두 사람은 악수를 나누었다. 윌리엄은 아버지에게도 릴리를 소개했다.

"안녕하세요, 모렐 씨."

모렐은 마치 아첨이라도 하듯이 고개를 조아렸다.

"환영합니다. 당신도 이곳이 마음에 들면 좋겠군요."

"아, 고맙습니다."

릴리는 이번에도 가벼운 미소를 지어 보였다. 모렐 부인이 말했다.

"아무래도 아가씨는 윌리엄과 함께 위층으로 올라가는 것이 편하겠지요?"

"괜찮으시다면……. 아니, 조금이라도 폐가 된다면 그냥 여기에 있겠어요."

"그렇지 않아요. 애니가 안내할 거예요. 월터, 이 짐을 이층으로 올려다 주세요."

그때 윌리엄이 약혼녀의 등에 대고 외쳤다.

"설마 오늘도 옷 갈아입는 데 한 시간이나 걸리진 않겠지?"

애니는 릴리를 침실로 안내했다. 평소에는 모렐 부부가 쓰는 방이었다.

"짐을 풀어 드릴까요?"

애니가 물었다.

"그래 주면 고맙죠!"

릴리는 기다렸다는 듯 환하게 웃었다. 졸지에 하녀로 전락한 애니는 릴리의 짐을 푼 다음, 그녀가 마실 물을 가지러 아래층으로 내려왔다.

30분쯤 지나자, 릴리가 아름다운 자줏빛 드레스로 갈아입고 아래층으로 내려왔다. 그것은 광부의 집 부엌에 전혀 어울리지 않는 옷이었다.

그녀는 양해도 구하지 않고 모렐의 안락의자에 앉은 뒤, 윌리엄의 귀에 입술을 바짝 갖다 대고는 이렇게 속삭였다.

"내 손수건 좀 갖다 줘요, 사랑스러운 윌리엄!"

이 광경을 본 가족들은 마치 둘만의 공간에 눈치 없이 끼어든 불청객이라도 된 듯한 기분이었다.

"내가 갔다 올게요."

애니가 자리에서 일어나며 말했다.

릴리는 마치 공주처럼 행세했다. 집 안에서 가장 좋은 물건들, 이를테면 최고의 컵, 최고의 숟가락, 최고의 식탁보, 최고의 커피 주전자 등이 그녀를 위해 동원되었다. 그녀는 가족들의 극진한 대접을 받으며 기차 안에서 먹은 형편없는 음식이라든가 런던의 풍경, 무도회의 분위기 등에 대해 쉴 새 없이 조잘거렸다.

10시쯤, 윌리엄이 릴리에게 물었다.

"피곤하지 않아?"

"약간요, 윌리엄."

그녀는 머리를 한쪽으로 살짝 기울이며 코맹맹이 소리로 대답했다.

“제가 방에 촛불을 켜 주고 올게요.”

윌리엄이 말했다.

“그러려무나.”

모렐 부인이 대답했다.

릴리는 윌리엄의 가족들과 돌아가면서 악수를 한 뒤 그를 앞
세우고 자리를 떴다.

윌리엄은 5분 뒤에 아래층으로 다시 내려왔다. 그런데 얼굴이
잔뜩 일그러져 있었다.

“어머니, 그녀가 마음에 드세요?”

“그래…….”

“어머니가 이해해 주세요. 어머니……, 그녀는 여기가 익숙하
지 않을 거예요. 어머니도 아시다시피, 이곳은 그녀의 이모 집과
많이 다르잖아요.”

“다르겠지. 성급하게 판단하지 않으마.”

모렐 부인은 아들을 위해 이렇게 말했다. 하지만 윌리엄은 내
내 마음이 불편했다.

다음 날도 릴리는 집 안을 누비며 고상한 숙녀처럼 굴었다. 손
가락 하나 까딱하지 않고 애니나 폴을 하인처럼 부려 댔다. 하
지만 사실 그녀는 그리 특별한 여자가 아니었다. 런던의 어느
작은 사무실에서 일 년 남짓 사무원으로 일한 평범한 여자에 불
과했다.

윌리엄은 부활절에 다시 집을 찾았다. 그러나 이번엔 혼자였다. 그는 어머니와 릴리에 대해 오랫동안 이야기를 나눴다.

"어머니……, 참 이상해요. 릴리가 곁에 없을 땐 전혀 그립지가 않아요. 제가 그녀를 정말 좋아하는지 의심이 될 만큼. 아마 영원히 보지 못하더라도 상관없을 것 같아요. 그런데 저녁에 그녀를 만나면 미치도록 좋아요."

"참 이상한 사랑이구나. 그 아가씨가 네게 그 정도 존재밖에 되지 않는데도 결혼을 할 셈이니?"

모렐 부인이 물었다.

"잘 모르겠어요, 어머니. 근데 우린 그동안 너무 많은 걸 나누었어요. 전 그녀와 헤어질 수 없어요."

"헤어질 수 있는지 없는지는 네가 가장 잘 알겠지. 그리고 말이다. 네 말이 진짜라면, 난 그게 사랑이라고 생각하지 않아."

"아! 정말 뭐가 뭔지 모르겠어요. 중요한 건 그녀에게 가족이 단 한 명도 없다는 거예요. 그리고……."

두 사람은 결국 어떤 결론에도 이르지 못했다. 모렐 부인이 보기에, 윌리엄은 아직 릴리에 대한 확신이 없는 것 같았다. 릴리 쪽에서 이것저것 재는 것 같기도 했다.

윌리엄은 릴리의 마음을 얻기 위해 많은 힘과 돈을 소비했다. 어머니를 노팅엄까지 모시고 갈 여비조차 없을 정도였다.

한편 폴은 자기 자리를 조금씩 잡아 가고 있었다. 회사 생활도 어느 정도 적응이 되었고, 크리스마스를 기준으로 임금도 10실링으로 올랐다. 하지만 밀폐된 공간에서 하루 종일 생활한 탓인지 건강은 전보다 더 나빠졌다. 모렐 부인은 그 점이 부쩍 신경 쓰였다. 폴은 그렇게 모렐 부인에게 차츰차츰 더 중요한 존재가 되어 갔다.

5월의 어느 월요일, 폴은 어머니와 단둘이서 점심을 먹고 있었다. 월요일은 오전 근무밖에 없어서 어머니와 오붓하게 점심 시간을 보낼 수 있었다.

모렐 부인은 빵에 버터를 바르다 말고 폴에게 말했다.

"레이버스 씨 가족이 윌리 농장으로 이사를 갔다는구나. 지난 주에 놀러 오라고 연락이 왔는데, 내가 월요일에 날씨가 좋으면 너와 함께 가겠노라고 말했단다. 함께 가겠니?"

"좋아요, 엄마. 가고말고요! 근데 전 레이버스 부인이 누군지 기억나지 않아요. 엄마는 잘 아세요?"

"넌 잘 모를 거다. 조금은 애처로워 보이는, 큰 갈색 눈을 가진 여자지. 예배 볼 때 우리 맞은편에 즐겨 앉곤 했어."

"기억이 나는 것도 같아요. 그나저나 서둘러야겠어요. 어서 준비하세요. 식탁은 제가 치울 테니까요."

잠시 뒤 모렐 부인은 다소 수줍어하면서 폴 앞에 나타났다. 그녀는 새로 산 블라우스를 입고 있었다. 폴은 벌떡 일어나서 어머니에게 다가갔다.

"정말 우리 엄마 맞아요? 눈이 부셔요!"

"마음에 드니?"

"그럼요! 당장 데이트 신청을 하고 싶을 만큼 근사해요!"

"너무 젊어 보이지 않을까?"

그녀가 걱정스런 눈빛으로 물었다.

"젊어 보이다니요? 엄만 젊어요. 차라리 흰 가발을 사서 머리에 쓰고 다니시지요."

"곧 그럴 필요도 없을 거다. 머지않아 백발이 될 테니까."

모자는 옷을 잘 차려입고 집을 나섰다. 5월의 햇볕은 생각보다 뜨거웠다. 모렐 부인은 윌리엄이 선물한 양산을 들었다. 두 사람은 마치 다정한 연인처럼 어깨를 나란히 하고 걸어갔다.

얼마 후 그들은 윌리 농장에 다다랐다. 모렐 부인과 폴은 울타리가 쳐진 작은 정원으로 걸음을 옮겼다. 그때 현관 앞에 앞치마를 두른 소녀 하나가 나타났다. 열네 살쯤 되어 보이는, 검은 눈의 예쁜 소녀였다. 그녀는 잠시 쭈뼛거리더니 이내 집 안으로 들어가 버렸다.

잠시 뒤 레이버스 부인이 나왔다.

"오셨군요. 와 줘서 기뻐요."

"괜히 귀찮게 하는 건 아닌지 모르겠네요."

모렐 부인이 양산을 접으며 말했다.

"오, 아니에요. 우린 손님이 와서 반갑기만 한데요. 여기는 너무 외진 곳이에요."

"그런 것 같군요."

레이버스 부인은 좀 전에 보았던 검은 눈의 소녀를 자신의 딸이라고 소개했다. 소녀의 이름은 미리엄이었다. 네 사람은 식탁 앞에 둘러앉아 차를 마셨다.

모렐 부인과 레이버스 부인이 거실에서 이야기를 나누는 동안, 폴은 미리엄과 함께 밖으로 나가 정원을 둘러보았다.

"이건 겹장미 같은데?"

폴이 울타리를 따라 자라난 덤불을 가리키며 미리엄에게 말했다. 순간 그녀의 큰 눈에 당황하는 빛이 어렸다.

"난 잘 몰라."

"확실해. 꽃이 피면 분명 겹장미일 거야."

폴은 작지만 단호한 목소리로 말했다. 그러자 미리엄이 더듬거리며 아는 체를 했다.

"이름은 잘 모르겠어. 아무튼 그건 가운데 부분만 분홍색인 흰색 꽃이야."

"그럼 수줍은 소녀 장미구나?"

폴의 말에 미리엄의 두 뺨이 금세 빨갛게 달아올랐다.

잠시 뒤 미리엄의 남자 형제들이 학교에서 돌아오자, 폴은 그들과 인사를 나눈 뒤 함께 과수원으로 갔다. 그곳에는 소년들이 만들어 놓은 평행봉이 있었다. 그들은 폴 앞에서 힘을 과시하고 싶었는지, 앞 다투어 평행봉 묘기를 보여 주었다. 하지만 폴의 눈에는 그들의 모습이 우습게만 보였다. 폴은 그곳에서 좀 더 시간을 보낸 뒤 어머니와 함께 집으로 돌아왔다.

윌리엄은 성령 강림절을 맞아 릴리와 함께 다시 베스트우드를 찾았다. 그들이 집에 머무는 동안, 집 안에는 묘한 분위기가 감돌았다.

윌리엄은 짜증을 자주 냈는데, 거기에는 그럴 만한 이유가 충분히 있었다. 릴리가 8일 동안 머무는 데 무려 다섯 벌의 드레스와 여섯 벌의 블라우스를 가져왔기 때문이었다.

그것도 모자라, 릴리는 가방 속에서 블라우스를 꺼내더니 애니에게 내밀며 약간의 거리낌도 없이 이렇게 말했다.

"이것들 좀 빨아 주겠니?"

다음 날, 모렐 부인은 애니가 릴리의 옷을 빨고 있는 것을 보고는 화가 머리끝까지 치솟았다. 그건 윌리엄도 마찬가지였다. 릴리가 매번 자기 여동생을 함부로 대하자 증오스러워지기까지 했다.

"있잖아요, 어머니."

윌리엄은 밤에 어머니와 단둘이 있게 되자 조심스럽게 말을 꺼냈다.

"그녀는 돈에 대한 개념이 전혀 없어요. 월급을 받으면 아무 생각 없이 설탕으로 절인 밤과자 같은 걸 잔뜩 사요. 그러면 제가 그녀에게 정기 승차권과 필요한 물건들, 심지어 속옷까지 사줘야 해요. 그런 데다 그녀는 무슨 마음에선지 지금 당장 결혼하고 싶어 해요. 저도 내년에는 결혼하는 것이 좋겠다고 생각하고요. 그렇지만 이런 상태로……."

"내가 너라면 그 문제를 다시 진지하게 고려해 보겠구나."

모렐 부인은 단호하게 말했다.

"하지만…… 지금 헤어지기에는 관계가 너무 깊어졌어요. 그래서 가능하면 빨리 결혼할까 하는 거예요."

"네가 굳이 하겠다면 하는 거겠지. 널 막아 봐야 소용없을 테니까. 하지만 그 문제만 생각하면 걱정이 되어서 잠이 오지 않는구나."

"그녀는 점점 더 나아질 거예요, 어머니. 그러면 어떻게든 살아가겠지요."

"글쎄다. 윌리엄, 약혼을 파기하는 것보다 더한 잘못도 있다는 걸 명심해라."

모렐 부인의 충고에 윌리엄은 거실 저편을 응시한 채 미동도 없이 앉아 있었다.

"지금 그녀를 포기할 순 없어요."

한참 동안 침묵이 흘렀다. 어머니와 아들은 더 이상 아무 말도 하지 않았다. 두 사람 사이에는 팽팽한 긴장감만이 오가고 있었다. 마침내 모렐 부인이 먼저 입을 열었다.

"그래. 자거라, 얘야……. 오늘은 이만하자. 내일 아침에는 기분이 한결 나아졌으면 좋겠구나. 그리고 네 생각도……."

윌리엄은 어머니에게 입을 맞추고선 방으로 들어갔다.

모렐 부인은 불쏘시개로 난롯불을 헤집었다. 그녀의 마음은 납덩이보다 더 무거웠다. 숨조차 쉬기 힘들 정도였다. 남편과 갈등이 깊었을 때도 이렇지는 않았다. 하루에도 몇 번씩 가슴이 무너져 내렸지만, 그것이 그녀의 살아갈 이유를 부서뜨리지는 못했다.

그런데 지금 이 순간, 그녀의 영혼은 절름발이가 되고 말았다. 그녀의 소중한 희망이 뒤통수를 맞은 듯한 기분이었다.

윌리엄은 10월 첫째 주 주말에 다시 어머니를 찾았다. 크리스마스 때까지 기다리기엔 너무 멀어서, 축제 기간을 이용해 잠깐 다니러 온 것이었다.

"얼굴이 많이 야위었구나, 얘야."

모렐 부인이 윌리엄의 얼굴을 쓰다듬으며 말했다. 그녀의 목소리에는 물기가 촉촉히 배어 있었다.

"네, 지난달 내내 감기가 떨어지지 않았어요. 하지만 이제 괜찮아요."

윌리엄은 탈옥에 성공한 죄수처럼 즐거운 듯이 굴었지만, 눈빛에는 짙은 그늘이 드리워져 있었다. 무엇보다 얼굴이 많이 수척해 보였다. 모렐 부인은 그런 아들에게 마음이 쓰였다.

"넌 일을 너무 많이 하고 있어."

모렐 부인이 원망스러운 눈초리로 그를 바라보며 말했다. 윌리엄은 결혼 자금을 마련하느라 과외로 일을 더 하고 있었다.

"어머니, 저의 이런 노력에도 불구하고 제가 죽으면 그 여자는 딱 두 달 동안만 힘들어할 거예요. 그 이후에는 절 까맣게 잊어버리겠지요. 두고 보세요. 제 무덤을 보러 이 집을 찾는 일도 없을 거예요. 단 한 번도요."

"도대체 왜 그런 말을 하니? 윌리엄, 넌 죽지 않을 거야. 그리고 릴리는 어쩔 수 없어. ……그 애는 원래 그런 여자야. ……그리고 네가 그 애를 선택한 이상 불평을 해선 안 돼."

모렐 부인이 말했다.

다음 날 아침, 윌리엄은 양복에 칼라를 끼다가 턱을 들어 올리면서 모렐 부인에게 말했다.

"어머니, 이것 좀 봐요. 칼라에 긁혀 턱밑에 상처가 났어요!"

정말로 그의 턱과 목 경계에 어제까지 없었던 크고 붉은 상처가 보였다.

"우선 연고를 바르거라. 다른 칼라를 끼워야겠구나."

윌리엄은 일요일 자정에 떠났다. 다행히 이틀 동안 집에 머물면서 표정이 전보다 안정된 것 같아 보였다.

화요일 아침, 런던에서 윌리엄이 아프다는 내용의 전보가 왔다. 모렐 부인은 마루를 닦다가 그 전보를 받았다. 그녀는 급히 이웃을 불렀다. 그러고는 집주인에게 가서 1파운드를 빌린 다음 옷을 갈아입고 런던으로 향했다.

그녀가 윌리엄의 숙소에 도착했을 때는 6시였다.

"아이 상태가 어때요?"

"조금도 나아지지 않았어요."

모렐 부인의 물음에, 주인집 여자가 근심스러운 표정을 지으며 말했다.

모렐 부인은 여자를 따라 위층으로 올라갔다. 윌리엄은 파리해진 얼굴빛으로 침대에 누워 있었다. 두 눈에는 온통 핏발이 서 있었다. 온기 없는 방 안 여기저기에 옷들이 아무렇게나 널려 있었다.

"아, 윌리엄!"

모렐 부인은 슬픔을 안으로 삼키며 아들의 이름을 불렀다. 하지만 그는 아무런 대답도 하지 않았다. 아무래도 어머니를 알아보지 못하는 것 같았다. 그는 분명치 않은 목소리로 더듬더듬 무언가를 말하기 시작했다.

"선박의 화물칸이 새는 바람에 설탕이 굳어 돌로 변했음. 잘게 조각 낼 필요가 있으며……."

런던 항구에서 설탕 같은 화물을 검사하는 것이 그의 일이었다. 윌리엄의 상태는 그야말로 최악이었다.

"얼마나 오랫동안 이랬나요?"

모렐 부인이 주인집 여자에게 물었다.

"월요일에는 아침 6시쯤 집에 도착해서 하루 종일 자는 것 같았어요. 그리고 밤에 무언가 말하는 걸 들었고, 오늘 아침에는 당신을 찾았어요. 그래서 전보를 보내고 의사를 불렀지요."

의사가 도착했다. 윌리엄의 병명은 폐렴이었다. 그리고 단독(丹毒, 습진이나 피부염, 동상 같은 외상으로부터 발생하는 피부질환 —옮긴이)이 칼라에 긁힌 턱밑에서 시작되어 얼굴 전체로 퍼지고 있다고 했다. 의사는 단독이 뇌에는 퍼지지 않기를 간절히 바란다고 덧붙였다.

모렐 부인은 열심히 간호를 하기 시작했다. 그녀는 아들을 위해 온 마음을 다하여 기도했지만, 윌리엄의 얼굴 색깔은 빠르게 변해 갔다.

밤이 되자 윌리엄의 헛소리는 더욱 심해졌다. 의식이 들어왔다 나갔다를 반복하더니, 새벽 2시 무렵에는 무섭게 발작을 일으켰다. 그러다 어느 순간 갑자기 숨을 멈추었다. 모렐 부인은 아들의 코 밑에 손가락을 천천히 갖다 댔다. 그 어떤 온기도 느껴지지 않았다. 그녀의 가느다란 손가락이 떨렸다.

모렐 부인은 냄새 나는 하숙집 침실에 한 시간 동안이나 아무 말 없이 주저앉아 있었다. 그러고는 조용히 그 집 식구들을 깨웠다.

　6시가 되자 날품팔이 여자의 도움을 받아 입관 준비를 했다. 그리고 집으로 전보를 보냈다.

　　어젯밤 윌리엄 사망. 아버지 상경 요망—현금 지참.

　애니와 폴과 아서는 집에 있었다. 모렐은 일하러 나가고 없었다. 세 아이들은 한마디도 하지 않았다. 애니가 무서움으로 훌쩍거리기 시작했다. 폴은 자리에서 조용히 일어나 아버지에게 소식을 전하러 갔다.

　아름다운 날이었다. 브레티 광산에서 피어오르는 하얀 증기가 푸른 하늘의 눈부신 햇빛 속으로 서서히 번지고 있었고, 석탄을 화차로 걸러 넣는 체가 소음과 함께 분주하게 움직이고 있었다.

　탄광 입구로 들어선 폴은 석탄을 담은 탄차가 승강기를 타고 올라오는 모습을 멍하니 바라보았다. 다른 쪽에서는 한 사람이 탄차를 끌어내려 회전대 위에 올려놓자, 다른 사람이 그것을 밀고 둑 위의 굴곡진 선로 위를 달렸다.

　그렇게 세상은 여전히 분주하게 돌아가고 있었다. 폴은 형이 죽었다는 사실을 실감할 수 없었다. 그는 계속해서 승강기가 올라오는 것을 지켜보았다. 여전히 아버지는 올라오지 않았다. 마침내 탄차 옆에 서 있는 한 남자의 낯익은 형체가 보였다.

잠시 뒤 승강기가 멈추고 모렐이 걸어 나왔다. 그는 사고를 당한 뒤부터 한쪽 다리를 약간 절룩거렸다.

"아니, 폴 아니냐? 그런데 여긴 무슨 일로……. 혹시 윌리엄이 더 나빠졌다던?"

"지금 런던으로 가셔야 해요."

두 사람은 탄광 둑을 벗어나 앞으로 걸어갔다. 탄광 옆에는 아름다운 가을 들판이 펼쳐져 있었고, 다른 편에는 탄차들이 일렬로 늘어서 있었다.

모렐이 겁에 질린 목소리로 물었다.

"죽지는 않았겠지?"

"죽었어요."

"언제?"

그의 목소리는 공포에 질려 있었다.

"어젯밤……. 엄마가 전보를 보내셨어요."

모렐은 몇 발자국을 채 못 가고 트럭 옆에 기대섰다. 두 손으로 얼굴을 가렸는데, 울고 있지는 않았다. 폴은 주위를 돌아보며 가만히 서서 기다렸다.

모렐은 반쯤 넋이 나간 상태로 런던으로 출발했다. 아이들은 함께 가지 않았다. 폴은 출근을 했고, 아서는 학교에 갔으며, 애니는 혼자 있는 것이 무서워 친구를 집으로 불러들였다.

모렐 부부가 집으로 돌아오고 얼마 안 있어 윌리엄의 관이 도착했다. 가족들은 윤이 나는 큰 관을 오랫동안 망연히 바라보았다. 모렐 부인은 아들이 잠들어 있는 관을 쓰다듬고 또 쓰다듬었다. 윌리엄은 들판 너머 큰 교회와 집들이 내려다보이는 언덕 위의 작은 공동묘지에 묻혔다.

사랑하는 아들을 먼저 보낸 뒤 모렐 부인은 점점 시들어 갔다. 그녀는 한동안 아무 말도 하지 않고 지냈다. 주변의 그 어떤 일에도 관심을 두지 않았다.

그녀는 내내 자신에게 이렇게 말할 뿐이었다.

"차라리 내가 죽었더라면, 그랬더라면 얼마나 좋았을까."

결국 윌리엄의 말이 맞았다. 모렐 부인은 크리스마스 때 릴리로부터 작은 선물과 편지 한 통을 받았다.

전 어젯밤 무도회장에 있었어요. 재미있는 사람들이 여러 명 있었는데, 덕분에 아주 즐거웠어요. 전 한 번도 춤을 빠뜨리지 않았어요. …… 한 번도 그냥 앉아 있지 않았지요.

모렐 부인은 그녀의 소식을 더 이상 듣지 못했다.

모렐 부부는 얼마 동안 서로에게 한없이 너그러웠다. 모렐은 자주 망연자실한 상태에 빠지곤 했는데, 그럴 때마다 술을 마시러 나가곤 했다.

다시 크리스마스가 다가오고 있었다. 폴은 어머니에게 상여 금을 내밀었다. 모렐 부인은 무표정한 얼굴로 그것을 받아서 탁자 위에 올려놓았다.

"이젠 기뻐하지 않는군요. 형이 죽고부터 변했어요."

폴은 섭섭한 눈빛으로 어머니를 바라보며 말했다. 그런데 그의 몸이 심하게 떨리고 있었다.

"어디 아프니?"

아들의 외투 단추를 풀어 주며 모렐 부인이 물었다.

"몸이 좀 안 좋네요."

모렐 부인은 급히 의사를 불렀다. 폐렴이었다. 의사는 아주 위험한 상태라고 말했다. 모렐 부인은 윌리엄 때문에 그동안 어미 노릇을 못한 자신이 벌을 받고 있는 거라고 생각했다.

폴은 두 달 가까이 침대에 누워 있다가, 어머니의 극진한 간호 덕분에 정신을 차리게 되었다. 그때부터 두 사람의 관계는 더욱 친밀해졌다. 이제 모렐 부인은 둘째 아들 폴을 통해 세상을 바라보기 시작했다.

제 7 장

소년, 소녀를 사랑하다

가을이 되자, 폴은 윌리 농장을 자주 드나들었다. 그는 그 집의 아들들과 금세 친구가 되었다. 그러나 미리엄과 가까워지기까지는 꽤 오랜 시간이 걸렸다.

처음에 미리엄은 폴의 접근을 의도적으로 거부했다. 사실 그녀는 폴에게 무시당할까 봐 두려웠던 것이다. 그녀는 자신이 저주에 걸린 공주쯤 된다고 믿었다. 그런 그녀의 눈에, 그림을 잘 그리고, 프랑스 어를 할 줄 알며, 노팅엄까지 매일 기차로 통근하는 폴은 꽤나 근사해 보였다. 그래서 폴이 자신을 단지 돼지치기 소녀로만 여기고, 그 속의 공주를 알아차리지 못할까 봐 걱정이 되었다. 그럴수록 그녀는 일부러 고고한 척 굴었다.

미리엄은 돼지치기 소녀로서의 자신의 처지를 증오했다. 그녀는 높이 평가받기를 원했고, 뭔가를 끊임없이 배우고 싶어 했다. 다른 사람들과 구별되기 위해 그녀가 할 수 있는 유일한 방법은 지식을 얻는 것뿐이었다.

그런 그녀에게 폴은 다른 별에서 온 남자였다. 그러나 폴은 그녀에게 별로 주의를 기울이지 않았다.

폴이 윌리 농장을 찾는 횟수가 늘어나면서, 미리엄과 보내는 시간도 자연스레 많아졌다. 두 사람에겐 공통의 관심사가 있었는데, 그것은 꽃이나 나무, 새 같은 자연이었다. 폴은 미리엄의 순수함을 좋아했고, 그녀는 폴의 그림을 사랑했다. 이런 동질감과 서로에 대한 동경은 차츰 사랑의 감정으로 변하기 시작했다.

어느 나른한 오후, 폴은 또다시 윌리 농장을 찾았다. 남자들은 들에 일하러 나가고, 집에는 미리엄과 그녀의 어머니만 있었다. 미리엄은 잠시 뜸을 들이다가 폴에게 말했다.

"혹시 이곳에서 그네를 본 적 있니?"

"아니. 그네가 있어? 어디에?"

"외양간. 나랑 보러 가지 않을래?"

미리엄은 폴의 표정을 살피며 머뭇거렸다.

"그래, 가자."

폴이 일어나면서 말했다.

외양간은 어두웠다. 폴은 굵다란 그넷줄을 잡고서 미리엄에게 말했다.

"미리엄, 네가 주인이니까 먼저 타."

"아냐, 네가 먼저 타."

미리엄은 그렇게 말하고선 뒤로 살짝 물러섰다. 그녀는 남자에게 양보를 하는 것이 이토록 행복한 일인지 처음 느꼈다.

"좋아. 그럼 간다!"

폴이 힘차게 발을 구르자 그네가 공중 위로 높게 날아올랐다. 폴은 천장 가까이에 달린 창을 통해 보슬비, 더러운 뜰, 컴컴한 헛간을 배경으로 우울하게 서 있는 소 떼, 그리고 숲을 보았다.

폴은 마치 급강하하는 새처럼 몸 전체를 흔들면서 그네를 탔다. 미리엄은 커다란 진홍색 모자를 쓴 채 그 모습을 말없이 지켜보았다. 그는 그녀를 내려다보았고, 그녀는 그의 푸른 눈이 반짝이는 것을 보았다.

다음은 미리엄 차례였다. 폴이 그녀를 위해 나무판을 꼭 잡아주자 미리엄이 거기에 조심스럽게 올라앉았다.

그가 그네를 천천히 밀면서 말했다.

"앞으로 나갈 때 발뒤꿈치를 위로 들어. 발꿈치가 여물통 벽에 부딪힐지도 모르니까."

폴은 적당한 순간에, 적당한 위치에서, 적당한 힘으로 그녀를 밀었다. 그녀의 몸이 허공 위로 붕 떴다. 뱃속 아래쪽으로 짜릿

하면서도 뜨거운 공포의 물결이 지나갔다.

"더 높이 밀지 마!"

"하나도 안 높은데?"

"하지만 더 높이 밀지는 마."

폴은 두려움에 질린 그녀의 목소리를 듣고는 더 이상 세게 밀지 않았다. 그네를 미는 폴의 힘이 느껴질 때마다 미리엄의 가슴은 알 수 없는 고통으로 녹아내렸다.

폴과 미리엄은 종종 네더미어 호수까지 산책을 나가곤 했다. 몸이 날랜 폴은 이리저리 춤추듯 옮겨 다니며 걸었다. 그러나 미리엄은 정해진 길을 거의 벗어나는 법이 없었다. 그러면 어느 순간 폴이 그녀와 속도를 맞추어 함께 걸었다.

그날도 두 사람은 물가까지 산책을 나갔다. 호수의 가장자리에는 백조의 깃털이 흩어져 있었다. 두 사람은 자갈이 많은 둑 위에 나란히 앉았다.

잠시 뒤 폴이 벌떡 일어서더니, 맨들맨들한 자갈을 골라 물수제비를 떴다.

"너, 수영할 줄 아니?"

폴이 물었다.

"잘하지는 못해."

미리엄이 작은 목소리로 대답했다. 그녀는 여전히 앉아서 폴의 뒷모습을 바라보았다.

"저것 봐! 네 번이나 튀었어!"

"그래, 아주 멋졌어."

미리엄이 웃으며 말했다. 폴은 호수 위로 돌을 두어 번 더 던지고는 다시 그녀 곁에 앉았다.

"넌 왜 돌을 던지지 않아? 하기 싫니?"

폴이 물었다.

"모르겠어."

미리엄이 대답했다.

"넌 어떤 일에도 흥미를 갖지 않는 거 같아."

"너도 알잖아. 난 집안일로도 충분히 바빠."

폴은 그 문제에 대해 더 이상 이야기하지 않았다. 그녀는 자기의 처지에 불만이 많았다.

"넌 집에 있는 걸 좋아하는 줄 알았는데?"

폴이 의외라는 듯한 표정으로 물었다.

"그걸 좋아할 사람은 아무도 없어. 집안일은 정말 지긋지긋해. 난 오빠나 동생들이 5분만 지나면 다시 더럽힐 걸 하루 종일 쓸고 닦고 있어. 난 집에 있고 싶지 않아."

"그러면 뭘 하고 싶니?"

"중요한 일을 하고 싶어. 의미 있는 일 말이야. 다른 사람들과 마찬가지로 기회를 원해. 왜 나는 여자라는 이유로 집 안에 틀어박혀 있어야만 하는 거지? 내게는 왜 기회가 없는 거야?”

“무슨 기회?”

“무엇이든 알 수 있는 기회……. 배울 수 있는 기회……. 무엇이든 할 수 있는 기회. 정말 불공평해. 이게 다 내가 여자이기 때문이야.”

미리엄의 신랄한 반응에 폴은 속으로 퍽 놀랐다. 미리엄과 달리, 애니는 여자인 걸 매우 당연하게 받아들이고 있었다. 아니, 기쁘게 여기기까지 하는 듯했다. 애니에게는 어떤 일이든 큰 책임이 없었고, 그녀가 하는 일은 언제나 가벼웠다. 그녀는 여자로서 만족했다. 그러나 미리엄은 달랐다. 남자처럼 살기를 열렬히 원했다. 그러면서도 남자를 증오했다.

“그러면 넌 뭘 원해?”

폴이 물었다.

“난 배우고 싶어. 왜 난 아무것도 몰라야 하지?”

“뭘 배우고 싶은데? 수학이나 프랑스 어 같은 것?”

“왜 난 수학을 몰라야 해? …… 나도 알아야 해! 나도 알고 싶다고!”

그녀는 눈을 크게 뜨고 큰 소리로 외쳤다.

“네가 원한다면 내가 가르쳐 줄 수도 있어.”

폴의 말에 그녀의 눈이 커졌다.

“정말로 그렇게 할래?”

폴이 조심스레 다시 물었다. 그녀는 고개를 숙이고 곰곰 생각
에 잠겼다.

"좋아. 너한테 배우겠어."

그녀가 주저하면서 말했다.

월요일 저녁, 폴은 윌리 농장을 찾았다. 그가 집 안에 들어섰
을 때, 미리엄은 막 부엌을 치운 뒤 벽난로 청소를 하고 있었다.
다들 밖에 나가고, 집 안에는 그녀밖에 없었다.

미리엄은 얼굴을 붉히며 뒤를 돌아다보았다.

"넌 줄 알았어."

"어떻게?"

"난 네 발자국 소리를 알아. 너처럼 빠르고 분명하게 걷는 사
람은 흔치 않거든."

폴은 한숨을 내쉬며 식탁에 앉았다.

"공부할 준비는 되었니?"

그가 주머니에서 작은 책을 꺼내며 물었다.

"오, 오늘 밤부터?"

그녀가 말을 더듬었다.

"배우고 싶다고 했잖아. 그래서 시간 내어 일부러 온 거라고."

그녀는 쓰레받기에 재를 담은 뒤 웃으며 그를 바라보았다.

"그래, 하지만 오늘부터일 거라곤 전혀 생각하지 못했어."

폴은 그날부터 미리엄을 가르쳤다. 공부는 보통 거실에서 했다. 미리엄은 폴이 내준 숙제를 늘 열심히 했고, 배운 것은 그때 그때 잘 익혔다. 그러나 이해력이 느린 게 흠이라면 흠이었다.

폴은 미리엄을 가르치면서 틈틈이 그림 공부를 해 나갔다. 그는 집에서도 그림을 자주 그렸는데, 그가 그림을 그리고 있을 때면 모렐 부인은 옆에서 바느질을 하거나 책을 읽었다. 그러면 그는 하던 일을 잠시 멈추고 고개를 들어 어머니의 얼굴을 바라보다가 다시 기쁜 마음으로 그림에 열중하곤 했다.

"엄마가 흔들의자에 앉아 있을 때 그림이 가장 잘 그려져요."

"그래!"

아들의 말에 모렐 부인은 더없는 행복을 느꼈다.

폴은 늘 자극을 필요로 했다. 자극은 그에게 그림을 그릴 의지를 불어넣어 주었다. 그래서 스케치가 하나 끝나면, 그것을 미리엄에게 가져갔다.

미리엄은 폴의 그림을 진심으로 아끼고 좋아했다. 폴은 어머니로부터 예술적인 영감을 얻었고, 미리엄은 그것을 치열함으로 완성시켜 주었다.

베스트우드에는 꽤 괜찮은 도서관이 있었는데, 대여비가 일 년에 겨우 4실링 6센트였다. 폴은 어머니를 위해 언제나 그곳에서 책을 빌렸고, 미리엄 역시 그 도서관을 즐겨 찾았다.

이제 도서관에서 만나는 일은 두 사람에게 일상이 되다시피 하였다. 나중에는 폴이 미리엄을 집 근처까지 바래다 주기도 했다. 두 사람은 그렇게 많은 대화를 나누며 서로를 알아 갔다.

모렐 부인은 폴이 미리엄과 만나고 늦게 돌아올 때마다 유난히 화를 냈다.

"또 미리엄을 바래다 준 거냐?"

그날도 늦게 귀가한 폴에게 모렐 부인이 물었다.

"도서관에서 늦게 나왔어요."

폴이 대답했다.

"그 애가 오긴 온 모양이구나!"

모렐 부인의 목소리는 싸늘하게 식어 있었다. 폴은 괜히 움츠러들었다.

"도서관에 오지 않으면, 미리엄은 일주일 내내 읽을 책이 한 권도 없어요."

"그 애 어머니는 도대체 뭘 하는지 모르겠구나. 이렇게 비가 퍼붓는 날, 여자애를 밖으로 내돌리다니."

"그만하시고 제가 가져온 책들을 보세요."

폴이 어머니를 진정시키려 했지만, 그녀는 흥분을 쉽게 가라앉히지 못했다.

어느 여름날 저녁, 폴은 미리엄을 바래다 주면서 헤롯 농장 근처의 들판을 지나가게 되었다. 들판 여기저기에 베어 놓은 풀들이 노랗게 빛났고, 괭이밥의 진홍색 꽃은 주변을 붉게 물들이고 있었다. 그들이 걸어가는 동안, 서쪽 하늘이 황금색으로 변하고 있었다.

그들은 알프레턴으로 가는 큰길로 나왔다. 어두워져 가는 들판 가운데 그 길이 희미하게 나 있었다. 폴은 잠시 망설였다. 거기서 폴의 집까지는 2마일이었고, 미리엄은 1마일을 더 가야 했다. 두 사람은 약속이나 한 듯 북서쪽 하늘 아래로 나 있는 그늘진 길을 쳐다보았다. 언덕 위에는 집들이 옹기종기 모여 있었고, 높다란 축대들이 솟아 있는 셀비 광산의 윤곽이 하늘을 배경으로 펼쳐져 있었다.

그는 시계를 내려다보았다.

"벌써 9시구나!"

그날따라 두 사람은 헤어지기가 싫었다.

"지금 이 시간은 숲이 가장 아름다울 때야. 네게 보여 주고 싶은데……."

그녀가 조그만 목소리로 중얼거렸다.

"내가 늦으면 엄마가 싫어하서."

그가 말했다.

"하지만 넌 나쁜 짓을 하고 있는 게 아니잖아."

그녀가 조바심을 내며 대답했다. 폴은 풀밭을 가로질러 미리엄을 따라갔다. 숲 속에는 시원한 기운이 감돌고 있었다. 나뭇잎과 인동덩굴의 냄새가 콧속으로 파고들었다.

두 사람은 말없이 걸었다. 밤이 빠르게 스며들고 있었다. 미리엄은 자신이 발견한 들장미 덤불을 폴에게 보여 주고 싶었다. 그녀는 그것이 아름답다고 생각했고, 폴 역시 그렇게 느끼길 바랐다.

미리엄은 길모퉁이를 돌더니 그 자리에 우뚝 멈춰 섰다. 그러고는 소나무들 사이로 난 넓은 길에서 주위를 두리번거렸다. 세상이 점점 회색으로 변해 가면서 사물들의 색깔을 앗아 가고 있었다. 그때 그녀의 덤불이 눈에 띄었다.

"아!"

그녀가 낮게 탄식을 내질렀다.

주위는 고요했다. 키가 큰 장미나무는 제멋대로 뻗어 있었다. 긴 가지들은 바로 앞 풀밭까지 빽빽하게 드리운 채 어둠 속 곳곳에 순백의 커다란 꽃들을 별처럼 흩뿌려 놓았다. 폴과 미리엄은 가까이 다가서서 말없이 함께 바라보았다. 장미꽃은 한 송이 한 송이씩 그들의 마음속에서 환하게 빛났고, 그들의 영혼 속에 있는 무언가에 불을 지피는 것 같았다. 석양은 연기처럼 빠르게 스며들었지만 장미꽃의 하얀 빛까지 꺼뜨리지는 못했다.

폴은 미리엄의 눈을 찬찬히 바라보았다. 그녀의 표정은 기대로 가득 차 있었다. 붉은 입술과 검은 눈은 오직 그에게로만 열려 있었다. 그의 눈길이 그녀의 내부 깊숙한 곳까지 이르는 것 같았다. 그녀의 영혼이 떨고 있었다. 그것은 그녀가 원했던 고결한 소통이었다. 그는 괴로운 듯 옆으로 돌아서서는 덤불만 하염없이 바라보았다.

"그만 가자."

폴이 말했다. 두 사람은 그렇게 말없이 숲을 빠져나왔다.

"일요일에 봐."

폴은 급히 말하고는 도망치듯 그녀의 곁을 떠났다. 미리엄은 자신의 영혼이 밤의 신성함으로 충족되었다고 느끼면서 천천히 집으로 걸어갔다.

폴은 넓은 들판으로 나오자마자 있는 힘껏 달리기 시작했다. 그의 핏줄에 감미로운 희열이 흐르는 것 같았다.

폴은 이날처럼 미리엄을 만나고 늦게 들어올 때면 유난히 화를 내는 어머니를 이해할 수 없었다.

모렐 부인은 폴이 미리엄에게 끌리고 있다는 것을 느낄 수 있었다. 그런데 왠지 그녀는 미리엄이 마뜩지 않았다.

'그 애는 남자의 영혼이 한 점도 남지 않을 때까지 속속 빨아들일 거야. 그런데 폴은 워낙 순진해 빠져서 다 빼앗기고도 가만있을 녀석이지. 그 애는 폴이 남자가 되도록 내버려 두지 않을 거야.'

모렐 부인은 스스로에게 그렇게 말했다.

그녀는 시계를 흘깃 보고 나서는 차갑게 말했다.

"네가 이렇게 늦은 시각까지 끌려다닌 걸 보니 꽤나 매력적인 아이인가 보구나."

폴은 아무 말도 하지 않을 작정이었다. 그러나 그는 어머니를 무시할 만큼 무정한 아들이 아니었다.

"전 미리엄과 이야기하는 게 좋아요."

"다른 이야기 상대는 없니?"

"제가 남자 친구와 함께 밖에 나가면 아무 말씀도 하지 않으시겠지요?"

"물론 하지. 네가 누구와 나가든 노팅엄에서 하루 종일 일하고 나서 밤늦게 돌아다니기에는 길이 너무 머니까. 게다가……."

그녀의 목소리가 갑자기 높아졌다.

"꼴에 남자와 여자라고, 어린애들이 연애질을 하는 건 아무리 생각해도 역겨워."

"이건 연애가 아니에요."

폴이 소리쳤다.

"연애가 아니면 뭔지 모르겠구나."

"뭐가 그렇게 화나시는 건데요? 그 애가 싫어서 그러세요?"

"그 애를 좋아하지 않는다는 게 아니야. 다만 어린애들이 밤늦도록 어울려 다니는 걸 좋아하진 않아. 그건 예전부터 그랬다."

며칠 뒤, 폴은 미리엄을 다시 만나자 어머니가 한 말을 그대로 전했다.

“오늘은 늦지 않도록 하자. 늦어도 10시까지는 집에 들어가야 해. 어머니가 화를 많이 내셔.”

미리엄은 고개를 숙이고 생각에 잠겼다.

“왜 화를 내실까?”

“내가 아침 일찍 일어나서 출근을 해야 하니까, 밤늦도록 돌아다니면 피곤해서 안 된다는 말씀이셔.”

“그렇다면 됐어!”

미리엄은 마치 비웃는 것처럼 입꼬리를 올리며 말했다. 폴은 그런 그녀의 반응에 자존심이 상했다. 그래서 그날은 더 늦게 들어갔다.

폴은 이제 열아홉 살이 되었다. 주당 겨우 20실링을 받았지만 그런대로 만족스런 삶을 살았다. 무엇보다 그림이 잘 그려졌고 스스로 행복감을 느끼기도 했다.

미리엄은 매주 목요일 저녁 도서관에 가는 일을 그만두었다. 폴의 가족에게 크고 작은 모욕을 당한 뒤, 그 집 식구들이 자기를 어떻게 생각하는지 깨달았기 때문이다.

그래서 어느 날 저녁, 폴에게 다시는 목요일 저녁에 도서관을 찾는 일이 없을 것이라고 선언했다. 그 바람에 두 사람에게 그렇게 소중했던 목요일 저녁은 없어지고 말았다.

그 뒤로 폴은 일에 몰두했다. 모렐 부인은 자신이 원한 방향으로 상황이 흘러가고 있는 것에 크게 만족감을 느꼈다.

폴은 자신과 미리엄이 연인 사이임을 인정하려 들지 않았다. 두 사람의 관계는 영혼이나 사상 같은 추상적인 존재의 만남이라고 규정지으며 어디까지나 정신적인 우정이라고만 여겼다. 그는 둘 사이에 다른 무엇이 있다는 것을 조금도 인정할 수 없었다.

"우리는 연인이 아니야. 좋은 친구일 뿐이야."

그는 종종 그녀에게 이렇게 말하곤 했다. 그럴 때마다 그녀는 입을 꾹 다물고 아무 말도 하지 않았다. 그는 그것이 암묵적인 동의라고 생각했다.

하루는 미리엄이 폴의 집을 방문했다. 후텁지근한 저녁이었다. 폴은 부엌에 혼자 있었고, 위층에서 모렐 부인이 바삐 움직이는 소리가 들렸다.

"완두꽃을 보러 가지 않을래?"

폴이 말했다.

그들은 정원으로 나갔다. 교회 뒤로 보이는 하늘이 붉은 오렌지색으로 조금씩 물들어가고 있었다. 폴은 화단으로 난 좁은 길을 따라 천천히 걸어가면서 옅은 푸른색을 띤 완두꽃을 땄다. 미리엄이 꽃향기를 맡으며 그의 뒤를 따랐다.

잠시 뒤 폴과 미리엄은 집으로 돌아왔다. 폴은 위층에서 나는 소리에 잠시 귀를 기울이더니, 미리엄에게 나직이 말했다.

"이리 와, 내가 꽃을 달아 줄게."

그러고는 그녀의 가슴에 꽃을 단 다음 한 발짝 뒤로 물러나 흐뭇한 표정으로 바라보았다. 그때 계단을 내려오는 모렐 부인의 발소리가 들렸다. 폴은 다급한 목소리로 말했다.

"엄마한텐 내가 달아 줬다고 말하지 마."

그녀는 굳은 표정으로 석양을 바라보면서, 더 이상 폴의 집을 찾아오지 않겠다고 다짐했다.

"안녕하세요, 모렐 부인."

그녀가 모렐 부인에게 공손한 태도로 인사했다.

"오, 미리엄이구나!"

모렐 부인이 친절한 미소로 화답했다. 그녀는 현명하게도 미리엄에 대한 감정을 겉으로 드러내지 않았다.

어느 날 저녁, 폴과 미리엄은 넓게 펼쳐진 모래톱을 따라 세들소프 쪽으로 갔다. 파도가 해변으로 밀려와서 거품을 내뿜으며 치솟았다가 떨어졌다. 포근한 저녁이었다. 모래톱에는 그들밖에 없었고, 파도 소리 이외에는 아무것도 들리지 않았다.

그들이 발길을 돌렸을 때는 이미 날이 어두워져 있었다. 집으로 돌아가려면 모래 언덕을 넘고 풀밭 길을 지나가야 했다. 주위는 캄캄하고 고요했다. 뒤쪽 모래 언덕에서 바다의 속삭임이 들려왔다.

폴과 미리엄은 말없이 걸었다. 그러다 어느 순간, 폴은 깜짝 놀랐다. 자신의 피가 몸속에서 불꽃처럼 펑펑 터지는 것 같았기 때문이었다. 그는 숨조차 제대로 쉴 수 없을 지경이었다. 거대한 달이 모래 언덕 위에서 그들을 내려다보고 있었다. 그는 가만히 서서 달을 바라보았다.

"아!"

미리엄이 달을 보고 나지막히 탄성을 내질렀다.

폴은 달을 응시한 채 꼼짝 않고 가만히 서 있었다. 그것은 어둠 속에서 유일하게 보이는 빛이었다. 그의 심장이 무서우리만치 빠르게 뛰기 시작했다.

"왜 그래?"

미리엄이 작은 소리로 물었다.

폴은 아무 말 없이 미리엄을 바라보았다. 그는 알아채지 못했지만, 그녀의 눈은 줄곧 폴을 지켜보고 있었다.

"왜 그래?"

그녀가 다시 속삭였다.

"달을 보고 있잖아."

그는 얼굴을 찡그리며 대답했다.

정작 폴 자신은 무엇이 문제인지 몰랐다. 그의 몸은 혈기 왕성했지만 그들의 관계는 매우 추상적이었기에, 그는 자신이 미리엄을 간절히 원한다는 사실을 전혀 눈치 채지 못했다.

가끔씩 미리엄이 두려워지기는 했다. 남자가 여자를 원하듯이, 자기도 어느 순간 그녀를 원하게 될지도 모른다는 사실이 그의 마음속에서 수치스럽게 다가왔기 때문이다.

어두운 초원을 걸어가면서, 폴은 달만 바라보았다. 미리엄은 그의 곁에서 터벅터벅 발소리를 내며 걸었다.

그는 갑자기 그녀가 미워졌다. 자기 자신이 혐오스러워졌기 때문이다. 웬일인지 그것이 미리엄 탓인 것만 같았다.

얼마 뒤 미리엄과 헤어진 폴이 집 안으로 들어서자, 모렐 부인은 팔짱을 끼고 선 채 말했다.

"폴, 다른 사람들은 모두 일찌감치 들어왔어!"

"그게 무슨 상관이에요! 산책도 마음대로 할 수 없어요?"

그가 짜증을 내며 목소리를 높였다.

"난 네가 가족과 함께 저녁을 먹기 위해 일찍 들어올 거라고 생각했지."

"그다지 늦지도 않았어요. 그리고 앞으로는 뭐든 제가 원하는 대로 할 거예요."

"그러려무나."

모렐 부인이 날카롭게 말했다.

그날 밤, 모렐 부인은 더 이상 폴을 거들떠보지 않았다. 폴도 모른 척하고 앉아서 책을 읽었다.

모렐 부인은 아들을 이렇게 만든 미리엄을 증오했다. 그녀는 폴의 성격이 변해 가는 까닭이 다 미리엄 탓이라고 여겼다.

제 8 장

두 여자

도제 기간을 마친 아서는 민턴 탄광의 전기 부서에 발령을 받았다. 비록 임금은 많지 않았지만, 성실하게만 일한다면 성공할 가능성이 제법 큰 자리였다. 그러나 거칠고 성급한 성격이 문제였다. 그는 술을 마시거나 노름을 하진 않았지만, 매사에 성급하고 주의가 부족하여 번번이 난처한 상황에 처하곤 했다.

결국 아서는 직장을 잃고 몇 달 동안 집에서 놀 수밖에 없었다. 그러면서 생활은 점점 엉망이 되어 갔고, 외박하는 날이 늘어났다.

"아서가 어디 있는지 아세요?"

아침 식사를 하다 말고 폴이 어머니에게 물었다.

"나도 모르겠다."

모렐 부인은 무표정한 얼굴로 대답했다.

"아서는 바보예요. 앞으로 걔가 무슨 짓을 하더라도 전 개의치 않겠어요!"

"아서가 무슨 짓을 하든 언제 우리가 신경이라도 썼니?"

모렐 부인이 표정을 굳히며 말했다.

"엄마는 그 앨 무척 좋아하지요?"

"뜬금없이 그건 왜 묻는 게냐?"

"엄마들은 대개 막내를 가장 좋아하잖아요."

"그럴지도 모르지……. 하지만 난 아냐……. 그 녀석은 언제나 날 피곤하게 해."

모렐 부인은 폴의 신경질적인 태도에 짜증이 일었다. 그녀는 아들이 점점 메말라 간다고 느꼈다. 그리고 그러한 사실에 화가 났다.

아침을 거의 다 먹었을 때 우편집배원이 찾아와 더비에서 온 편지를 전해 주었다. 아서에게서 온 편지였다.

폴은 눈이 나쁜 어머니를 위해 편지를 소리내어 읽었다.

사랑하는 엄마

전 왜 이렇게 바보 같을까요. 엄마가 오셔서 절 좀 데리고 가셨으면 좋겠어요. 전 어제 잭 브레던과 함께 더비에 있는 군대에 입대했

어요. 잭이 하루 종일 책상 앞에 앉아 있는 게 넌더리 난다고 했거든
요. 전 별 생각도 없이 잭의 말만 듣고 덜컥 입대해 버렸어요. 천치
처럼 말이에요. 하지만 엄마가 절 데리러 오면 다시 나가게 해 줄지
도 몰라요. 여기 온 것은 정말 바보 같은 짓이었어요. 전 군대에 있
고 싶지 않아요. 사랑하는 엄마, 전 지금까지 말썽만 피웠어요. 하지
만 여기에서 빼내 주시면 정신 차리고 열심히 살겠어요.

잠시 동안 침묵이 흘렀다. 모렐 부인은 앞치마 위에 두 손을
얹은 채 굳은 얼굴로 앉아 있었다.
"아, 정말 지겨워!"
그녀가 갑자기 울부짖었다.
"그 녀석에겐 어쩌면 군복이 더 잘 어울릴지도 몰라요."
폴이 짜증을 내며 말했다.
"그 녀석은 지금 자기 인생을 망치려 하고 있어. 그런데 그런
농담이나 하다니!"
"농담이 아니에요. 이번 일이 그 녀석에겐 좋은 경험이 될 거
예요."
"좋은 경험이 될 거라고? 뼈에서 골수라도 빠져나온다면, 그
것도 좋은 경험이겠지. 병사! ……그것도 일반 병사! 호령에 맞
춰 움직여야 하는 몸뚱이에 불과해! 참 대단한 존재지!"
"왜 엄마가 화를 내시는지 이해할 수 없어요."

폴이 말했다.

"그래, 넌 아마 이해할 수 없을 게다. 그렇겠지. 하지만 난 뼈저리게 이해해."

그녀는 넋이 빠진 표정으로 한참 동안 더 앉아 있었다.

"더비에 가실 거예요?"

"가 봐야지."

"소용없어요."

"내 눈으로 직접 확인해 봐야겠어."

"그 녀석 좀 내버려 두세요. 그게 바로 아서가 원하는 거예요."

다음 날, 상의 끝에 모렐이 더비에 있는 군대를 찾아갔지만, 아서를 꺼내 오지는 못했다.

폴은 어머니가 신경 쓰는 게 마음에 걸려서 윌리 농장에 자주 가지는 않았다. 대신 캐슬 미술관의 추계 학생 전시회에 습작 두 편을 내놓았다. 하나는 수채화로 그린 풍경화였고 또 하나는 유화로 그린 정물화였는데, 두 작품 모두 대상을 받았다.

모렐 부인의 마음은 다시 기쁨으로 가득 찼다. 큰아들 윌리엄은 체육 대회에서 우승해 그녀에게 트로피를 가져다 주었다. 그녀는 그것들을 지금도 소중히 간직하고 있었다. 그녀는 아직까지 그의 죽음을 받아들이고 있지 않았다.

폴은 분명 성공할 것이다. 그 스스로는 아직 자신의 능력을 인식하지 못하고 있지만, 모렐 부인은 그가 뛰어난 잠재력을 지니고 있다고 확신했다. 그녀의 삶은 이제 가능성으로 넘쳤다. 그녀는 자신의 소망이 실현되는 것을 곧 보게 되리라고 믿었다. 그녀의 고투는 결코 헛된 것이 아니었던 셈이다.

모렐 부인은 전시회 기간 동안 여러 차례 폴 몰래 캐슬 미술관을 찾았다. 그녀는 전시된 폴의 작품 앞에서 어슬렁거리며 시간을 보내곤 했다.

대상 : 폴 모렐

그녀는 폴이 자랑스러웠다. 그림 바로 밑에 붙어 있는 표찰은 아무리 봐도 질리지 않았다. 폴의 그림 앞에서만큼은 세상에서 가장 훌륭한 어머니였고, 가장 행복한 여자였다.

어느 날 폴은 노팅엄 거리에서 우연히 미리엄을 만났다. 그녀는 처음 보는 여자와 함께 있었다. 금발에 도전적인 눈빛이 인상적인 여자였다. 이상하게도 그 여자 옆에서만큼은 미리엄도 초라해 보였다.

미리엄은 폴을 탐색하는 듯한 눈길로 바라보았다. 폴의 시선은 처음 만난 여자에게 꽂혀 있었다. 미리엄은 폴의 남성적인 기질이 고개를 드는 것을 알아차렸다.

"시내에 나올 거라고 말하지 않았잖아."

"그래. 가축 시장에 볼일이 있어서 아빠와 함께 마차를 타고 왔어."

폴은 미리엄과 같이 있는 여자를 흘긋 바라보았다.

"클라라에 대해 이야기한 적이 있지?"

미리엄이 쉰 목소리로 말했다.

"클라라, 폴을 알아요?"

"전에 본 적이 있는 것 같아요."

클라라는 아무렇지 않게 대답했다. 그녀는 비웃는 듯한 잿빛 눈을 가지고 있었는데, 피부가 투명한 꿀처럼 하얗고 입술이 약간 두툼했다.

"어디서 날 보았어요?"

폴이 클라라에게 물었다. 그녀는 대답하기 귀찮다는 듯이 그를 빤히 바라보다가 한참 만에 입을 열었다.

"루이 트래버스와 산책하는 걸 봤어요."

루이는 조던 회사 나선과의 여공이었다.

"루이를 어떻게 알아요?"

그녀는 대답하지 않았다.

두 사람과 헤어지고 나서야 폴은 클라라 도스가 레이버스 부인의 오랜 친구의 딸이라는 사실을 기억했다. 그러자 전에 미리엄이 그녀에 대해 한 얘기가 떠올랐다.

클라라는 한때 조던 사에서 나선과 감독으로 일했는데, 여성의 인권 문제에 유독 관심이 많았다. 사람들은 그녀가 매우 똑똑하다고들 했다.

폴은 그녀의 남편인 백스터 도스가 누군지 알고 있었다. 그는 조던 사의 공장에서 장애인용 기구에 쓰이는 철물을 만들었다. 나이는 서른하나인가 둘이었다. 덩치가 크고 눈에 띌 만큼 잘생긴 외모를 지닌 사내였다.

그들 부부는 유달리 닮은 데가 많았다. 그도 아내처럼 투명한 피부를 가졌으며, 머리색이 부드러운 갈색이었다. 그리고 그 역시 몸가짐이나 태도가 자못 도전적이었다. 앞으로 약간 튀어나온 암갈색 눈은 겁 많은 반항자의 느낌을 주곤 했다.

무슨 이유에선지 그는 폴을 싫어했다. 언젠가 폴이 무심한 얼굴로 잠시 바라보자 벌컥 화를 냈다.

"뭘 보는 거야?"

그의 표정이 하도 위협적이어서, 폴은 얼른 다른 쪽으로 눈길을 돌렸다. 종종 패플워스를 찾아와 이야기를 나누곤 했는데, 말투가 어찌나 거친지 듣고 있기가 괴로울 정도였다.

클라라 도스에게는 아이가 없었다. 얼마 전부터 그녀는 남편을 떠나 친정 어머니 집에 살고 있었다. 도스는 누이와 함께 살았다.

며칠 뒤, 폴은 미리엄을 보러 윌리 농장을 찾았다. 그녀는 거실에 불을 피워 놓고 그를 기다리고 있었다.

"클라라를 어떻게 생각해?"

그녀가 조용히 물었다.

"상냥해 보이지 않았어."

그가 대답했다.

"그렇지만 매력 있는 여자라고 생각하지 않아?"

그녀가 폴의 눈치를 살피며 말했다.

"멋진 여자 같았어. 하지만 도스 같은 남자와 결혼한 걸로 봐선 눈이 낮은 거 같아. 몇 가지는 마음에 들지만. 근데 원래 그렇게 불친절해?"

"그렇지 않아. 쌓인 게 많아서 그래."

"무엇에 대해서?"

"글쎄……. 그런 남자에게 평생 매여 있다면 넌 어떻겠어?"

"그렇게 빨리 싫증날 결혼을 왜 했지?"

"그러게. 왜 했지!"

미리엄이 날카로운 목소리로 되풀이했다.

"도스의 아내가 될 만큼 투지는 있어 보이던데."

그가 말했다. 미리엄은 고개를 숙였다.

"그래?"

잠시 침묵이 흘렀다.

"그런데 그녀의 어떤 부분이 마음에 들어?"

미리엄이 물었다.

"잘 모르겠어……. 그녀의 살결과 그녀의……, 그녀의 어떤 결 같은 것……? 모르겠어……. 그녀에겐 일종의 치열함 같은 게 있어……. 그녀를 그려 보고 싶어. 그게 전부야."

"그래."

"넌 그 여자를 좋아하지 않는구나?"

폴이 미리엄에게 물었다. 미리엄은 검은 눈으로 그를 바라보았다.

"좋아해."

그녀가 말했다.

그들은 다시 말이 없었다. 폴은 자기도 모르게 미간을 찌푸렸다. 그것은 미리엄과 함께 있을 때 자주 나타나는 습관이었다.

어느덧 폴의 나이가 스물한 살이 되었다. 패플워스가 회사를 그만두는 바람에 나선과 감독으로 승진을 하였다. 회사 사정이 좋을 경우, 연말에 임금이 30실링으로 오를 예정이었다.

미리엄은 금요일 저녁마다 프랑스 어를 배우러 폴의 집을 찾았다. 그 무렵 폴은 윌리 농장에 자주 가지 않았기 때문에 그녀의 공부가 끝나간다는 사실이 몹시 안타깝게 느껴졌다.

어느 금요일 오후, 모렐 부인이 시장에 가려고 집을 나서며 폴에게 당부했다.

"오븐 위칸에 넣어 둔 빵 두 덩이는 이십 분 뒤면 다 구워질 거야. 잊지 마."

"알았어요."

폴은 웃으며 고개를 끄덕였다. 그는 집 안에 혼자 남아 그림을 그리고 있었다. 저녁 7시경이 되자 미리엄이 찾아왔다.

"혼자 있어?"

그녀가 물었다.

"응."

그녀는 마치 자기 집처럼 익숙한 동작으로 베레모와 긴 외투를 벗어서 옷걸이에 걸었다. 순간 폴은 마치 이 집이 둘만의 공간처럼 느껴졌다.

"무슨 그림이야?"

미리엄이 스케치북을 들여다보며 말했다.

"아직은 디자인 단계야. 장식물에 자수를 넣으면 어떨까 해서……"

그녀는 근시인 것마냥 몸을 잔뜩 숙여 그림을 들여다 보았다. 폴은 늘 새로 그린 작품들을 미리엄에게 보여 주었고, 미리엄은 프랑스 어로 써 온 글을 폴에게 보여 주었다. 폴은 그녀의 글을 읽은 다음 꼼꼼하게 바로잡아 주었다.

폴은 그녀와 작품에 대해 이야기하는 게 좋았다. 작품을 이야

기하고 구상할 때, 그의 열정과 뜨거운 피가 그녀와의 대화로
흘러 들어갔다. 그래서 그는 모든 열정을 그녀와의 대화에 쏟아
붓곤 했다.

"그런데 뭔가 타는 냄새가 나는데?"

"맙소사!"

미리엄의 말에 그는 부엌으로 달려가 오븐을 열어젖혔다. 그
러자 푸르스레한 연기가 피어올랐고, 집 안이 온통 탄내로 진동
을 했다.

폴은 울상을 지으며 빵을 꺼냈다. 하나는 밑 부분이 시커멓게
탔고, 다른 하나는 벽돌처럼 딱딱해져 있었다. 그는 탄 부분을
긁어 내고 젖은 행주에 감싼 뒤 부엌 한쪽에 놔두었다. 그리고
두 사람은 프랑스 어 공부를 계속했다. 잠시 뒤 미리엄이 돌아
갈 시간이 되자 두 사람은 함께 집을 나섰다.

폴은 11시가 다 되어서야 집으로 돌아왔다. 모렐 부인은 의자
에 앉아 신문을 읽고 있었고, 애니는 어두운 표정으로 불 앞에
앉아 있었다. 탄 빵 덩어리가 식탁 위에 놓여 있었다. 폴은 마음
이 불편했지만, 짐짓 모른 척하며 의자에 앉아 책만 뒤적거렸다.

먼저 말을 꺼낸 사람은 결국 폴이었다.

"까맣게 잊어버렸어요."

그러나 모렐 부인은 대꾸조차 하지 않았다.

한참 뒤 애니가 말했다.

"넌 엄마가 얼마나 편찮으신지 모르지?"

"어디가 아프신데?"

"집에도 겨우 오셨단 말이야. 얼굴이 백지장처럼 하얗게 질려서는……."

애니는 울먹이며 말했다. 그러자 모렐 부인이 힘없는 목소리로 이렇게 말했다.

"짐이 워낙 많았어. 고기며 채소, 거기에 커튼까지."

"누나가 좀 도와 드리지 그랬어?"

"너도 알다시피 난 약속이 있어서 일찍 나갔어. 넌 엄마가 돌아오셨을 때 집에 없었잖아. 미리엄이랑 나갔겠지?"

애니가 쏘아붙였다. 폴은 짐짓 모른 척하며 어머니에게 물었다.

"어디가 어떻게 아프세요?"

"심장 쪽이 아프구나."

모렐 부인이 대답했다. 그러고 보니 어머니의 입술이 파랗게 질려 있었다.

"전에도 그런 적이 있었어요?"

"그래, 요샌 자주 그러는구나."

"왜 말씀을 안 하셨어요? 병원에는 가보셨어요?"

아까부터 폴을 노려보던 애니가 코웃음을 치며 말했다.

"네가 뭘 알겠니? 미리엄이랑 쏘다니느라 온종일 바쁘신데 말이야."

“그래서 빵도 태운 거고.”

모렐 부인이 거들었다.

“아니에요. 그게 아니라고요!”

폴이 벌컥 화를 냈다.

“얘야, 맛있는 치즈를 좀 사왔다. 먹겠니?”

모렐 부인이 달래듯 말했다. 하지만 폴은 너무 화가 나서 아무것도 먹고 싶지 않았다.

“아니요, 안 먹을래요.”

폴이 싸늘한 목소리로 대답했다.

“내가 외출을 하자고 하면 만날 고단하다고 하면서, 그 애를 만날 땐 그렇지 않은 모양이구나.”

모렐 부인이 품고 있던 불만을 쏟아냈다.

“그렇다고 미리엄을 혼자 밤길에 보낼 순 없잖아요.”

“어쩔 수 없어서 그런다고? 그럼 그 애는 왜 계속해서 우리 집에 오는 거지? 네가 원하니까 오는 거야.”

“미리엄과 함께 있는 건 좋지만, 그녀를 사랑하진 않아요. 우리는 그림이나 책에 대한 이야기만 해요. 엄마는 제 그림에 대해 이야기해 주시지 않잖아요.”

“내가 이야기를 안 한다고?”

“엄만 늙으셨고, 저희는 젊어요.”

폴은 그 순간 자신이 큰 실수를 했음을 깨달았다. 그러자 고통스러워지기 시작했다. 그는 모렐 부인에게 생명과도 같은 존재였다. 그녀의 인생에 있어 가장 중요한, 아니 유일한 사람이었다.

폴은 몸을 굽혀 어머니의 뺨에 입을 맞췄다. 그러자 모렐 부인은 양팔로 아들의 목을 끌어안고 서럽게 울었다. 평소의 어머니와는 너무나도 다른 모습이었다.

"폴, 난 너무 힘들어. 다른 여자는 다 돼도 미리엄은 안 된다. 나는…… 너도 알잖니? 폴, 내겐 단 한 순간도 남편이 있었던 적이 없었어. 진정으로."

모렐 부인은 자신의 가슴을 부여잡고 흐느꼈다. 폴은 갑자기 미리엄이 미워졌다. 어머니를 힘들게 하는 그녀가 참을 수 없을 만큼 미웠다.

모렐 부인은 폴의 이마에 입을 맞추었다. 따뜻했다. 폴은 자기도 모르게 어머니의 얼굴을 살며시 쓰다듬었다. 그때 모렐이 모자를 비딱하게 쓴 채 비틀거리며 집 안으로 들어왔다. 그는 문간에 비스듬히 기대어 서서 두 모자를 바라보며 이렇게 말했다.

"또 무슨 작당을 하려는 거야?"

갑자기 모렐 부인의 슬픈 감정은, 주정뱅이 남편을 향한 증오로 바뀌었다.

"적어도 난 당신처럼 형편없이 취하진 않았어요!"

모렐은 부엌으로 들어가더니 치즈를 손에 들고 나왔다. 모렐 부인이 폴에게 주려고 사온 것이었다.

“당신 먹으라고 산 게 아니에요. 달랑 25실링씩 내놓으면서, 그런 비싼 치즈를 먹겠다는 건가요? 더군다나 맥주를 배가 터지게 마시고 들어왔으면서!”

“뭐? 하늘 같은 남편을 위해 산 치즈가 아니라고?”

모렐은 고래고래 소리를 지르면서 손에 든 치즈를 난로 속으로 홱 던졌다. 폴이 벌떡 일어나며 소리쳤다.

“왜 음식을 버리고 그래요!”

“뭐야? 이 버릇없는 자식! 단단히 혼을 내 주마, 이 애송이 자식아!”

모렐이 위협적인 자세를 취하며 소리쳤다.

“그래요, 어디 한번 그래 보세요!”

폴이 맞받아쳤다.

“이 자식이!”

모렐은 폴의 얼굴을 살짝 비키도록 주먹을 휘둘렀다. 차마 아들을 때릴 수는 없었다.

“좋아요!”

폴은 금세라도 아버지의 얼굴에 주먹을 날릴 수 있도록 마음의 준비를 했다.

그때였다. 모렐 부인이 비명을 질렀다. 그녀의 얼굴이 하얗게 질리더니, 입가가 거무죽죽하게 변색되었다. 모렐은 허공에다 주먹질을 해대기 시작했다.

"엄마! 엄마!"

폴이 다급히 외쳤다. 그제야 모렐은 동작을 멈추었다. 모렐 부인은 바닥에 드러누워 발버둥을 치기 시작했다. 그러나 이내 몸이 뻣뻣하게 굳어 움직이지를 못했다.

폴은 그녀를 소파에 눕힌 다음 부엌으로 뛰어가 물을 가져왔다. 모렐 부인에게 물을 먹이자 차츰 안정을 되찾았다. 폴의 두 뺨 위로 쉴 새 없이 눈물이 흘러내렸다.

"네 엄마, 어떻게 된 게냐?"

모렐이 맞은편에 털썩 앉으며 물었다.

"기절하셨어요!"

모렐은 신발을 벗어 던지고는 휘청거리며 자러 들어갔다. 폴은 무릎을 꿇고 앉아, 어머니의 손을 어루만졌다.

"걱정 마라. 아무 일도 아니야."

모렐 부인이 나직이 속삭였다. 폴은 어머니를 침실까지 부축했다.

"엄마, 안녕히 주무세요."

"잘 자거라, 내 아들."

가족들은 모두 그날 밤에 일어난 일을 잊으려 노력했다.

제 9 장
미리엄의 패배

봄이 오면서 폴과 미리엄 사이에는 소리 없는 전쟁이 시작되었다. 미리엄에 대한 폴의 불만은 점점 더 높이 쌓여만 갔다. 미리엄 역시 막연하게나마 그것을 알아차렸다. 그녀는 자신이 언젠가 폴을 차지하게 될 거라 믿지 않았다.

부활절 오후, 미리엄은 침실의 창문 너머로 숲 속에 빼곡히 들어찬 떡갈나무들을 바라보고 있었다. 오후의 투명한 햇살이 나뭇가지마다 주렁주렁 매달려 있었다.

농장 입구 쪽에서 딸깍, 하고 문 여는 소리가 들렸다. 미리엄은 긴장한 채 가만히 서 있었다. 구름이 별로 없는 화창한 날이었다.

폴이었다. 그는 자전거를 끌고 정원으로 들어왔다. 평소 같았으면 찌릉찌릉 벨을 울리며 들어왔을 텐데, 무슨 일인지 그는 화난 사람처럼 입을 꾹 다문 채 조용히 걸어 들어왔다. 미리엄은 숨을 깊게 들이마신 다음 폴을 만나러 집 밖으로 나갔다.

폴은 미리엄에게 눈길 한번 제대로 주지 않았다. 미리엄은 용기를 내어 폴에게 말을 건넸다.

"슬퍼 보여. 무슨 일 있어?"

"전혀."

그가 무뚝뚝하게 대답했다.

"그럼? 고민이라도 있는 거야?"

그녀는 어린애를 달래듯 다정한 목소리로 다시 한 번 물었다.

"아무 일도 없다니까!"

"아냐. 분명 무슨 일이 있어."

그녀가 낮지만 단호한 목소리로 말했다. 폴은 나뭇가지를 집어서 괜히 땅바닥을 찌르기 시작했다.

"이야기하지 않는 게 너한테도 좋아."

"하지만 난 알고 싶은걸……."

"언제나 그렇지."

"대체 나한테 왜 그러는 거야?"

미리엄은 원망스러운 눈길로 폴을 쳐다보았다. 폴은 심통이 단단히 난 어린아이처럼 뾰족한 가지로 괜히 땅만 쑤시고 또 쑤셨다. 미리엄은 부드럽지만 단호하게 폴의 손목을 잡았다.

"그만해, 폴."

"이거 놔!"

폴은 까치밥나무 덤불 너머로 나뭇가지를 휙 던져 버리고는 한 발 뒤로 물러섰다. 그는 화를 참고 있는 사람처럼 보였다.

"무슨 일이야?"

그녀가 다시 한번 부드럽게 물었다. 하지만 그는 꼼짝도 하지 않았다.

"우리……."

마침내 그가 입을 열었다.

"헤어지는 게 낫겠어."

드디어 올 것이 오고야 말았다! 미리엄은 눈앞이 캄캄해지는 것 같았다.

"왜! 무슨 일이 생겼어?"

"아무 일도 없어. 단지 우리가 처한 상황을 똑바로 보게 되었을 뿐이야."

미리엄은 슬픈 눈으로 말없이 기다렸다. 조바심을 내봤자 아무 소용이 없다는 걸 그녀는 잘 알고 있었다. 어쨌든 그는 자신을 괴롭히는 실체가 무엇인지 그녀에게 이야기할 것이다.

그가 단조로운 목소리로 지루하게 말을 이어 나갔다.

"우리, 친구로 지내기로 했잖아. 서로에게 늘 그렇게 얘기했고. 그렇지만…… 우리 관계는 거기서 완전하게 멈추지도, 그렇다고 다른 곳으로 뻗어 나가지도 않았어.”

폴은 다시 입을 다물었다.

미리엄은 곰곰 생각했다. 폴은 과연 무슨 말을 하고 있는 것인가? 그는 몹시 지쳐 보였다. 그가 말하지 않은 무엇인가가 분명 있었다. 그녀는 더 기다려 보기로 했다.

“난 네게 우정을 줄 수 있을 뿐이야. 더 많은 걸 기대하지 마.그게 내가 할 수 있는 전부니까. 그건 내 성격적인 결함이야. 한쪽으로 관계가 기울어져 있어. 난 균형이 깨지는 게 싫어. 우리, 그만 끝내자.”

폴의 마지막 말에는 뜨거운 분노가 담겨 있었다.

폴의 말은 그가 그녀를 사랑하는 것보다, 그녀가 그를 더 사랑한다는 의미였다. 아마도 그는 그녀를 사랑할 수 없었을 것이다. 아마도 그녀는 그가 원하는 것을 가지고 있지 않았을 것이다. 적어도 미리엄은 폴의 말을 그렇게 받아들였다. 그것은 그녀의 뿌리 깊은 자기 불신에서 비롯된 생각이었다.

“그런데 무슨 일이 있었어?”

그녀가 물었다.

“아무 일도 없었어. 오래전부터 생각해 오던 거야. 그 생각이 지금 밖으로 나왔을 뿐이고.”

“그래서 네가 원하는 게 뭔데?”

"글쎄……. 여길 자주 와서는 안 될 거 같아. 그게 전부야. 왜 내가 널 독점해야 하지? 난 말이지, 너한테 무엇인가 부족해."

그는 미리엄을 사랑하지 않기 때문에 그녀에게 다른 남자를 만날 기회를 주어야 한다고 말하고 있었다. 그는 얼마나 어리석고 서투른 사람인가! 다른 남자들이 내게 무슨 소용이란 말인가! 도대체 남자라는 존재가 내게 무슨 의미인가! 그를 제외하고는……. 아, 난 그의 영혼을 사랑했다. 혹시 그에게 무엇인가 결핍되어 있는 것은 아닐까?

"하지만 난 이해하지 못하겠어."

그녀의 목소리가 갈라져 나왔다.

어느덧 농장에 어둠이 내리고 있었다.

"넌 이해하지 못할 거야. 넌 내가 널 사랑할 수 없다는 걸 믿지 않겠지? 육체적으로 말이야."

"뭐……, 뭐라고?"

미리엄은 두려워지기 시작했다.

"널 사랑할 수 없다고."

사랑하지 않는다고? 사랑할 수 없다고? 그녀는 폴이 자신을 사랑하고 있다는 걸 알고 있었다. 그건 그녀 역시 마찬가지였다. 육체적으로 사랑하지 않는다는 말은 괜한 심술일 것이다. 그는 정말 어린아이처럼 아무것도 몰랐다. 그의 영혼은 그녀를 원하고 있었다. 지금 그의 무의식은 누군가에게 조종당하고 있는 게

틀림없었다.

"집에서는 뭐라고 해?"

미리엄이 물었다.

"그건 별로 중요하지 않아."

그 순간 미리엄은 깨달았다. 바로 그것이 문제라는 것을. 그녀는 폴의 가족들이 가진 평범함이 싫었다. 그들은 무엇이 진정으로 가치 있는 것인지 모르는 사람들이란 생각이 들었다.

결국 폴은 어머니에게 돌아왔다. 어머니는 그의 삶에서 가장 강력한 존재였다. 영원히 사라지지 않을 단 하나의 세계, 그곳이 바로 어머니였다.

모렐 부인 역시 폴이 다시 제자리로 돌아오기를 기다리고 있었다. 바깥 세상 따위에는 별로 관심이 없었다. 그녀의 세계는 오로지 폴이기 때문이었다. 폴은 그녀가 옳았다는 것을 증명할 단 하나의 증거였다.

그녀는 그를 가장 사랑했고, 그는 그녀를 가장 사랑했다. 그러나 폴은 더 이상 어머니의 사랑만으로 만족할 수 없었다. 그러기엔 너무 젊고 뜨거웠다. 그의 몸속을 흐르는 뜨거운 피는 너무나도 강력한 것이어서, 늘 다른 곳을 향하여 돌진할 태세를 취하고 있었다. 그것이 그를 불안하게 만들었다.

모렐 부인은 진즉 그것을 알아차렸다. 그녀는 간절히 바랐다. 미리엄이 폴의 위태로운 젊음만 가져가기를, 그 뿌리만큼은 자기에게 온전히 남겨주기를.

미리엄은 폴이 다시 돌아오리라는 희망을 결코 버리지 않았다. 하지만 폴은 생각보다 강건했다. 그는 여전히 농장을 찾았다. 대신 미리엄이 아니라 그녀의 오빠들과 시간을 보냈다.

미리엄은 폴과 자기 사이에 생긴 균열에 대해 깊이 생각했다. 그는 다른 어떤 것을 원했다. 그래서 늘 만족할 수 없었던 것이다. 미리엄은 그에게 증명하고 싶었다. 그의 삶에서 가장 필요한 것은 바로 그녀 자신이라는 사실을. 그것만 증명할 수 있다면 나머지 문제는 저절로 해결될 것이라 믿었다.

미리엄은 클라라를 만나러 윌리 농장에 다녀가라는 말을 폴에게 전했다. 폴과의 시간을 조금이라도 갖기 위해서였다. 클라라에겐 폴이 그토록 갈망하는 무엇인가가 있었다. 미리엄은 클라라에 대해 이야기할 때면 폴이 유독 관심을 보인다는 사실을 알고 있었다.

그는 클라라에게 관심이 없다고 했지만, 미리엄은 알고 있었다. 그가 그녀에 대해 매우 궁금해 한다는 것을. 그것은 미리엄이 계획한 일종의 실험이었다. 미리엄은 폴에게 고상한 욕망과 저급한 욕망이 공존하고 있으며, 결국 정신적인 것을 지향하는 고상한 욕망이 승리하리라고 믿었다.

어쨌든 그녀는 이 실험을 통해 자기 자신을 똑바로 알아야 했다. 불행히도 그녀는 '고상한' 것과 '저급한' 것을 구분하는 자신의 기준이 지독히 주관적이라는 사실을 잊고 있었다.

폴은 오후가 다 되어서야 윌리 농장에 들어섰다. 사실 그는 클라라를 만난다는 생각에 내심 들떠 있었다. 그는 자전거에서 내리자마자 집 주위를 두리번거렸다. 미리엄은 자신의 방에서 그 모습을 지켜보다가 그를 맞이하러 나갔다.

"클라라는 아직 안 왔어?"

"왔어. 지금 책을 읽고 있어."

폴은 자전거를 헛간으로 끌고 갔다.

폴은 미리엄과 더 이상 말을 섞지 않았다. 그가 오늘 온 것은 분명 윌리 농장을 찾은 손님 때문이리라. 게다가 아끼는 넥타이를 매고, 거기에 어울리는 양말까지 골라 신은 모습이라니. 미리엄은 마음이 찢어지는 것처럼 아팠다.

클라라는 서늘한 거실에서 책을 읽고 있었다. 폴은 그녀의 흰 목덜미와 단정하게 빗어 올린 가느다란 머리카락에 시선을 빼앗겼다.

그녀는 폴을 무심한 눈길로 바라보며 자리에서 일어났다. 그러고는 악수를 청하려고 팔을 들었다. 폴의 눈은 그녀의 블라우스 속 부푼 가슴과 아름다운 어깨선 사이를 헤매고 있었다.

"아주 화창한 날을 택했군요."

폴이 먼저 입을 열었다.

"우연히 그렇게 됐네요."

잠시 동안 형식적인 대화가 이어졌다.

클라라는 식탁에 비스듬히 기대어 앉아 있었다. 폴은 그녀의 손을 바라보았다. 여자치고 꽤 큰 편이었지만, 잘 가꾼 손임을 금세 알 수 있었다. 그녀는 폴이 자기 손을 관찰하도록 그냥 내버려 두었다.

차를 마시고 나서 레이버스 부인이 클라라에게 말했다.

"그래, 예전보다 행복해요?"

"훨씬요."

"만족하고?"

"자유롭고 독립적인 생활을 계속 유지할 수만 있다면요."

"잃어버린 건 없나요?"

"그런 건 빨리 잊는 게 편해요."

폴은 그들의 대화가 왠지 불편하게 느껴졌다. 그래서 자리에서 일어나 밖으로 나갔다.

잠시 뒤 미리엄이 그에게 와서 클라라와 함께 산책을 가자고 했다. 그는 기꺼이 승낙했다. 세 사람은 스트렐리 밀 농장으로 걸음을 옮겼다.

클라라는 말라 죽은 엉겅퀴와 덤불이 많은 풀밭을 발로 툭툭 차면서 걸었다. 팔은 느슨하게 늘어뜨리고 머리는 푹 숙인 채 다리를 흔들거리면서 걸었다. 걷는다기보다는 휘청거린다는 표현이 더 잘 어울리는 그런 걸음걸이였다.

폴은 클라라라는 여자가 무척 궁금했다. 아마도 삶이 그녀에게는 몹시 잔인했을 것 같았다. 그의 머릿속은 온통 클라라에 대한 생각으로 꽉 찼다. 미리엄의 존재는 잊은 지 오래였다.

폴과 나란히 걷던 미리엄은 연신 그의 옆모습을 흘긋거렸다. 하지만 그의 시선은 앞쪽의 클라라에게 고정되어 있었다.

언덕 위로 올라가자 황량한 들판이 모습을 드러냈다. 들판의 양편은 숲으로 싸여 있었고, 가장자리로 산사나무와 딱총나무 덤불로 이루어진 높은 산울타리가 둘러져 있었다.

"아!"

미리엄이 탄성을 내지르며 폴을 바라보았다. 클라라는 그들과 약간 떨어져서 양취란화를 바라보고 있었다. 폴은 한쪽 무릎을 꿇고 가장 보기 좋은 꽃들을 따 모으며 이 덤불에서 저 덤불로 끊임없이 움직였다.

그는 꽃을 따 모으다가 노란색 나팔꽃 하나를 따 먹었다. 클라라는 여전히 혼자 돌아다니고 있었다. 폴이 그녀에게 다가가서 말을 걸었다.

"꽃을 좀 꺾지 그래요?"

"꽃을 꺾는 걸 좋아하지 않아요. 그대로 피어 있는 게 더 보기가 좋아요."

"하지만 갖고 싶은 꽃도 있잖아요."

"꽃들은 내버려 두기를 원해요."

“난 그렇게 생각지 않아요.”

“난 꽃의 시체를 갖고 싶지 않아요.”

그녀가 말했다.

“그건 꼭 막힌 생각이에요. 물에 꽂아 둔다고 뿌리 위에 있을 때보다 더 빨리 죽지 않아요. 게다가 꽃병에 꽂았을 때 꽃은 훨씬 더 보기가 좋아요. 그리고 꽃이 시체처럼 보이는 건 순전히 당신 생각이고요.”

“시체니까 시체처럼 보이는 거죠.”

그녀가 반박했다.

“내가 보기에 그건 시체가 아니에요. 죽은 꽃은 시체가 아니라고요.”

“그건 그렇다 치더라도……, 당신에게 꽃을 꺾을 권리가 있다고 생각해요?”

그녀가 물었다.

“내가 꽃을 좋아하고 원하기 때문이죠.……그리고 꽃은 아주 많아요.”

“그런데 그게 충분한 이유가 되나요?”

“그럼요, 물론이죠. 당신 방에 갖다 놓으면 아주 좋은 향기가 날 거예요.”

“난 꽃들이 죽는 모습을 지켜보는 즐거움을 누리고요?”

“그렇지만…… 꽃이 죽는 건 문제가 되지 않아요.”

폴은 그렇게 말하고선 클라라를 떠나 꽃들이 군락을 이루고 있는 곳으로 어기적거리며 걸어갔다. 꽃들이 무지갯빛을 내는 거품처럼 온통 들판에 흩어져 있었다. 미리엄이 가까이 다가왔다. 클라라는 무릎을 꿇고 양취란화의 향기를 맡고 있었다.

"내 생각엔 어떤 마음으로 꽃을 꺾느냐가 중요한 거 같아."

미리엄이 조심스럽게 말했다.

"아니. 꽃을 꺾는 것은 꽃을 원하기 때문이야. 그게 전부야."

폴은 자기 꽃다발을 미리엄에게 내밀었다. 그녀는 꽃다발에 얼굴을 파묻은 채 아무 말도 하지 않았다.

저녁이 깊어 가고 있었다. 이미 계곡에는 크고 작은 그늘이 드리워져 있었다.

"우리 그만 돌아갈까?"

미리엄이 물었다. 세 사람은 발길을 돌렸다. 그들은 하나같이 말이 없었다.

"즐거웠죠?"

침묵을 깬 건 폴이었다. 미리엄은 작은 목소리로 동의했다. 그러나 클라라는 말이 없었다.

"그렇게 생각하지 않아요?"

폴이 다시 물었지만, 클라라는 정면을 응시한 채 걸어가기만 할 뿐 여전히 대답을 하지 않았다.

집으로 돌아온 폴은 어머니에게 클라라에 대해 이야기했다.

"그러면 그 여자는 지금 누구와 사니?"

"블루벨 힐에서 어머니와 살고 있대요."

"무슨 일을 하는데?"

"레이스 만드는 일을 한대요."

"그 여자의 매력은 뭐 같니?"

"아직 잘 모르겠어요, 엄마. 하지만 괜찮은 사람이에요. 그리고…… 솔직해요. 전혀 감추는 게 없어요, 전혀."

"하지만 너보다 나이가 훨씬 많잖니?"

"그 여잔 서른이고, 전 스물셋이 돼요."

"왜 그 여자가 마음에 드는지 아직 말하지 않았어."

"사실 왜 그런지 모르겠어요. 반항적인 모습 때문인지……, 아니면 화난 태도 때문인지……."

모렐 부인은 곰곰 생각했다. 그녀는 그가 좋은 여자를 만나기를 원했다. 하지만 그녀 자신도 자신이 정확히 어떤 여자를 원하는지 몰랐기에 내버려 둔 채 조금 더 지켜보기로 했다. 어쨌든 그녀는 클라라에게 적대감을 가지지는 않았다.

애니가 결혼을 하게 되었다. 그녀가 11파운드를, 남자가 23파운드를 마련했다. 결혼식 날, 아서는 어엿한 청년이 되어 돌아왔다. 군복을 입은 그의 모습은 자못 근사했다. 모렐은 굳이 결혼을 하려 하는 딸을 바보라고 부르며, 사위에게 쌀쌀맞게 굴었다. 모렐 부인은 보닛에 흰 깃털을 꽂고 블라우스에 하얀 장식을 했다.

애니의 남편은 명랑하고 다정한 사람이었다. 폴은 애니가 왜 결혼하고 싶어 하는지 도무지 이해할 수 없었다. 폴은 누나를 좋아했고, 애니 또한 진심으로 동생을 아꼈다. 그래서 그는 서운함을 뒤로한 채 오직 결혼 생활이 평탄하기만을 바랐다.

애니는 어머니를 떠난다는 사실이 슬퍼서 결국 울음을 터뜨렸다. 모렐 부인은 딸의 등을 토닥이며 말했다.

"울지 마라, 얘야. 이제 남편이 잘해 줄 거야."

모렐 부인은 사위에게도 당부의 말을 전했다.

"애니를 잘 부탁해. 이제 자네가 그 애를 책임져야 해."

"걱정 마세요."

결혼식은 무사히 끝났다. 녹초가 된 모렐과 아서는 일찌감치 잠자리에 들었다. 폴은 언제나처럼 어머니와 차를 마시며 이야기를 나눴다.

"애니가 결혼해서 섭섭하세요?"

그가 물었다.

"아니……. 하지만…… 그 애가 나를 떠났다는 게 믿기지 않아. 행복해 하는 모습을 보니 서운하기도 하고. 이런 게 엄마들의 마음이겠지……. 이게 어리석다는 건 알아."

"애니 때문에 계속 불행해 하실 거예요?"

"내 결혼식 날을 생각하면 그래. 애니의 삶이 나와 다르기를 바랄 뿐이야.”

“하지만 매형이 애니에게 잘할 거라고 믿지요?”

“개처럼 진실한 남자라면. 또 애니 역시 남편을 사랑하잖니? 그렇다면…… 괜찮아…….”

“그럼 걱정하지 않기예요?”

모렐 부인은 그날따라 무척 외로워 보였다.

“어쨌든 엄마, 전 절대 결혼하지 않을 거예요.”

폴이 말했다.

“다들 그렇게 말한단다, 얘야. 넌 아직 좋은 사람을 만나지 못했어. 일이 년만 더 기다려 보렴.”

“하지만 전 결혼하지 않을 거예요, 엄마. 전 엄마와 영원히 살 거예요.”

“글쎄, 얘야……. 그렇게 말하기는 쉽단다. 좋아, 어디 한번 두고 보자.”

“언제까지 두고 봐요? 전 스물셋이나 되었는데.”

“그래……. 넌 결혼을 일찍 하지는 않을 거야. 하지만 한 삼 년쯤 지나면…….”

“지금과 마찬가지로 엄마와 살고 있겠죠.”

“두고 보자, 두고 봐.”

“하지만 제가 결혼하는 것을 원치 않으시지요?”

“네가 외롭게 늙어 가는 모습은 생각하고 싶지 않구나. 그건 아니야."

"그러면 제가 결혼해야 한다고 생각하세요?"

"모든 남자들은 때가 되면 결혼을 해야 해."

"하지만 엄마는 나중이기를 원할 테죠."

"힘들 거야……. 몹시 힘들겠지. 사람들은 말하지. '아들은 결혼하기 전까지만 내 아들이지만 딸은 평생 내 딸이야.'라고."

"설사 아내라 해도 절 엄마한테서 빼앗을 수는 없어요."

"글쎄다. 네 여자한테 너뿐만 아니라 네 엄마하고도 결혼해 달라고 하지는 않겠지."

모렐 부인이 빙긋 웃었다.

"두고 보세요. 저는 엄마가 살아 계시는 동안에는 절대 결혼하지 않아요. 결혼하지 않을 거예요."

"하지만 아무도 없이 두고 가긴 싫어."

"엄마는 절 떠나지 않으실 거죠? 적어도 일흔다섯 살까지는 사세요. 자, 보세요. 그때면 전 퉁퉁하게 살이 찐 마흔넷의 아저씨가 되어 있을 거예요. 그때 결혼하죠, 뭐. 아시겠죠?"

모렐 부인은 아들의 말에 함박웃음을 지었다.

"가서 자거라."

폴은 어머니에게 키스를 하고 방으로 들어갔다.

모렐 부인은 혼자 앉아서 애니와 폴, 그리고 아서에 대해서 생각했다. 그녀는 애니를 잃은 것이 서글펐다. 하지만 그녀에겐 폴이 있었다. 폴은 그녀를 필요로 했고, 아서 역시 마찬가지였다.
그녀의 삶은 아들들 덕분에 매우 풍요로웠다.

애니가 떠나고 아서마저 가 버리자 폴은 불안감을 감추지 못
했다. 그도 그들의 뒤를 따르고 싶었다. 그러나 그가 있을 곳은
바로 어머니 곁이었다. 그렇지만 다른 무엇인가가, 그가 원하는
무엇인가가 집 바깥에 있었다.

폴은 점점 더 안정을 잃어 갔다. 미리엄은 그에게 만족감을 주
지 못했다. 그녀를 향한 욕망은 차츰차츰 더 약해졌다. 그는 노
팅엄에서 클라라를 만나기도 하고, 그녀와 함께 모임에 나가기
도 했다.

폴과 클라라와 미리엄은 묘한 삼각 관계를 이루고 있었다. 폴
은 미리엄을 대하는 방식과는 정반대로 클라라를 대했다. 그에
게 과거는 중요하지 않았다. 폴은 클라라가 나타나자마자 그녀
에게 맞추어 행동했다.

미리엄이 스물한 살이 되던 날, 폴은 그녀에게 편지를 썼다.

무슨 말을 써야 할까? 의도적으로 편지를 쓰는 것은 사악한 짓으
로 보여. 그렇게 생각하지 않아? 왜냐하면 내가 분명히 허세를 부리
고 과장할 테니까.

성년이 된 걸 진심으로 축하해. 기분이 어때? 마치 유산을 물려받

게 된 상속녀 같은 느낌이 들지 않니? 이제 넌 공적으로 너 자신을 완전히 소유하게 되었어.

마지막으로 우리의 오래된 사랑에 대해 이야기해 볼까? 사랑은 변해. 그렇게 생각하지 않니? 말하자면 사랑의 몸체는 죽고 남은 것은 영혼뿐인 거지. 난 네게 정신적 사랑을 줄 수 있어. 지난 오랜 세월 동안 그렇게 해 왔지. 하지만 그건 몸에서 비롯된 열정이 아니었어. 넌 수녀야. 난 네게 성스러운 수녀에게 바칠 것을 주어 왔던 거야. 신비로운 승려로서 말이지.

물론 넌 그걸 최선으로 평가해. 하지만 다른 부분을 후회하고 있어. 아니 후회해 왔어. 우리의 관계에서 육체가 비집고 들어올 틈이 없어. 난 네게 감각을 통해 이야기하지 않아. 정신을 통해서만 이야기하지. 그게 바로 우리가 상식적으로 사랑할 수 없는 이유야. 너와 이야기를 나눌 때, 난 널 똑바로 바라보지 않아. 난 검고 아름다운 네 눈을 바라보며 이야기하지도 않고, 비단 같은 머리카락 안에 숨겨진 네 귀에 대고 이야기하지도 않아. 대신 저 너머 멀리 떨어져 있는 내부의 너에게 이야기하지. 만약 운명이 개입하지 않는다면, 난 앞으로도 평생 그렇게 할 거야. 알겠어?

넌 어느 누구도 채울 수 없는 내 마음속 한켠을 차지하고 있어. 넌 내가 성장하는 데 근본적인 역할을 해 왔어. 하지만 우리가 서로 곁에서 산다는 것은 두려운 일이야. 왜냐하면 어쩐지 난 너와는 오랜 시간 평범할 수 없을 것 같기 때문이야. 한 가지 사소한 잘못을 제외한다면, 우리의 관계는 아름다웠을 거야. 적어도 난 그렇게 생각해.

난 앞으로 결혼을 할지도 몰라. 적어도 그 상대는 내가 입맞추며 안을 수 있고, 내 아이들의 엄마로 만들 수 있으며, 내가 장난스럽게, 평범하게, 진지하게, 하지만 결코 지금처럼 무섭거나 심각하지 않게 말할 수 있는 여자일 거야. 운명이 세상을 어떻게 정리하는지 기다려 봐.

넌, 넌 네 앞에서 자신을 불처럼 쏟아내지 못하는 남자와 결혼할 거야. 네가 이해할지 궁금해. 내가 내 자신을 이해하고 있는지조차 궁금해. 이제 우리의 이야기를 끝내자. 날 용서해 줘. 어렵다는 걸 알지만……, 이 편지를 태워 버리고 더 이상 생각하지 마. 아니, 내가 생각할게. 그래서 우리의 짐을 견디는 데 도움이 될 수 있도록.

넌 이제 스물한 살이야. 이제 독립할 수 있게 되어서 정말 다행이야. 참 기뻐. 넌 나처럼 강해. 그렇지? ……그래, 더 강해. 하고 싶은 말은 많은데 정리가 잘 되지 않네. 아직까지 민감한 얘기는 한마디도 하지 못했어.

내가 이 편지를 보내야 할까? 난 걱정스러워. 하지만…… 이해하는 것이 최선이야. 안녕.

미리엄은 그 편지를 두 번이나 되풀이해 읽었다. 넌 수녀야……. 유독 이 말이 그녀의 가슴을 후벼 팠다. 그가 그녀에게 한 수많은 말 가운데 이처럼 치명적인 상처를 준 말은 없었다.

이틀 뒤 미리엄은 폴에게 답장을 보냈다. 그녀는 그가 편지에 쓴 '한 가지 사소한 잘못을 제외한다면, 우리의 관계는 아름다웠을 것이다.'라는 구절을 인용했다. 그리고 바로 뒤에 이렇게 덧붙였다.

그 사소한 잘못이 내 잘못이었니?

폴은 미리엄의 편지를 받자마자 다시 답장을 써 보냈다.

그 잘못이 네 잘못이냐고 물었지? 글쎄, 그게 누구 한 사람의 잘못이었을까? 중요한 건 네 잘못은 부드럽고 유연하기 때문에 영원할 거란 거야. 하지만 내 잘못은 단단해. 그래서 깨지기도 쉽지.

네가 답장을 보내 줘서 기뻐. 네 어조가 너무나도 침착하고 자연스러워서 많은 말을 쏟아낸 내가 민망할 정도였어. 하지만 난 너와 달라. 네가 슬픔을 가슴속에 조용히 간직하는 편이라면, 난 그 슬픔을 내 안에서 내쫓기 위해 고함을 지르고, 심지어 뒤엉켜 싸우기까지 해야 해. 그래서 우리는 종종 서로에게 벽을 느꼈나 봐. 하지만 저 밑바닥에 깔린 본성은 다르지 않다고 믿어.

내 그림에 항상 관심을 가져 줘서 고마워. 내가 그린 것 중엔 널 위한 것도 꽤 많아. 넌 정말 뛰어난 안목을 지녔어.

안녕. 난 이제 사무실 책상에 앉아 끔찍한 정산을 해야 해. 네가 이 편지들을 태웠으면 좋겠어. 편지는 읽고 태워 버려야 한다는 게 내 지론이야. 내가 쓴 편지의 대부분은 달아나고 싶어 안달이 나 흘린 눈물에 흠뻑 젖어 있기 때문이야.

폴이 겪은 사랑의 첫 경험은 이렇게 끝이 났다. 그는 이제 스물세 살이 되었다. 미리엄 때문에 오랫동안 억압해 온 성욕이 더욱 강렬해졌다. 몸속의 피가 진해지고 흐름이 빨라지는 것만 같았다. 무엇인가가 그 속에 살아 있는 것처럼 이상스럽게 가슴이 옥죄어지는 순간이 찾아오곤 했다. 새로운 자아 혹은 새로운 의식이 그에게 조만간 여자가 필요할 것이라고 경고하는 듯했다.

제 10 장

오! 클라라

폴은 노팅엄의 캐슬 미술관에서 개최한 겨울 전시회에 풍경화 한 점을 보냈다. 미스 조던은 폴에게 대단한 관심을 보이며 그를 집으로 초대했다. 그곳에서 폴은 다른 화가들을 만날 수 있었다. 그러고 나자 그의 가슴속에도 조금씩 야심이 생겨나기 시작했다.

어느 날 아침, 폴이 막 세수를 하고 있을 때 집배원이 방문했다. 그런데 잠시 뒤 모렐 부인의 비명 소리가 들렸다. 깜짝 놀라 밖으로 뛰쳐나가 보니, 그녀가 마치 미친 사람처럼 팔짝팔짝 뛰고 있었다. 폴은 더럭 겁이 났다.

"왜 그러세요, 엄마!"

그가 놀라서 소리쳤다.

그녀는 폴을 와락 끌어안고 눈물을 흘리면서 이렇게 말했다.

"애야, 만세다. 난 이렇게 될 줄 알았단다!"

모렐 부인은 잔뜩 흥분해 있었다. 평소와는 너무도 다른 모습이었다. 폴은 머리카락이 희끗희끗해지기 시작한 어머니가 갑작스럽게 흥분하는 것이 걱정스럽게 느껴졌다. 집배원도 걱정이 되었는지 가던 길을 멈추고 다시 돌아왔다.

"우리 아들 그림이 일등을 차지했어요! 그리고 자그마치 20기니에 팔렸다는군요."

모렐 부인이 울먹이며 집배원에게 말했다.

"진심으로 축하드려요, 모렐 부인. 그런 기쁜 소식을 배달하게 되어 저도 영광입니다."

집배원은 푸른 눈을 반짝이며 말했다.

모렐 부인은 그 사실이 믿기지 않는지 집 안을 왔다 갔다 했다. 폴은 혹시나 어머니가 편지를 잘못 읽은 건 아닐까 걱정이 되었다. 그래서 두 번이나 다시 읽어 보았다. 틀림없는 사실이었다. 그제야 그의 가슴도 쿵쾅대기 시작했다.

"엄마!"

그가 감격스러운 목소리로 모렐 부인을 불렀다.

"내가 뭐랬니? 이렇게 될 거라고 말했잖니?"

모렐 부인이 애써 울음을 삼키며 말했다.

그날 밤늦게 일을 마치고 집으로 돌아온 모렐이 물었다.

"폴의 그림이 50파운드에 팔렸다고 하던데 사실이오?"

"50파운드? 역시 소문이란!"

모렐 부인이 고개를 설레설레 내저었다.

"내가 헛소문일 거라고 말했지. 그런데 당신이 그렇게 말했다는구려."

"그런 말을 집배원에게 한 것 같긴 하군요! 폴이 일등상을 받은 것은 사실이에요. 하지만 50파운드라니, 그건 말도 안 돼요! 모턴 소령이 20기니에 샀어요. 그것 역시 사실이에요."

"20기니라고? 왜 그 말을 하지 않았소!"

모렐이 큰 소리로 말했다.

"폴의 그림은 그만한 가치가 있어요."

"그걸 의심하지는 않아. 하지만 한두 시간 만에 뚝딱 그려내는 그림 쪼가리 하나에 20기니라!"

모렐 부인은 남편의 반응 따윈 아무것도 아니라는 듯이 코웃음을 쳤다.

"그런데 그 돈은 언제 만지게 되오?"

모렐이 물었다.

"그건 당신에게 알려 줄 수 없군요. 아마도 그림을 집으로 보낼 때겠지요."

잠시 침묵이 흘렀다.

"큰놈도 죽지 않았으면 그 정도는 했을 텐데."

모렐이 나지막이 중얼거렸다.

순간, 윌리엄에 대한 기억이 모렐 부인의 가슴 위로 차가운 칼날처럼 지나갔다. 그녀는 왠지 모를 피로를 느꼈다.

"있잖아요."

어느 날 폴이 어머니에게 말했다.

"전 중산층에 속하고 싶지 않아요. 전 노동자 계층의 사람들이 가장 좋아요. 제가 바로 노동자니까요."

"하지만 너 스스로 그 어떤 신사보다 고상하다고 자부하고 있잖아."

"제 자신에 대해선 그래요. 하지만 제가 속한 계층이나 교육 수준, 예절에 관해서는 그렇지 않아요."

"그런데 갑자기 노동자 계층 얘기는 왜 하는 거니?"

"사람들 간의 차이는 계층이 아니라 그들 개개인에게 있기 때문이죠. 사람의 가치는 계층으로 판단해선 안 돼요."

"그렇다면 넌 왜 아버지 친구들과 어울리지 않니?"

"그들은 조금 달라요."

"전혀 다르지 않아. 그들이 바로 노동자 계층이야. 사실 지금 네가 노동자 계층에 속한 사람들 가운데서 어울리고 있는 사람이 한 명이라도 있니? 오히려 중산층처럼 사상을 주고받을 수 있는 사람들과 친하잖니? 넌 노동자 계층에 관심이 없어."

"하지만……."

"난 네가 교육받은 여자보다 미리엄한테서 더 많은 걸 얻는다고 믿지 않는다. 계층에 대해 속물 근성을 가진 사람은 바로 너 자신이야."

모렐 부인은 알고 있었다. 폴이 중산층이 되길 바란다는 것을. 또 그에겐 그것이 별로 어려운 일이 아니라는 것을. 그리고 그가 결국엔 고상한 숙녀와 결혼하기를 원할 거란 것을.

하지만 그는 미리엄과의 관계를 온전히 정리하지 못하고 있었다. 그래서 자유로워지지도 못하고, 그렇다고 약혼을 할 수도 없는 어정쩡한 상황에 놓여 있었다. 모렐 부인은 이러한 관계가 그의 에너지를 앗아 갈 거라고 생각했다. 폴이 자기도 모르는 사이에 클라라에게 끌리고 있음을 알고 있기에 더욱 그러했다.

그런데 클라라는 이미 결혼한 여자였다. 모렐 부인은 아들이 좀 더 나은 여자와 사랑에 빠지기를 원했다. 정작 폴은 그런 여자가 사회적으로 자기보다 우월할까 봐 감히 사랑을 꿈꾸거나 동경하는 것조차 거부했다.

"얘야, 별로 행복해 보이지 않는구나."

"무엇이 행복인가요?"

"그건 네가 판단할 문제야. 하지만 널 행복하게 해 줄 수 있는 좋은 여자를 만나서…… 생활이 안정되기 시작한다면……, 그래서 네가 이렇게 초조해 하지 않고 일할 수 있다면 그것도 행복이겠지.”

폴은 얼굴을 찡그렸다.

“편안한 게 행복이라는 말씀이죠? 그게 삶을 바라보는 여자들의 공통된 시선이죠. 영혼의 편안함과 육체적 안락 말이에요. 그런데 전 그런 것을 혐오해요.”

“하지만 사람은 행복해야 한다. 반드시 그래야 해.”

모렐 부인은 격렬하게 몸을 떨고 있었다. 폴은 그녀를 품에 안았다.

“걱정하지 마세요. 삶이 하찮거나 비참한 것이라고 엄마가 느끼시지 않는 한, 행복하다든가 불행하다든가 하는 건 그리 중요하지 않아요.”

그녀는 그를 꼭 안았다. 그리고 애절하게 말했다.

“하지만 난 네가 행복하기를 원한단다.”

아서는 군대에서 제대하자마자, 몇 년간 알고 지낸 여자와 결혼했다. 그리고 식을 올린 지 반 년 만에 아이를 낳았다. 아서는 발목이 잡힌 기분이었다. 그래서 한동안 어린 아내에게 짜증을 부렸다. 아기가 울거나 부부 생활에 사소한 문제가 생기기라도 하면 미칠 것같이 굴었다. 아서는 어머니를 붙잡고 몇 시간이고 하소연을 늘어놓았지만, 모렐 부인은 이렇게 말할 뿐이었다.

"아들아, 네가 벌인 일이란다. 그러니 최선을 다해야지."

아서는 어머니의 말을 순순히 받아들였다. 어떤 문제에 대해 깊이 파고들지 않는 소탈한 성격 덕분이었다. 곧 아내와 아기가 하나라는 사실을 인정하고 가장 역할을 충실히 해냈다.

세월은 느릿느릿 흘렀다. 폴은 클라라의 소개로 노팅엄의 사회주의자나 여성 운동가, 일신론자 들과도 관계를 형성하였다.

어느 날 폴은 베스트우드에 사는 클라라의 친구한테서 클라라에게 메시지를 전해 달라는 부탁을 받았다. 폴은 해질 녘이 되자 메시지를 전하기 위해 블루벨 힐로 향했다. 클라라의 집은 화강암 자갈로 대충 포장돼 있는, 초라하고 좁은 거리에 자리하고 있었다.

폴은 낡은 문을 두드린 뒤 누군가가 나오기를 기다렸다. 잠시 뒤 클라라가 나타났다. 그녀는 얼굴을 몹시 붉혔고, 폴은 그런 그녀의 모습에 당황했다. 그녀는 평소의 모습을 다른 사람에게 보여 주고 싶어 하지 않는 것 같았다.

"당신일 거라곤 생각도 하지 못했어요. 이왕 왔으니 안으로 들어와요."

그녀는 폴을 부엌으로 안내했다. 좁고 어두운 부엌에는 흰 레이스로 가득 차 있었다. 클라라의 어머니는 거대한 레이스 뭉치에서 실을 풀어내고 있었다. 보풀 더미와 엉킨 무명 실이 그녀의 오른편에 있었고, 2센티미터 넓이의 레이스가 왼편에 쌓여 있었다. 앞쪽의 난로 깔개 위에도 레이스 뭉치가 산더미처럼 쌓여 있었다. 긴 레이스 더미 밑에서 잡아 빼낸 곱슬곱슬한 무명실이 난로 위에 아무렇게나 흩어져 있었다. 폴은 곳곳에 널려 있는 흰색 레이스 더미들을 밟을까 봐 무서워서 발을 뗄 수가 없었다.

그곳엔 온통 레이스밖에 없었다. 어두운 방 안에서 레이스는 마치 흰 눈처럼 잘 띄었다. 클라라는 레이스 더미가 쌓여 있는 반대편 벽 쪽의 의자를 권했다. 그러고는 수치스러운 듯 고개를 돌리고는 소파에 앉았다.

클라라는 일을 하기 시작했다. 식탁 위에 놓여 있는 방적기가 낮게 윙 소리를 내며 돌더니, 손가락 사이에서 얼레빗으로 하얀 레이스가 옮아 갔다. 클라라는 다 감긴 레이스를 자른 다음, 그 끝을 접은 레이스에 핀으로 꽂았다. 그리고 방적기에 새 카드를 넣었다.

폴은 말없이 그녀를 지켜보았다. 그녀는 허리를 세우고 품위 있게 앉아 있었다. 그녀의 목과 팔이 도드라져 보였다. 그녀는 자신에 대한 수치심으로 고개를 숙이고 있었지만, 얼굴은 하고 있는 일에 고정되어 있었다. 그녀의 고운 손은 서두를 것이 아무것도 없다는 듯이 아주 규칙적으로 움직였다.

폴은 그녀를 멍하니 바라보았다. 그녀가 머리를 숙일 때면 어깨에서 목으로 흐르는 곡선과 감아 올린 머리카락이 보였다. 그리고 윤기 나는 팔이 일정하게 움직이는 모습이 바라다보였다.

클라라는 일을 다 마친 뒤에야 폴에게 말을 건넸다. 그는 부탁받은 말을 그녀에게 전했다.

회사에서 스타킹을 만들던 아가씨가 결혼을 하면서 회사를 그만두게 되었다. 폴은 클라라에게 일자리가 났다고 알려 주었다. 그래서 그녀는 다시 회사에서 일하게 되었다.

나이 든 여공들 가운데 몇은 그 사실을 대놓고 싫어했다. 그들은 그녀를 오만하기 짝이 없는 여자로 기억하고 있었다. 그도 그럴 것이 그녀는 늘 말을 아꼈고, 다른 사람들과 결코 어울리지 않았다. 자기 스스로를 다른 여공들과 다르게 생각하는 것처럼 보였다.

폴이 오후에 그림을 그릴 때면, 그녀는 옆으로 다가와서 가만히 서 있었다. 그녀가 거리를 두고 서 있어도, 폴은 클라라의 살갗이 자신의 몸에 와 닿는 듯한 기분을 느꼈다.

폴과 클라라는 점심시간에 종종 함께 산책을 했다. 폴은 주위의 시선 따윈 전혀 아랑곳하지 않았다. 클라라와 이야기할 때면, 이전에 미리엄과 그랬던 것처럼 자기도 모르게 치열해지곤 했지만, 전처럼 이야기 자체에 흥미를 느끼지는 못했다.

10월의 어느 날, 폴과 클라라는 차를 마시러 램블리로 나갔다. 그들은 약속이나 한 듯 언덕 위에서 걸음을 멈췄다. 폴은 대

문 위에 올라가 앉았고, 클라라는 산울타리 계단에 앉았다. 더할
나위 없이 조용한 오후였다. 노랗게 빛나는 밀밭 위로 희미하게
아지랑이가 피어오르고 있었다.

"결혼할 때 몇 살이었어요?"

폴이 나지막한 목소리로 물었다.

"스물둘."

그녀의 목소리는 부드러웠다. 그녀는 이제 그에게 자신의 이
야기를 스스럼없이 늘어놓았다.

"팔 년 전이군요?"

"네."

"그리고 언제 그를 떠났어요?"

"삼 년 전에."

"그럼 오 년 동안 함께 살았군요! ……결혼할 때 그를 사랑했
어요?"

그녀는 잠시 말이 없었다. 그러고 나서 천천히 말했다.

"그렇다고 생각했어요, 조금은. 그것에 대해 깊이 생각하지 않
았어요. 그 사람이 나를 원했으니까요. 그때는 요조숙녀인 척했
어요."

"별 생각 없이 결혼이란 무덤으로 걸어 들어간 셈이군요."

"그래요! 난 거의 평생을 잠자고 있었던 것 같아요."

"잠자며 살았다? 언제 깨어났어요?"

"어릴 때부터……. 그런 적이 있었는지, 아니 있는지 모르겠어
요."

"여자로 성장하면서 잠이 들었다고요? 참 이상하군요! 그가
당신을 깨우지 않았어요?"

"아뇨, 그는 그곳까지 오지 못했어요."

그녀가 단조로운 목소리로 대답했다.

갈색 깃털을 가진 새들이 들장미 씨앗이 달린 산울타리 위로
날아왔다.

"어디로 오지 못했다는 건가요?"

"내게로요. 그 사람은 진정으로 내게 중요했던 적이 한 번도
없어요."

너무나 부드럽고 따뜻한 오후였다. 작은 집들의 붉은 지붕이
푸른 아지랑이 속에서 이글거렸다. 폴은 이런 날을 사랑했다. 그
는 클라라가 말하고 있는 것이 무엇인지 막연하게 느낄 수 있었
지만 이해할 수는 없었다.

"그를 왜 떠났어요?"

클라라는 가볍게 몸서리를 쳤다.

"그 사람은…… 말하자면 나의 가치를 떨어뜨렸어요. 날 온전
히 차지하지 못했기 때문에 내 위에서 군림하고 싶어 했죠. 난
속박당하는 것이 싫어서 달아나고 싶었고요."

"알겠어요."

사실 그는 전혀 알지 못했다.

두 사람은 잠시 말이 없었다. 클라라는 문설주를 두 손으로 잡은 채 간신히 균형을 유지하고 있었다. 폴은 자기 손을 그녀의 손 위에 놓았다. 심장이 빠르게 뛰었다.

“하지만 당신은…… 한 번이라도…… 그에게 기회를 준 적이 있나요?”

“기회라뇨? 어떻게?”

“그가 가까이 올 수 있도록 말이에요.”

“난 그와 결혼했어요. 그리고 난 기꺼이…….”

두 사람 모두 목소리가 흔들리지 않도록 애썼다.

“난 그가 당신을 사랑한다고 믿어요.”

그가 말했다.

“그런 것 같아요.”

그녀가 대답했다.

폴은 손을 빼내고 싶었지만 그렇게 할 수 없었다. 그녀가 먼저 손을 빼냈다.

“당신이 항상 그를 떠났어요?”

“그가 날 떠났어요.”

클라라는 결혼한 여자였기에, 폴은 두 사람의 관계가 단순한 우정이리라고 믿었다. 심지어 자신이 일종의 명예를 지키고 있다고까지 여겼다. 품위 있는 사람이라면 누구나 가질 수 있는 남자와 여자 간의 우정이라고 확신했기 때문이다.

폴은 기회가 있을 때마다 클라라를 찾아갔다. 그러면서 미리엄에게 자주 편지를 썼고, 이따금 그녀의 집을 방문하기도 했다. 그는 그렇게 겨울을 보냈다.

모렐 부인은 폴에 대한 걱정을 한시름 덜었다. 그녀는 폴이 미리엄에게서 벗어나고 있다고 믿었다.

그 무렵 미리엄은 클라라의 매력이 폴에게 얼마나 강하게 다가갔는지 뼈저리게 느꼈다. 그러나 여전히 그의 정신적인 부분이 결국엔 승리할 것이라는 믿음의 끈을 놓지 않았다.

유부녀인 클라라에 대한 그의 감정은 자신에 대한 사랑과 비교했을 때 불안정하고 일시적인 것일 수밖에 없었다. 미리엄은 폴이 자기에게 돌아올 것이라고 확신했다. 폴이 진실의 힘을 깨닫고 다시 돌아온다면, 그녀는 모든 것을 용서할 수 있었다.

클라라와 미리엄은 누가 먼저라 할 것도 없이 서로에게 연락을 끊었다. 두 여자 간의 우정은 서서히 빛을 잃어 갔다.

크리스마스가 막 지난 무렵, 클라라가 폴에게 물었다.

"일요일 오후에 음악회에 가지 않을래요?"

"월리 농장에 가기로 약속했어요."

"오, 잘 됐군요."

"신경 쓰여요?"

그가 물었다.

"신경 써야 하나요?"

클라라의 대답은 폴의 기분을 상하게 만들었다.

"미리엄과 나는 칠 년이란 시간 동안 서로에게 중요한 존재였어요."

그가 말했다.

"긴 세월이군요."

클라라가 대답했다.

"그래요, 하지만 어쩐지 미리엄과는…… 잘 되질 않는군요."

"어떻게요?"

클라라가 물었다.

"미리엄이 나를 자꾸 끌어당겨요. 내 머리카락 하나라도 그냥 날아가 버리도록 내버려 두려고 하지 않아요. 그것조차 간직하려고 하지요."

"당신도 그걸 원하잖아요."

"아니에요, 그렇지 않아요. 난 정상적으로 주고받는 관계를 원해요. 당신과 나 사이처럼 말이에요. 물론 여자가 나를 간직해 주기를 원하지만, 그곳이 호주머니 속은 아니에요."

"하지만 당신이 미리엄을 사랑한다면 그렇게 생각하는 건 정상적일 수 없어요. 나와 당신 사이와는 다르지요."

"그래요, 내가 그녀를 더 사랑해야 옳겠지요. 그런데 미리엄은 나를 너무나 원해서 오히려 나 자신을 줄 수 없어요."

"어떻게 원해요?"

"내 영혼 전체를 원해요. 그녀 앞에 서면 움츠러들지 않을 수가 없어요."

"하지만 당신은 그녀를 사랑하잖아요?"

"아니에요, 난 그녀를 사랑하지 않아요. 난 그녀에게 키스 한 번 한 적 없어요."

"왜 하지 않았어요?"

클라라가 물었다.

"모르겠어요."

"무서운 모양이군요."

"무섭지 않아요. 마음속의 무엇인가가 미리엄한테서 지독하게 뒷걸음질을 치게 만들어요. ……그녀는 아주 훌륭한데, 난 그렇지 않거든요."

"미리엄이 어떤 사람인지 어떻게 알아요?"

"난 알아요! 미리엄은 일종의 영적 결합을 원하고 있어요."

"하지만 그녀가 무엇을 원하는지 어떻게 알아요?"

"난 그녀와 칠 년 동안 알고 지냈어요."

"그런데도 당신은 미리엄에 대해서 가장 기본적인 사실도 발견하지 못했군요."

"그게 뭐예요?"

"적어도 미리엄은 영혼의 교류 같은 건 원하지 않는다는 거죠. 그것은 한낱 당신이 만들어 낸 상상일 뿐이에요. 그녀는 당신을 원해요."

그는 이 말을 곰곰 생각했다. 어쩌면 그가 틀렸을지도 모를 일이었다.

"하지만 그녀는 보기에……."

그가 말을 얼버무렸다.

"당신은 시도해 본 적도 없잖아요."

클라라가 단호한 눈빛으로 폴을 바라보며 말했다.

제 11 장

미리엄의 시련

어김없이 봄은 찾아왔다. 하지만 올 봄엔 폴의 불안증도 함께 찾아왔다.

미리엄과는 이미 끝난 사이였지만, 그의 머릿속은 그녀에 대한 생각으로 가득 찼다. 사실 미리엄과 결혼할 수도 있었다. 하지만 결혼을 하기엔 집안 형편이 어려웠고, 무엇보다 그 스스로가 결혼 자체를 원하지 않았다. 결혼은 환상이 아닌 생활이었다. 또 이런 의문도 들었다. 마음이 잘 맞는 상대라고 해서 반드시 부부로 살아야 한다는 법은 없지 않은가.

폴은 미리엄과 결혼하고 싶지 않았지만, 그녀의 연인으로 있고 싶었다. 그의 영혼은 언제나 미리엄을 애타게 찾았지만, 막상 그녀 앞에 서면 몸이 말을 듣지 않았다.

미리엄도 폴을 사랑하고 있었다. 클라라마저 미리엄이 폴을 원하고 있다고 이야기할 정도였으니 의심할 여지는 없었다. 그렇다면 폴은 왜 그녀에게 달려가 키스할 수 없는 것일까? 왜 그녀가 팔짱이라도 끼려고 하면, 나쁜 일을 하다 걸린 사람처럼 머뭇거리며 뒷걸음질을 쳤을까?

폴은 모든 것이 그저 혼란스럽기만 했다.

폴은 결국 오래지 않아 미리엄에게로 돌아갔다. 그녀를 다시 보았을 땐 눈물이 날 정도로 반가웠다.

"내년이면 나도 스물넷이야."

어느 날 저녁, 윌리 농장을 찾은 폴이 미리엄에게 말했다. 두 사람은 안락의자에 앉아 농장의 풍광을 감상하고 있었다.

"알아. 그런데 갑자기 왜 그런 말을 하는 거야?"

미리엄이 물었다. 순간 그녀의 눈빛에 긴장감이 어렸다.

"토머스 모어는 스물네 살이면 결혼할 수 있다고 했어."

폴의 말에 미리엄이 웃으며 말했다.

"결혼하는 데 토머스 모어의 허가가 필요해?"

"아니. 하지만 그 나이가 되면 누구나 결혼을 생각하게 돼."

"그래."

미리엄이 무언가를 곰곰 생각하는 얼굴을 하고선 대답했다.

“난 너와 결혼할 수 있어.”

그가 천천히 말을 이어 나갔다.

“물론 지금은 아니야. 우린 돈도 없고, 무엇보다 난 가족을 책임져야 하거든.”

미리엄은 그가 무슨 말을 할지 대강 짐작할 수 있었다.

“하지만 난 지금 결혼하고 싶어.”

“뭐? 결혼하고 싶다고?”

미리엄이 눈을 동그랗게 뜨고 되물었다. 그러자 폴은 대답 대신 다시 질문을 던졌다.

“넌 날 사랑하니?”

미리엄은 아무 말 없이 씁쓸한 웃음을 지어 보였다.

“그런 걸 물어봐서 수치스럽니?”

폴이 다시 물었다.

“넌 네가 믿는 신 앞에선 안 그러잖아. 그런데 왜 사람들 앞에서는 수치스러움을 느끼지?”

“아니야, 수치스럽지 않아.”

그녀가 낮지만 분명하게 말했다.

“아니, 넌 분명 수치스러워하고 있어. 그리고 그건 순전히 내 잘못이야. 나도 알아. 하지만 나도 어쩔 수가 없어. 이해하니?”

“네가 어쩔 수 없다는 거, 잘 알아.”

미리엄이 먼 데를 바라보며 말했다.

"미리엄, 널 미치도록 사랑해."

폴의 말에 미리엄은 작은 입술을 달싹거리며 무슨 말을 하려다가 이내 그만두었다.

"너는 우리가 순결이란 것에 지나치게 얽매여 있다고 생각하지 않아?"

미리엄은 깜짝 놀란 눈으로 폴을 바라보았다.

"넌 순결을 해치는 것이라면 그 무엇에도 뒷걸음질부터 치지. 나 역시 너 때문에 뒷걸음질치고. 어쩌면 더 심하게 말이야."

잠시 침묵이 흘렀다. 얼마 뒤, 마침내 미리엄이 입을 열었다.

"맞아, 나도 그렇게 생각해."

"그런데 넌 날 사랑하니?"

폴의 거듭된 물음에 미리엄이 살짝 웃으며 그를 바라보았다. 그의 눈은 고통으로 어두웠다. 그녀는 그가 가엾게 여겨졌다. 그녀는 폴을 위해서라면 어떤 것도 참을 수 있다고 생각했다.

폴은 의자에 앉아 몸을 앞으로 숙이고 있었다. 미리엄은 폴의 무릎에 자신의 손을 살포시 얹었다. 그러자 폴이 그녀의 손등에 입을 맞췄다. 그러고는 그녀를 천천히 끌어당겨 키스를 했다. 그녀는 키스를 하면서 그의 눈을 바라보았다. 그의 눈은 어두운 불꽃을 담고서 먼 데를 응시하고 있었다.

"무슨 생각을 하고 있어?"

그녀가 물었다. 그의 눈 속에서 타오르던 불꽃이 이내 사그라졌다.

"난 항상 널 사랑한다고 생각하고 있었어. 그게 전부야."

그는 입술을 그녀의 목덜미에 가져갔다. 미리엄은 고개를 들고 사랑의 눈길로 그를 바라보았다. 눈 속의 불꽃이 다시 타오르기 시작하더니, 점점 사그라지기 시작했다. 그는 급히 자신의 머리를 옆으로 돌렸다.

"키스해 줘."

그녀가 속삭였다. 그는 눈을 꼭 감은 채 그녀에게 키스했다. 그의 팔은 그녀의 허리를 꼭 껴안고 있었다.

모렐 부인은 폴이 다시 미리엄을 만난다는 사실에 배반감을 느꼈다. 하지만 폴은 어머니를 이해시키지도, 변명을 하지도 않았다. 모렐 부인이 늦게 들어온 그를 책망할 때면, 폴은 위압적인 태도로 말했다.

"제가 들어오고 싶을 때 올 거예요. 전 더 이상 어린애가 아니에요."

"미리엄이 이 시간까지 널 붙잡아 두디?"

"제가 남아 있고 싶었어요."

"미리엄은 그대로 두었을 테고……. 잘하는구나."

모렐 부인은 폴을 위해 문을 열어 놓은 채 잠자리에 들곤 했다. 실제로 잠을 자지는 않았다. 폴이 올 때까지, 아니 폴이 온 뒤

에도 귀를 기울이고 있었다. 그가 미리엄을 다시 만난다는 사실
은 그녀에겐 대단히 쓰라린 일이었다. 그러나 그녀는 더 이상
간섭해 봐야 쓸모 없다는 것을 깨달았다.

폴은 단호하게 나아갔다. 그는 어머니가 이 상황을 어떻게 받
아들일지 충분히 짐작할 수 있었다. 그러나 그것은 그의 영혼을
더욱더 단련시킬 뿐이었다. 그는 어머니에게 자신의 존재를 무
감각하게 만들었다.

그해 여름, 윌리 농장의 체리나무에는 열매가 유난히 많이 달
렸다. 키가 큰 체리나무에 검붉은 체리가 빼곡하게 달려 있었다.

어느 날 저녁, 폴은 미리엄의 오빠와 체리를 따고 있었다. 그
때 미리엄이 구경을 하러 나왔다.

"충분히 따지 않았어?"

미리엄이 물었다.

"거의 다 땄어."

"언제까지 있을 거야?"

"해가 질 때까지."

미리엄은 금빛 구름이 주황색으로 물들었다가 장밋빛에서 붉
은 자줏빛으로 변하는 광경을 지켜보았다.

"참 예쁘다."

미리엄이 체리를 만지며 말했다.

“옷이 찢어졌어.”

폴이 어깨 부근의 찢어진 곳을 미리엄에게 보여 주며 말했다. 미리엄은 그 자리에 손가락을 넣었다.

“따뜻하다.”

그녀가 말하자, 폴은 웃음을 터뜨렸다.

“좀 걸을까?”

폴이 물었다. 두 사람은 들판을 지나 나무가 빽빽한 숲까지 걸어 내려갔다.

“나무 사이로 들어갈까?”

폴이 묻자, 미리엄이 그의 눈을 빤히 들여다보며 되물었다.

“그러고 싶어?”

“응.”

두 사람은 나란히 숲 속으로 들어갔다. 숲 속은 몹시 어두웠다. 미리엄은 더럭 겁이 났다. 그날따라 폴은 말이 없는 데다 조금 이상하게 굴었다.

폴은 나무에 기대서서 미리엄을 끌어안았다. 그녀는 그에게 몸을 맡겼지만, 억지로 당하는 사람처럼 겁이 났다. 이 낮은 목소리의 남자가 낯설기만 했다.

비가 내리기 시작했다. 폴은 땅에 머리를 대고 누워서, 빗방울이 떨어지는 소리를 들었다. 마음이 무거웠다. 그는 미리엄이 더 이상 곁에 있지 않다는 것을 깨달았다. 그녀의 영혼은 저만치 떨어져 서 있었다.

"가야 해."

미리엄이 말했다.

"그래."

폴은 그렇게 말했지만 꼼짝하지 않았다.

"비에 다 젖겠어."

미리엄이 바닥에 손을 짚으며 몸을 일으키려 했다. 폴은 먼저 일어선 다음 그녀가 일어나도록 도와주었다.

들판을 건너면서 폴이 미리엄에게 말했다.

"내가 너에게 돌아오게 되어서 기뻐. 너와 함께 있으면 모든 게 아주 단순하게 다가와……. 우린 앞으로 행복할까?"

"그럼."

미리엄은 눈물이 가득 고인 눈으로 폴을 바라보았다.

어느덧 어두운 밤이 찾아왔다. 미리엄이 길가에 늘어선 가시 나무 아래에 섰을 때, 폴은 입을 맞추면서 손으로 그녀의 얼굴 을 어루만졌다. 그녀를 감촉으로 느낄 수밖에 없는 어둠 속에서 열정은 더욱 활활 타올랐다. 그는 그녀를 꼭 껴안았다.

"언젠가는 네가 허락하겠지?"

폴은 그녀의 어깨에 얼굴을 묻고 중얼거렸다. 그 말을 하기까 지 매우 힘이 들었다.

"지금은 안 돼."

그녀가 단호하게 말했다. 순간 폴은 가슴이 내려앉았다. 쓸쓸함이 그를 감쌌다.

폴은 이제 연인에게 하듯이 적극적으로 사랑을 호소했다. 폴의 몸이 뜨거워질 때마다, 그녀는 두 손으로 그의 얼굴을 잡고 오래도록 눈을 바라보았다. 폴은 그런 미리엄의 시선을 차마 마주 볼 수 없었다. 그녀는 그가 자신을 단 한순간도 잊도록 하지 않았다.

결국 그는 이성적인 동물로 되돌아와야만 했다. 마치 열정이 쇠진한 것처럼 미리엄은 그를 자꾸 왜소한 느낌이 들게 만들었다. 그는 그것을 견딜 수 없었다. "날 홀로 내버려 둬, 날 혼자 내버려 둬!"라고 외치고 싶었다. 그러나 미리엄은 그가 사랑이 넘치는 눈으로 자기를 바라보기를 원했다.

그 뒤로도 폴은 자신의 감정을 적극적으로 표현했다. 미리엄은 결국 그를 받아들이고 말았다. 그들은 그렇게 서로의 욕망을 여러 차례 확인하면서 관계를 이어 나갔다.

그러던 어느 날, 폴이 우울하게 말했다.

"넌 내가 다가가는 것을 원하지 않는 것 같아."

"아니야, 그런 말이 어디 있어?"

머리엄이 폴의 머리를 끌어안으며 말했다.

"그럼 나와 결혼할 거야?"

폴이 물었다.

“아니. 아직 우린 너무 어려서 안 돼.”

미리엄의 대답에 폴은 기운이 쭉 빠졌다. 폴은 이제 미리엄에게 자신의 몸을 가져 달라고 부탁하지 않았다. 그는 그게 좋지 않다는 것을 알아차렸다.

몇 달 동안 폴은 클라라를 밖에서 따로 만나지 않았다. 점심시간 때 가끔 산책을 나가는 정도가 전부였다. 비록 삼십 분 남짓한 시간이었지만, 그는 그녀와 함께 있으면 기분이 좋아졌다. 그는 그녀 앞에서 언제나 명랑하게 행동했고, 그녀는 마치 어린아이를 대하듯이 그의 응석을 받아주었다.

그 무렵, 폴은 남자들과 자주 어울려 다녔다. 미술학교에서 사귄 친구와는 자주 교외로 스케치를 하러 나갔고, 직장 동료들과는 술을 마시거나 당구를 치며 시간을 보냈다. 그 평계로 미리엄과 만나는 시간이 점점 줄어들었다.

폴은 이제 자기가 어디에 있는지 늘 어머니에게 말했다. 그런 아들의 변화를 바라보면서, 모렐 부인은 안도하기 시작했다. 하지만 우선은 두고 볼 작정이었다. 자칫 서두르다간 일을 망칠 수도 있었다. 모렐 부인은 결국 폴의 마음이 어디로 향할지 궁금해 하면서, 말없이 지켜보았다.

어느 날 저녁, 폴은 집에서 일을 하고 있었다. 모렐 부인은 그 옆에 앉아 책을 읽고 있었다. 둘은 여전히 어색하게 서로를 대했다.

"미리엄과 헤어질 거예요, 엄마."

폴이 조용히 말했다.

모렐 부인은 안경 너머로 폴을 쳐다보았다. 그는 조금도 동요하지 않은 채 어머니를 응시했다. 어머니는 잠시 그와 마주 바라보다가 안경을 벗었다. 폴의 얼굴은 몹시 창백해 보였다.

"하지만 내 생각에는……."

"전 미리엄을 사랑하지 않아요. 미리엄과 결혼하고 싶지 않아요. 그래서 끝내려구요."

"하지만 말이다. 요즘 네가 미리엄을 갖겠다고 결심한 것 같더니. 그래서 아무 말도 하지 않았다."

"……가졌어요. 제가 원했어요. 하지만 이제 원하지 않아요. 아무 소용이 없어요. 전 일요일에 헤어질 거예요. 그래야 할 것 같지 않아요?"

"그건 네가 가장 잘 알 거야. 내가 오래전에 그래야 한다고 이야기하지 않았니?"

"전 이제 어쩔 수 없어요. 일요일에 헤어지겠어요."

"그게 최선인 것 같다. 하지만 최근에 그 애를 갖겠다고 결심한 듯해서, 난 아무 말도 하지 않기로 마음먹었어. 그리고 아무 말도 하지 않았어야 했고. 하지만 내가 늘 말했듯이 다시 말하마. 그 애는 네게 맞지 않아."

“일요일에 헤어질 거예요.”

일요일 오후가 되자, 폴은 윌리 농장으로 갔다. 미리엄은 소매가 짧은 모슬린 옷을 입고 있었다. 두 사람은 언덕 위에 나란히 앉았다. 폴이 미리엄의 무릎을 베고 눕자, 그녀는 그의 머리카락을 손가락으로 매만졌다.

거의 5시경이 되어서야 폴이 미리엄에게 말을 꺼냈다. 폴은 막대기로 흙을 마구 헤집었다. 그것은 그가 혼란스럽고 불안정할 때 하는 행동이었다.

“줄곧 생각해 봤는데…… 우린 헤어지는 게 좋을 것 같아.”

“왜?”

미리엄이 깜짝 놀란 눈으로 물었다.

“의미가 없으니까.”

“왜 의미가 없어?”

“의미가 없어. 난 결혼하고 싶지 않아. 그리고 결혼을 하지 않는다면 계속 만나 봐야 의미 없잖아.”

“왜 그걸 지금 말해?”

“이제 결심했으니까.”

“그러면 지난 몇 달간은? 그리고 내게 말한 것들은 어떻게 되는 거야?”

“어쩔 수 없어. 계속 이어 나가고 싶지 않아.”

“날 더 이상 원치 않는 거야?”

“난 우리가 헤어졌으면 해. 넌 나로부터 자유로워지고, 난 너로부터 자유로워지고.”

“그러면 지난 몇 달간은 어떻게 되는데?”

“모르겠어. 내가 진실이라고 생각하는 것만 말하는 거야.”

“그렇다면 지금은 왜 다른 거야?”

“난 다르지 않아. 난 마찬가지야. 단지 계속해 봐야 의미가 없다는 걸 알 뿐이지.”

“왜 의미가 없는지 내게 말하지 않았어.”

“왜냐하면 내가 계속하기를 원치 않기 때문이야. 그리고 다시 한 번 말하지만 난 결혼하고 싶지 않아.”

“몇 번이나 내게 결혼하자고 해 놓고선……. 내가 하지 않겠다고 했지?”

“알아. 어쨌든 난 지금 우리가 헤어지길 원해.”

잠시 침묵이 흘렀다. 폴은 계속 땅만 파 댔다.

미리엄은 고개를 숙이고 생각에 잠겼다. 미리엄의 눈에 그는 분별력이 없는 어린아이와 같았다. 컵에 든 것을 다 마시고 나면 컵을 부숴 버리는 어린아이와 다름없었다.

“네가 겨우 열네 살이라고 말한 적이 있는데……, 지금 보니 네 살짜리 어린애야!”

그는 여전히 땅만 팠다.

“넌 네 살짜리 어린아이야!”

화가 난 미리엄은 그 말만 반복했다. 폴은 아무런 대답도 하지 않았지만, 마음속으로 이렇게 말했다.

'내가 네 살짜리 어린아이라면 왜 날 원하는 거지? 난 엄마가 한 사람 더 필요한 게 아니야.'

그러나 그는 끝내 그녀에게 아무 말도 하지 않았다.

"가족들에겐 얘기했어?"

"엄마한테 말했어."

긴 침묵이 이어졌다.

"그런데 네가 원하는 게 뭐야?"

미리엄이 물었다.

"글쎄……. 난 우리가 헤어지기를 원해. 우리는 여태까지 서로를 의지하고 살았어. 이제 끝내자. 난 너 없이 내 길을 가고, 넌 나 없이 네 길을 가는 거야. 그러면 넌 독립된 삶을 갖는 거지."

폴이 계속 말을 이었다.

"이대로 계속 가면 결국 우리는 서로에게 짐이 될 거야. 넌 날 위해 많은 것을 했고, 난 널 위해 그렇게 했어. 이제 우리 각자 혼자서 살아가 보자."

"뭘 하기를 원해?"

미리엄이 물었다.

"원하는 거 하나도 없어. 그냥 자유로워지고 싶은 것뿐이야."

그러나 미리엄은 폴의 자유에는 클라라의 영향력이 있다는 것을 알고 있었다. 그녀는 그에 관해 아무 말도 하지 않았다.

"엄마에게는 뭐라고 말할까?"

미리엄이 물었다.

"난 엄마한테 헤어진다고 말했어. 깨끗하게, 완전히……."

"난 내 가족들에게 말하지 않을 거야."

미리엄의 말에 폴이 얼굴을 찡그리며 말했다.

"좋을 대로 해."

폴은 자신이 미리엄을 난처한 지경에 빠뜨려 놓고도 내버려 두고 있다는 것을 알았다. 그것이 그를 화나게 했다.

"가족에게 나하고 결혼할 생각이 없어서 헤어졌다고 말해. 그건 사실이잖아."

미리엄은 우울한 표정으로 손톱만 물어뜯었다. 그녀는 그들의 관계를 돌아다보았다. 그녀는 결국 이렇게 되리라는 것을 알고 있었다. 결국 그녀의 쓰라린 기대가 꼭 들어맞고 말았다.

"언제나……, 우리 사이는 언제나 그랬어! 긴 전쟁이었다고! 넌 내게서 떠나려고 항상 발버둥쳤지!"

미리엄이 소리쳤다. 순간 폴은 심장이 멎는 것 같았다. 이것이 미리엄이 본 우리의 모습이란 말인가?

"하지만 함께 있을 때 우린 완벽한 순간을 만끽하기도 했어."

폴이 항의했다.

"아니! 결코 그렇지 않았어. 넌 늘 날 물리치려고 싸웠어."

"항상 그랬던 건 아니야. ……처음에는 그렇지 않았어."

"언제나 그랬어. 처음 만났을 때부터."

폴은 멍하니 앉아만 있었다. 그는 "한때 좋았지만 이제 끝났어."라고 말하고 싶었다. 그는 스스로를 경멸할 때도 미리엄의 사랑만큼은 믿었다. 그런데 그녀는 그들의 사랑이 진심이었던 순간마저 부정하고 있었다. 내가 언제나 그녀를 떠나려고 싸웠다고? 그렇다면 그것은 너무나 끔찍한 일이었다.

폴은 쓰라린 마음으로 말없이 앉아 있었다. 그러자 모든 것이 부정적으로 보이기 시작했다. 자기가 미리엄을 가지고 논 것이 아니라, 사실은 미리엄이 자기를 가지고 놀았다는 생각이 들었다. 그녀는 모든 비난을 속으로 쌓아 둔 채 자기의 비위를 맞춰 놓고선 오히려 지금 자기를 경멸하고 있었다. 폴은 잔인해지기로 마음먹었다.

"넌 너를 숭배하는 남자와 결혼해야 해. 그러면 그 남자를 네 마음대로 할 수 있을 거야. 넌 반드시 그런 사람과 결혼해야 해. 그런 사람은 결코 널 벗어나려 애쓰지 않을 테니까."

"고마워. 하지만 다른 사람과 결혼하라고 더 이상 내게 충고하지 마. 넌 전에도 그렇게 했어."

"좋아, 더 이상 말하지 않을게."

폴은 일격을 가하는 대신 한 방 세게 얻어맞은 기분이었다. 그들의 팔 년간의 우정과 사랑이, 아니 팔 년간의 삶이 한순간에 나락으로 떨어지는 듯했다.

마침내 미리엄이 일어섰다. 폴은 개천으로 흙덩이를 집어 던지며 앉아 있었다.

얼마 뒤 집으로 돌아가는 길에 그녀가 물었다.

"우린 앞으로 서로 보지 못하겠지?"

"그래, 아마 드물게 보겠지."

"편지를 쓰지도 않고?"

그녀가 비꼬듯이 물었다.

"하고 싶은 대로 해. 우린 모르는 사람들이 아니잖아. 무슨 일이 있어도 그렇게 되어선 안 되지. 난 네게 가끔 편지를 쓸 거야. 넌 네가 좋을 대로 해."

"알았어."

그녀가 차갑게 대답했다.

사실 폴은 기분이 엉망이었다. 이 세상의 그 어떤 것도 이보다 더 큰 상처를 줄 수는 없을 것 같았다. 그는 삶에서 중요한 분기점을 건너고 있었다. 그들의 사랑이 언제나 갈등 상태였다는 말을 듣는 순간, 그는 엄청난 충격을 받았다. 다른 그 어떤 것도 더 중요하지 않았다. 그들의 사랑이 단 한 번도 대단한 적이 없었다면, 그것이 끝났다고 해서 야단법석을 떨 필요도 없었다.

폴은 미리엄과 헤어진 뒤 9시쯤 집으로 돌아왔다. 이미 어둠이 깔린 뒤였다. 그가 말없이 집 안으로 들어오자, 모렐 부인이 걱정스러운 표정으로 맞이했다.

"미리엄에게 말했어요."

"잘했다!"

모렐 부인은 크게 숨을 내쉬며 대답했다.

"정말 잘했구나, 얘야. 지금은 힘들겠지만 결국은 그게 최선의 길이야. 난 안다. 넌 걔와 맞지 않았어."

"미리엄은 처음부터 자기가 절 가질 거라고 생각한 적이 없었대요. 엄마……, 그래서 미리엄은 실망하지 않았어요."

"내 생각에는 그 애가 아직 미련을 버리지 못한 것 같다."

"어쩌면 그럴지도 모르죠."

"끝내는 게 더 낫다는 걸 곧 알게 될 거다."

모렐 부인이 위로하듯 말했다.

"전 모르겠어요."

폴은 절망적으로 말했다.

"그래, 그 아이는 혼자 내버려 두렴."

이렇게 폴은 미리엄을 떠났고, 미리엄은 혼자가 되었다. 그녀를 좋아하는 사람은 얼마 없었고, 그녀가 좋아하는 사람도 많지 않았다. 그녀는 혼자 남아 기다리고 있었다.

제 12 장
열 정

폴은 이제 그림 그리는 일만으로도 밥벌이를 할 수 있게 되었
다. 하지만 회사를 그만두지는 않았다. 비록 수입은 많지 않았지
만, 폴에게는 밝은 미래가 기다리고 있었다. 폴은 회화뿐 아니라
응용 미술에도 관심이 많았다. 그러면서 자신만의 작품 세계를
서서히 발전시켜 나갔다.

미리엄을 떠난 뒤 폴은 클라라에게 집착하기 시작했다. 미리
엄과 헤어진 다음 날, 폴은 클라라를 만나러 작업실로 내려갔다.
그녀는 그를 반갑게 맞이했다. 두 사람은 예전보다 훨씬 가까워
져 있었다. 클라라는 폴에게서 전에 없던 밝은 분위기를 느꼈다.

다음 날 저녁, 두 사람은 극장에 갔다. 폴은 어두운 극장 안에

서 클라라의 손을 잡았다. 한참을 망설이다 용기를 내어 한 행동이었다. 그는 그녀를 잡은 손에 힘을 주었다. 그러나 그녀는 손을 빼지도, 그 외의 다른 반응을 보이지도 않았다.

그 다음 날에도 폴은 클라라를 찾았다.

"월요일에 나와 산책 갈래요?"

"미리엄에게 말할 건가요?"

그녀가 비웃듯이 물었다.

"나, 미리엄과 헤어졌어요."

"언제?"

"지난 일요일에요."

"다퉜어요?"

"아뇨, 결심을 실행에 옮긴 것뿐이에요. 헤어지자고, 아주 분명하게 말했어요."

클라라는 더 이상 아무것도 묻지 않았다. 잠시 후, 폴은 조용히 자기 일터로 돌아갔다.

토요일 저녁에는 퇴근 후에 클라라와 함께 공원을 산책했다. 그런데 무슨 일인지 클라라는 내내 시무룩한 표정이었다. 마치 화가 난 사람 같았다. 폴은 그녀의 손을 잡고 싶었지만, 눈치를 볼 수밖에 없었다.

폴은 그런 어색한 분위기에 슬슬 짜증이 나기 시작했다.

"어느 쪽으로 갈까요?"

폴이 어둠 속을 걸어가며 물었다.

"어느 쪽이든 상관없어요."

"그럼 계단 쪽으로 가죠."

폴은 갑자기 방향을 틀어 계단을 오르기 시작했다. 클라라는 자신을 두고 혼자서 성큼성큼 계단을 오르는 폴의 뒷모습을 노려보았다.

클라라가 올라오지 않자, 폴은 다시 계단을 내려와 그녀 앞에 섰다. 그녀는 어둠 속에서 꼼짝도 하지 않고 서 있었다. 폴이 갑자기 그녀를 획 끌어안고 키스를 했다. 그러고는 자연스럽게 손을 잡았다.

"자, 이리로 와요."

결국 클라라는 폴을 따라갔다. 폴은 걸으면서도 그녀의 손가락 끝에 입을 맞췄다. 두 사람은 아무 말도 하지 않았다. 역에 도착해서야, 폴은 그녀의 손을 놓아 주었다. 두 사람은 한동안 서로의 눈을 말없이 바라보다 헤어졌다.

일요일 내내 폴의 머릿속은 온통 클라라에 대한 생각뿐이었다. 빨리 월요일이 되어 그녀를 만나고 싶었다. 하지만 그럴수록 시간은 더디게만 흘렀다. 결국 폴은 클라라를 다시 만날 상상을 하며 길고 긴 일요일을 견뎠다.

월요일은 반나절만 근무하는 날이었다. 그래서 폴은 클라라와 함께 나들이를 나가기로 했다. 두 사람은 2시 반에 만나 전차에 올라탔다. 자리에 앉자, 클라라가 폴에게 몸을 기댔다. 폴은 천천히 그녀의 손을 잡았다. 창밖으로 비가 내리고 있었다.

클라라의 몸이 전차의 움직임에 따라 가볍게 흔들렸고, 그 흔들림은 고스란히 폴에게 전달되었다. 폴은 지칠 줄 모르는 힘을 지닌, 원기 왕성한 청년이었다. 그는 마른침을 삼킨 뒤, 그녀의 손을 더욱 힘주어 잡았다.

전차에서 내린 두 사람은 강 위로 난 다리를 건넜다. 낮에 내린 비 때문에 강물이 많이 불어 있었다. 은빛으로 빛나는 강물은 조용히, 그러나 빠르게 흘렀다. 다리 위에는 두 사람 말고는 아무도 없었다.

"왜 미리엄을 떠났어요?"

클라라가 쌀쌀맞은 말투로 물었다. 폴은 얼굴을 찡그렸다.

"떠나고 싶어서요."

"왜죠?"

"만남에 별 의미가 없어서요. 그리고 무엇보다 결혼하고 싶지 않았어요."

"미리엄과 결혼하고 싶지 않다는 말인가요, 아니면 결혼 자체가 싫다는 건가요?"

"둘 다예요."

그들은 질퍽한 길을 따라 산울타리 옆의 계단으로 향했다.

"미리엄은 뭐라던가요?"

"나보고 네 살짜리 어린아이라더군요. 그리고 언제나 내가 자길 떼어내려고 했대요."

클라라는 한동안 그 말의 의미에 대해 생각했다.

"미리엄에게 너무 심하게 대했다고 생각하진 않아요?"

"사실 우린 몇 년 전에 이미 끝냈어야 했어요. 하지만 지금도 늦진 않았다고 생각해요. 관계를 지속해 봤자, 둘 다한테 좋을 게 없을 테니까."

"지금 몇 살이죠?"

클라라가 물었다.

"스물다섯."

"난 서른이에요."

"알고 있어요. 하지만 상관없어요. 그게 무슨 문제죠?"

그들은 어느새 그로브 숲 입구에 다다랐다. 젖은 나뭇잎이 수북히 쌓인 황톳길이 풀밭 사이의 가파른 언덕 위로 길게 나 있었다. 길 양편으로는 신전의 기둥처럼 느릅나무들이 늘어서 있었다. 모든 것이 고요했다. 폴은 클라라를 껴안고 그녀의 입술에 격정적으로 입을 맞췄다.

그들은 강가로 내려가 보기로 했다. 강가에 박힌 돌들이 비에 젖어 무척 미끄러웠다. 둘은 서로의 손을 잡아 주며 조심스럽게 강 아래로 내려갔다.

폴이 두 그루의 나무 사이에 있는 편편한 곳을 찾아냈다. 바닥에는 젖은 나뭇가지가 수북했지만 그런대로 앉을 만했다. 폴이 비옷을 펼쳐 바닥에 깐 다음 클라라에게 오라고 손짓했다. 그녀가 그의 곁에 앉았다. 폴은 그녀의 흰 목덜미를 입술로 지그시 눌렀다. 핏줄이 뛰는 느낌이 입술에 전해졌다. 그날 오후 그곳에는 폴과 클라라 말고는 아무도 없었다.

그들은 클리프톤까지 걸어간 뒤 차를 마시고 헤어졌다. 폴은 클라라를 향한 미칠 듯한 사랑에 숨이 막힐 지경이었다. 그녀의 몸놀림 하나하나, 심지어 옷의 주름까지도 그의 몸을 짜릿하게 만들었다.

폴이 집에 돌아왔을 때, 모렐 부인은 책을 읽고 있었다.

"늦었구나."

그녀는 아들을 쳐다보며 말했다. 그녀는 폴의 눈이 그 어느 때보다 환히 빛나고 있음을 알아차렸다.

"네, 클라라와 클리프톤 그로브 숲에 다녀왔어요."

그녀는 다시 그를 바라보았다.

"근데 말이다. 사람들이 수군대지 않을까?"

"왜요? 사람들은 클라라가 어떤 여자인지 알아요. 여성 운동가인 것도 알고요. 설령 사람들이 수군거린다 한들 그게 무슨 상관이에요?"

"클라라의 입장도 생각해야 하지 않겠니?"

"충분히 생각하고 있어요. 그리고 제가 보기엔 엄마가 질투를 하시는 것 같은데요?”

“클라라는 결혼한 여자야!”

“우린 둘 다 잃을 게 없어요. 그리고 잃는 게 두렵지도 않고요. 물론 대가를 치러야 한다면 치러야죠. 그 정도 각오쯤은 되어 있어요.”

“그래, 어떻게 될지는 좀 더 지켜보자.”

“네, 지켜보세요. 우린 끝까지 갈 거예요.”

“두고 보자꾸나.”

“클라라는 정말 좋은 여자예요. 또 대단한 여자고요. 엄마는 모르세요.”

“그건 결혼하는 것과 별개의 문제야.”

“그게 결혼보다 나을 수도 있어요.”

잠시 침묵이 흘렀다. 폴이 먼저 조심스럽게 말을 꺼냈다.

“그녀를 만나 보고 싶지 않으세요?”

“그래, 어떤 사람인지 만나 보고 싶구나.”

모렐 부인이 차갑게 대답했다.

“엄마 마음에 들 거라고 기대하진 마세요. 그럼 일요일에 데려 올게요. 그렇게 해도 돼요?”

폴이 물었다.

“좋을 대로 하렴.”

모렐 부인이 말했다. 폴은 자신이 어머니를 이겼다는 것을 알

왔다.

폴은 교회에서 돌아오는 길에 미리엄과 짧게 산책을 했다. 미리엄은 전과 마찬가지로 그를 대했으며, 폴 또한 조금도 불편해하지 않았다.

"어떻게 지냈어?"

미리엄이 물었다.

"별로 특별한 일은 없어. 정원에서 베스트우드의 풍경을 스케치한 것 정도."

"그러면 요즘 외출은 통 하지 않았겠네?"

"아니. 월요일 오후에 클라라와 클리프턴으로 나들이를 다녀왔어."

"월요일엔 비가 왔는데, 괜찮았어?"

"바깥 공기를 쐬고 싶었어. 뭐, 나쁘지 않았어. 강물이 많이 불었더라."

그들은 잠시 말없이 걸었다.

"클라라는 어떻게 지내?"

미리엄이 다시 물었다.

"잘 지내."

"잘 됐네."

미리엄이 한쪽 입술을 올리며 말했다.

"어머니한텐 말씀드렸니?"

미리엄은 이 질문에 대한 폴의 대답에 따라, 그가 클라라에게 가진 감정이 얼마나 진지한지 가늠해 볼 수 있으리라는 걸 알았다. 폴이 만약 어머니에게 이야기했다면, 그것은 단순한 욕망 때문만은 아닐 거라고 생각했다.

"응, 일요일에 차를 마시러 올 거야."

폴이 대답했다.

"집으로?"

"집으로."

미리엄은 잠시 할 말을 잃었다. 상황은 그녀가 생각했던 것보다 훨씬 더 빠르게 진행되고 있었다. 미리엄은 폴이 그토록 빨리 자신을 잊어버릴 수 있다는 사실에 비참함을 느꼈다. 그리고 자신에게는 그렇게 적대적이었던 그의 어머니가 클라라는 어떻게 생각할지 궁금했다.

"교회 가는 길에 내가 잠깐 들러도 될까? 클라라를 본 지 너무 오래된 거 같아서."

미리엄이 말했다.

"그렇게 해."

폴은 그렇게 말했지만, 미리엄의 뜻밖의 제안에 깜짝 놀랐다.

일요일 오후, 폴은 케스톤 역에서 클라라와 만났다. 기차가 도착하기 전까지, 그는 과연 그녀가 올지 의문스러웠다. 게다가 기차까지 연착되는 바람에, 그의 그런 걱정은 산더미처럼 커져만 갔다. 마침내 그녀가 기차에서 내리자, 폴은 어린아이처럼 뛰어갔다.

"오지 않을 거라고 생각했어요."

폴의 말에 클라라는 악수를 청하며 활짝 웃었다.

폴의 집을 향해 걷던 클라라는 내심 놀랐다. 거리가 무척 지저분한 데다, 가파른 언덕을 따라 따닥따닥 들어선 집들이 하나같이 낡고 더러웠기 때문이다.

그러나 폴이 정원으로 들어가는 문을 열자, 모든 것이 달라졌다. 그곳은 바깥과는 전혀 다른 세계였다. 화단에는 쑥국화와 작은 나무들이 오후의 햇빛을 받아 반짝거리고 있었고, 창문 앞 햇볕이 잘 드는 잔디밭은 오래된 라일락으로 둘러싸여 있었다.

클라라는 폴을 따라서 집 안으로 들어갔다. 모렐 부인이 자리에서 일어났다.

"엄마, 클라라예요."

폴이 말했다. 모렐 부인은 손을 내밀며 미소를 지었다.

"폴에게 얘기 많이 들었어요."

"이렇게 찾아온 것이 실례가 아닌지 모르겠어요."

클라라가 머뭇거리며 입을 열었다. 그녀는 긴장하고 있었다.

"폴이 데려오겠다고 했을 때, 반가웠어요."

모렐 부인이 대답했다.

폴은 두 여자를 바라보며 조마조마했다. 젊고 화려한 클라라 곁에 서 있는 어머니는 유난히 작고 지쳐 보였다.

"정말 좋은 날이에요, 엄마. 그쵸?"

폴이 얼굴 가득 웃음을 지으며 어머니에게 말했다. 모렐 부인은 폴을 물끄러미 바라보았다.

'금방이라도 부서질 것같이 창백하구나. 어떤 여자라도 지키기 어렵겠어.'

이런 생각이 들자 모렐 부인의 가슴이 뜨거워졌다.

그렇게 둘의 대화가 시작됐다. 그들은 노팅엄과 그곳에 사는 사람들에 대해 이야기했다. 클라라는 여전히 안절부절못했고, 모렐 부인은 부드럽지만 위엄을 잃지 않는 표정으로 그녀를 바라보았다. 모렐 부인은 젊은 클라라보다 자기가 더 강하다는 사실을 깨달았다.

클라라는 무척 공손하게 행동했다. 그녀는 폴에게 어머니가 얼마나 중요한 존재인지 알고 있었다. 그래서 이 만남이 두려웠다. 까다롭고 쌀쌀맞은 분일 거라는 클라라의 예상과는 달리, 모렐 부인은 시종일관 친절하고 따뜻하게 그녀를 대했다.

모렐 부인과 클라라는 차를 마시면서 많은 이야기를 나누었다. 두 사람 모두 예의를 지키면서도 상대방에 대한 배려를 잊지 않았다.

폴은 식탁을 정리한 뒤, 여자들끼리 이야기하게 두고 정원으

로 나갔다. 이야기를 마친 모렐 부인이 설거지를 하려고 일어서
자, 클라라가 거들겠다며 팔을 걷어붙였다. 모렐 부인은 그녀에
게 그릇을 행주로 닦는 일을 맡겼다.

클라라는 설거지를 마친 뒤 폴이 있는 정원으로 나갔다. 그는
가을 꽃 속을 날아다니는 벌 떼를 지켜보고 있었다. 바로 그때,
미리엄이 대문으로 들어섰다. 꽃밭에 나란히 앉아 서로의 눈을
들여다보며 웃고 있는 그들의 모습은 미리엄의 눈에도 아름다
워 보였다. 미리엄은 두 사람이 이미 연인이 되었음을 눈치 채
었다.

"여기서 만나니까 기분이 묘하네요."

미리엄이 클라라와 악수를 하며 말했다.

"그러게, 이상하네요."

클라라가 말했다.

"예쁜 곳이죠?"

"정말 마음에 들어요."

미리엄의 물음에 클라라가 활짝 웃으며 대답했다.

그때 미리엄은 알았다. 자신은 이 집에서 환영받지 못했지만,
클라라는 아니라는 것을. 미리엄은 폴에게 읽을 책을 빌려 달라
고 부탁했다. 그가 책을 가지러 집으로 들어간 사이, 클라라에게
물었다.

"모렐 부인은 처음 만난 거죠?"

“네, 무척 좋은 분 같아요.”

“그래요. 어떤 면에선……”

미리엄은 고개를 떨구며 말했다.

“폴이 어머니 얘기를 많이 했어요?”

“대단히 많이.”

“그랬겠죠.”

폴이 책을 가지고 돌아올 때까지, 두 사람은 더 이상 아무 말도 하지 않았다.

잠시 후 클라라는 폴에게 미리엄을 배웅하고 오라며 집 안으로 들어갔다. 그러자 미리엄이 클라라의 등 뒤에 대고 소리쳤다.

“윌리 농장에는 언제 올 거예요?”

“글쎄요.”

“어머니가 언제든 만나고 싶다고 하셨어요.”

“고마워요. 하지만 언제가 될지 지금은 말 못하겠어요.”

“아, 알았어요.”

미리엄은 쓸쓸하게 대꾸하고 떠났다.

그날 저녁, 폴과 클라라는 들판으로 나갔다. 그녀는 그에게 몸을 바짝 기댄 채 걸었고, 그는 그녀의 어깨를 꼭 감싸안았다. 갑자기 폴은 몸에서 피가 솟구치는 기분을 느꼈다. 그래서 그녀를 품에 안고 몇 번이고 입을 맞추었다.

클라라를 보내고 들어온 폴이 어머니에게 물었다.

"클라라가 마음에 드세요?"

"그래, 마음에 들더구나. 하지만 폴, 넌 클라라에게 싫증이 날
게다. 틀림없이 그럴 게야."

폴은 아무 말도 하지 않았다.

"피곤하겠구나. 따끈한 우유를 마시렴."

폴은 사양하고 자기 방으로 들어갔다.

제 13 장
그 남자, 백스터 도스

그 주에 폴은 클라라와 함께 노팅엄의 '로얄 극장'에서 오페라를 보기로 했다. 그래서 가방에 양복을 넣어 가지고 가서, 근무가 끝난 뒤 갈아입었다. 클라라는 팔과 목, 가슴 일부가 드러난 초록색 드레스를 입고 왔다. 그는 극장에 들어서면서부터 클라라의 늘씬한 팔과 곧은 목선, 초록빛 드레스 안으로 설핏 보이는 가슴에 시선을 빼앗겼다.

불이 꺼지고 오페라가 시작되었다. 클라라는 폴에게 몸을 기댔고, 그는 어둠 속에서 그녀의 손과 팔을 만지작거렸다. 오페라가 눈에 들어올 리 없었다. 지금 이 순간, 그에게 가슴 떨리는 즐거움을 선사하는 존재는 오로지 클라라뿐이었다. 곧고 흰 팔과

목, 그리고 미세하게 오르내리는 가슴. 폴은 그녀의 손등에 입을
맞추었다.

공연이 끝나고 극장 안에 불이 켜졌다. 폴은 관객들의 박수 소
리에 정신을 번쩍 차렸다. 그는 자리에서 일어나 클라라가 코트
를 입도록 도와주었다.

"사랑해요. 오늘 정말 아름다워요."

극장을 빠져나가는 사람들 틈에서 폴이 그녀의 어깨 너머로
속삭였다. 폴은 극장 입구를 빠져나오다가 어떤 사내의 증오에
찬 눈길과 마주쳤다. 하지만 그 사람이 누구인지는 알아차리지
못했다.

클라라와 극장에 다녀온 지 얼마 되지 않은 어느 날이었다.
폴이 친구들과 '펀치 볼'에서 술을 마시고 있을 때 그녀의 남편,
즉 백스터 도스가 술집으로 들어섰다. 그는 몰라보게 살이 쪄
있었다.

도스는 마치 인생의 내리막길을 걷고 있는 사람처럼 보였다.
그도 그럴 것이 얼마 전 정부에게 버림을 받고, 최근에는 싸움
을 벌여 감옥에서 하룻밤을 보낸 터였다. 또 도박에 연루되었다
는 소문도 떠돌았다.

폴은 도스와 숙적이었다. 그러면서도 둘 사이에는 말로 표현
할 수 없는 묘한 친밀감이 자리하고 있었다. 적어도 폴은 그렇

게 느꼈다.

"한잔 하시겠어요? 제가 사겠습니다."

폴이 도스에게 물었다.

"자네 같은 벌레와는 아무것도 안 마셔."

도스가 대답했다.

폴은 어깨를 으쓱 들어 올리고는 몸을 돌려 친구들과 하던 이야기를 계속했다. 전쟁이 일어날 수밖에 없는 이유에 관한 이야기를 하던 중이었다. 그는 더없이 진지한 표정으로 자신의 견해를 폈지만, 듣고 있는 사람들은 무척 따분해 했다.

그때 도스가 빈정거리면서 폴의 말을 가로막았다.

"꽤 유식하군그래. 그런 것들은 어디서 배웠나? 일전에 극장에서 배웠나?"

폴은 고개를 돌려 도스를 쳐다보았다. 두 사람은 한동안 그렇게 서로를 노려보았다. 그때 폴의 머릿속으로 그날의 기억이 스쳐 지나갔다. 그날 극장 앞에서 자신을 노려보던 갈색 눈의 주인은 바로 이자였던 것이다.

도스는 극장 운운하면서, 폴 옆을 떠나지 않고 계속 빈정거렸다. 그러자 도스의 말에 사람들이 흥미를 갖기 시작했다.

"자, 나는 이만 가겠어."

참다못한 폴이 자리에서 일어나며 말했다.

"비겁한 인간 같으니."

도스가 비웃음을 흘렸다. 폴은 잔을 들어 도스의 얼굴에 맥주를 뿌렸다.

"폴!"

술집 여종업원이 소리를 질렀다. 도스는 바닥에 침을 탁 뱉더니 폴의 멱살을 움켜쥐었다. 그러자 술집 지배인이 달려와 둘을 떼어 놓았다.

"이리 나오시지? 쥐새끼 같은 놈!"

도스가 고래고래 소리를 질렀다.

"제발 그만해요, 도스."

여종업원이 울상을 지으며 말했다.

"자, 진정해요. 폴, 당신은 그만 가는 게 좋겠어요."

지배인은 도스 앞을 막아선 채 말했다.

"싸움을 시작한 건 저 조그만 쥐새끼라고!"

도스가 폴을 향해 손가락질하며 소리쳤다. 지배인은 가슴으로 도스를 밀면서 술집 한구석으로 몰았다.

"오늘은 운 좋은 줄 알아! 나중에 어디 두고 보자구!"

술집을 나가는 폴의 등에 대고 도스가 외쳤다.

폴은 그날 있었던 일에 대해 어머니에게 말하지 않았다. 말해 봤자 좋을 게 하나도 없을 거란 생각에서였다. 그는 굴욕감과 수치심으로 고통스러웠다.

시간이 지나면서 폴은 어머니에게 말할 수 없는 일들이 점점 많아졌다. 그에게는 어머니와 완전히 분리된 삶이 있었다. 그건 바로 성생활이었다. 그것을 제외한 나머지 일들은 여전히 어머니와 나누고 있었다. 어쨌든 어머니를 속이고 있다는 사실에 죄책감이 느껴졌고, 그것이 그를 점점 지치게 만들었다.

가끔씩 폴과 모렐 부인 사이에 침묵이 흐르곤 했는데, 그는 그렇게 침묵하면서 어머니로부터 자신을 지켜야 한다고 생각했다. 가끔씩은 어머니 때문에 저주를 받은 것 같은 느낌이 들기도 했다. 그래서 때때로 어머니를 미워하기도 했고, 어머니의 구속을 끊어 보려고도 했다.

폴은 어머니에게서 자유롭기를 바랐다. 마치 자신의 삶이 더 이상 앞으로 나아가지 못하고 자꾸 원점으로 되돌아가는, 둥근 원을 이루고 있는 것 같았다. 어머니는 그를 낳았다. 그리고 온 마음으로 사랑했으며, 보살펴 주었다. 그래서 그의 사랑은 언제나 어머니에게로 되돌아갈 수밖에 없었고, 그것 때문에 자기만의 삶을 꾸려 나갈 수도, 진정으로 다른 여자를 사랑할 수도 없었다.

이 무렵 폴은 무의식적으로 어머니에게 저항했다. 그는 어떤 일이 있었는지 어머니에게 시시콜콜 이야기하지 않았고, 그들 모자 사이에는 그만큼의 거리가 생기기 시작했다.

폴은 클라라에게 농담하듯이 도스와의 사건을 이야기했다. 폴의 말을 들은 클라라는 얼굴을 붉히며 이렇게 말했다.

“그 사람답군요. 그 사람은 당신 같은 점잖은 사람과 어울리기에 적합지 않아요. 그러니 가까이하지 말아요.”

“하지만 당신은 그 사람과 결혼했잖아요.”

그의 말에 클라라는 화가 났다.

“그랬어요! 그렇지만 내가 어떻게 알았겠어요?”

그녀가 소리쳤다.

“그 사람도 과거에는 근사했을 것 같은데요.”

“내가 그 사람을 그렇게 만들었다고 생각하는군요.”

그녀가 큰 소리로 따져 물었다.

“아니, 그 사람 자신이 그렇게 만들었지요. 하지만 그 사람에게는 무언가가 있어요.”

“이제 어떻게 할 생각이에요?”

그녀가 물었다.

“뭘요?”

“백스터에 대해서 말이에요.”

“제가 해야 할 게 있나요?”

그가 대답했다.

“또 한 번 부딪치면 싸울 수 있겠지요.”

그녀가 말했다.

“아뇨. ‘주먹’에 대해서는 아는 게 없어요. 우스운 일이죠. 대부분의 남자들에게는 주먹을 쥐고 때리는 본능이 있지만 난 그렇지 않아요. 난 차라리 칼이나 권총 같은 것들이 나아요.”

“그러면 뭘 지니고 다니는 게 좋겠어요?”

그녀가 자못 심각한 표정으로 말했다.

“클라라, 난 검객이 아니에요.”

그가 웃으며 말했다.

“하지만 그 사람은 분명히 당신에게 해코지를 할 거예요. 당신은…… 그 사람을 몰라요.”

“알았어요. 우선 두고 봅시다.”

그가 말했다.

“그냥 내버려 둘 생각은 아니죠?”

“어쩔 도리가 없잖아요.”

“그 사람이 당신을 죽일 수도 있다면?”

그녀가 말했다.

“그 사람을 위해서나 나를 위해서나 유감스러운 일이죠.”

클라라는 잠시 가만히 있었다.

“정말로 화나게 만드는군요.”

그녀가 큰 소리로 말했다.

폴은 며칠간 도스를 보지 못했다. 그러던 어느 날 아침, 그는 나선과에서 위층으로 뛰어 올라가다가 도스와 부딪칠 뻔했다.

“이거 뭐야!”

그가 소리쳤다.

"미안해요!"

폴은 그렇게 말하고는 도스를 지나치려 했다.

"미안하다고? 미안하다고?"

도스가 계단을 막아선 채로 빈정거렸다. 그러나 폴은 대꾸하지 않았다.

"며칠 전에 있었던 일에 대해서는 반드시 대가를 톡톡히 치르게 될 거야."

폴은 서둘러 사무실로 들어온 다음 구석에 있는 자기 책상으로 가서 장부의 갈피를 넘겼다. 도스는 위협적인 태도로 문간에 기대어 선 채 폴을 노려보았다.

"이봐, 내 말 듣고 있지!"

도스가 말했다.

"도대체 왜 그래요? 무슨 일이에요?"

폴의 시선은 여전히 장부에 머물러 있었다.

"무슨 일인지 보여 줄 참이다."

도스가 이를 갈며 말했다. 폴은 그의 말에 아랑곳없이 입으로 소리를 내면서 숫자를 더하고 있었다.

"이 조그만 쥐새끼 같은 놈! 감히 내 얼굴을 제대로 쳐다보지도 못하면서. 어디에서건 내가 너와 다시 마주칠 때까지 기다려. 찍소리 못하게 해 주겠다, 이 조그만 겁쟁이야."

"좋습니다."

폴이 말했다. 그 말에 도스는 육중한 발걸음으로 문간에서 물러섰다. 바로 그 순간, 송화기가 날카롭게 울렸다. 폴은 서둘러 송화기 앞으로 다가갔다.

"네. 아, 네! 곧 내려갈게요. 지금 손님이 있어요."

폴은 통화를 하는 내내 미소를 짓고 있었다. 도스는 그가 클라라와 이야기하고 있다는 것을 알아차렸다. 그는 폴 앞으로 성큼성큼 다가섰다.

"이 악마 같은 놈! 당장 너를 끝장내 주겠다. 네가 건방을 떨며 다니는 꼴을 그냥 놔둘 거라고 생각해?"

그러자 창고의 다른 사무원들이 고개를 들고 두 사람을 쳐다보았다. 흥분한 도스는 몸을 부들부들 떨면서 서 있었다. 모렐은 몸을 돌렸다.

"잠깐만 실례하겠어요."

폴이 도스에게 말하면서 아래층으로 뛰어 내려가려고 했다.

"네놈이 더 이상 뛰어다닐 수 없도록 만들어 주지."

도스는 폴의 팔을 잡고 흔들며 소리쳤다. 폴은 재빨리 몸을 돌렸다.

그 광경을 본 조던이 사무실에서 뛰어나오며 말했다.

"무슨 일이야? 도대체 무슨 일이냐고!"

"내가 이 조그만 녀석과 해결해야 할 게 있소. 그게 다요."

도스가 말했다.

"무슨 말이야?"

조던이 폴을 바라보며 물었다.

"말 그대로요."

도스는 그렇게 말했지만, 아까보다는 기세가 많이 죽어 있었다. 폴은 이 수치스러운 상황에서 어떻게 처신해야 할지 몰라, 망연자실한 얼굴로 카운터에 기대서 있었다.

"이게 무슨 일이냐고?"

조던이 다시 낚아채듯이 말했다.

"말할 수 없어요."

폴은 머리를 흔들며 말했다. 그러자 도스는 폴에게 얼굴을 들이밀며 금세라도 주먹으로 칠 자세를 취했다.

"말할 수 없어……. 말할 수 없다고?"

"다 끝났나?"

조던이 근엄한 표정으로 두 사람을 번갈아 바라보며 말했다.

"도스, 자네 일터로 가게. 그리고 다시는 술에 취한 채로 이곳에 오지 말라고."

도스는 커다란 체구를 조던에게로 천천히 돌렸다.

"술에 취했다고? 누가 취했단 말이오? 당신이나 나나 취하지 않은 거 같은데."

"쫓겨나기 전에 여기서 나가란 말야!"

화가 난 조던이 소리쳤다.

"감히 누가 나를 쫓아낸단 말이오?"

도스가 빈정거리며 말했다. 조던은 도스에게 걸어가서는 통통하고 조그만 손가락으로 그의 가슴팍을 찌르면서 말했다.

"내 작업장에서 나가……. 나가라고!"

도스가 꿈쩍도 하지 않자, 조던은 그의 팔을 잡고 비틀었다.

"이거 놔!"

도스가 조던의 팔꿈치를 잡아챘다. 그러자 몸집이 작은 조던은 비틀거리며 뒤쪽으로 넘어졌고, 누군가가 미처 붙잡아 주기 전에 허술한 용수철 문에 부딪혔다. 문이 부서지는 바람에 조던은 대여섯 개나 되는 충계를 데굴데굴 굴렀다.

순간 놀란 직원들이 모두 뛰어나왔다. 도스는 이 광경을 처참한 표정으로 바라보다가 밖으로 나가 버렸다. 다행히 조던은 많이 다치지 않았다. 그러나 그는 즉시 도스를 해고하고는 폭행죄로 고소했다.

얼마 후, 폴은 어머니에게 그 일에 대해 이야기했다. 모렐 부인은 폴을 유심히 바라보았다.

"클라라가 어떻게 생각하는지 물어본 적 있니?"

그녀가 한참 뒤에 물었다.

"무엇에 대해서요?"

"너에 대해서……. 그리고 다른 일들에 대해서 말이다."

"클라라가 저에 대해서 어떻게 생각하는지 신경 쓰지 않아요. 그녀는 분명 저를 사랑하지만, 사실 그 감정이 그렇게 깊은 것은 아니에요."

"하지만 클라라에 대한 네 감정만큼이야 되겠지."

그는 이상하다는 듯이 어머니를 올려다보았다.

"그래요. 엄마, 내겐 무슨 문제가 있는 것 같아요. 사랑을 할 수 없거든요. 클라라와 함께 있을 땐 그녀가 몹시 사랑스럽게 보여요. 그런데 그녀가 어떤 사안에 대해 이야기를 하거나, 또 그것에 대해 비판할 때면 그런 감정들이 순식간에 사라져 버려요."

그가 말했다.

"하지만 클라라는 미리엄만큼 지각이 있는 여자다."

"그렇겠지요. 미리엄보다는 그녀를 더 사랑해요. 그런데 어째서 그 여자들은 나를 붙잡지 못하는 걸까요?"

모렐 부인은 얼굴을 돌린 뒤 허공을 응시했다.

"너는 클라라와도 결혼하고 싶지 않겠지?"

그녀가 말했다.

"네……. 그런데 전 어째서 누군가와 결혼하고 싶은 생각이 들지 않을까요?"

"결혼에 관해서는 다음에 이야기하자. 아직 시간이 많이 남아 있잖니?"

모렐 부인이 말했다.

"아니에요, 엄마. 나는 지금 클라라를 사랑하고 과거에는 미리엄을 사랑했어요. 하지만 결혼해서 나 자신을 그들에게 주는 것……, 그런 일은 할 수 없어요. 그들에게 예속될 수가 없어요. 그들은 나를 원해요. 하지만 나는 나 자신을 그들에게 줄 수가 없어요."

"네 짝이 될 만한 여자를 만나지 못한 거겠지."

"엄마가 살아 있는 동안에는 그런 여자를 결코 만나지 못할 거예요."

그녀는 입을 다물었다. 모든 힘을 다 써 버린 듯, 그녀는 무척 피곤해 보였다.

"두고 보자, 애야."

그녀가 대답했다.

모든 게 자꾸 원점으로 되돌아가는 느낌이었다. 폴은 가슴이 답답해서 미칠 것 같았다.

실제로 클라라는 열정적으로 폴을 사랑했고, 폴 역시 그녀를 사랑했다. 그러나 폴은 낮 동안은 클라라의 존재를 거의 잊고 지냈다. 그녀가 같은 건물에서 일하고 있었지만, 그것을 전혀 의식하지 않았다. 그는 늘 바빴다.

그러나 클라라는 달랐다. 그녀는 나선과에 머물러 있는 동안 언제나 그가 위층에 있다는 것을 의식했다. 같은 건물에서 일한다는 사실만으로도 행복했다. 그녀는 그의 존재를 감각으로 느낄 수 있었다.

그녀는 그가 언제라도 사무실 문을 벌컥 열고 들어오기만을 기대하고 있었다. 그러나 그는 일 때문에 나선과에 들르더라도, 그녀에게는 사무적으로 대할 뿐이었다.

폴은 퇴근하고 나서만큼은 그녀에게 많은 시간을 할애했다. 클라라는 낮 시간엔 종종 비참한 기분을 느꼈지만, 저녁 이후부터는 더없이 행복했다.

어느 날 저녁, 그들은 운하 옆을 걸으며 데이트를 즐겼다. 그런데 무엇 때문인지 아까부터 폴의 표정이 안 좋아 보였다. 클라라는 자신이 그를 사로잡지 못했다는 것을 직감적으로 알았다.

다리에 다다랐을 때, 그는 커다란 기둥에 기대앉아 물속에 비친 별들을 바라보았다. 그녀는 폴이 자기한테서 멀어져 가고 있다고 생각했다.

"계속 조던 회사에 있을 건가요?"

클라라가 물었다.

"아뇨. 노팅엄을 떠나 외국으로 갈 거예요, 곧……."

폴은 깊이 생각하지 않고 대답했다.

"외국에 간다고요……? 왜요?"

"모르겠어요."

"외국에서 뭘 할 건데요?"

"아마 디자인 작업을 꾸준히 하겠죠. 우선 내 그림들을 몇 점

팔 생각이에요. 난 내 삶을 직접 개척하고 있어요. 그럴 수 있다고 확신해요.”

“언제 갈 건데요?”

“모르겠어요. 엄마가 살아 계신 동안에는 오랫동안 가 있을 수 없겠지요.”

“어머니를 떠날 수 없어요?”

“오랫동안 그럴 수는 없어요.”

클라라는 검은 물에 비친 별들을 바라보았다. 별들은 하얗게 빛을 내며 물속에 잠겨 있었다. 폴이 자기 곁을 떠나는 것도 고통스러운 일이었지만, 자기 옆에 그 남자를 두는 것 역시 괴롭기는 마찬가지였다.

오랫동안 침묵이 흘렀다. 어디선가 한 줄기 바람이 불어왔다. 별들이 일제히 흔들리며 물 위로 흩어졌다. 그는 그녀의 어깨에 손을 얹었다.

“미래에 대해서 묻지 말아요. 나는 아무것도 모르니까요. 지금 나하고 같이 있어 줘요. 그것이 무엇이건 간에…….”

클라라는 폴을 품에 안았다. 그녀는 열정을 다하여 그를 안고, 위로하고, 사랑했다. 두 사람 모두 그 순간이 영원히 멈추기를 바랐다. 폴과 클라라는 손을 꼭 잡고 인적 없는 숲 속으로 걸음을 옮겼다.

두 사람이 사랑을 나누는 동안, 들판에서 물떼새들이 비명을

지르듯 그악스럽게 울어 대었다. 그가 정신을 차렸을 때, 클라라
는 가쁜 숨을 내쉬고 있었다. 그녀의 따뜻한 입김이 폴의 이마
에 와 닿았다.

폴은 머리를 들고 그녀의 눈을 들여다보았다. 그녀의 눈은 어
둡게 빛나고 있었다. 폴은 그 눈이 왠지 낯설게 느껴졌다. 그래
서 자신의 얼굴을 그녀의 목에 파묻었다.

시간이 지나자, 그날 두 사람 사이에서 타올랐던 불길은 서서
히 잦아들기 시작했다. 그는 그녀를 사랑했다. 그들이 함께 경
험한 그 강렬한 감정 이후에 의당 그러하듯 커다란 애정을 느낀
것이었다. 그러나 그녀가 그의 영혼을 확고하게 만들지는 못했
다. 그는 그녀로서는 도저히 될 수 없는 어떤 존재가 되기를 원
했다.

그러나 클라라는 그에 대한 욕망으로 미쳐 버릴 것만 같았다.
회사에서 우연히 폴을 보게 되면, 그의 몸을 만지고 싶은 마음
에 가슴이 뛰었다. 열정으로 가득 찬 그녀의 눈은 언제나 그에
게 고정되어 있었다.

폴은 그녀가 다른 여공들 앞에서 자신의 존재를 지나치게 적
극적으로 드러낼까 봐 두려웠다. 그는 점점 그녀가 짐스럽게 느
껴졌다.

하루는 폴이 클라라에게 말했다.

"당신은 왜 항상 입을 맞추고 포옹하기를 바라는 거죠? 모든

일에는 다 때가 있어요, 클라라."

클라라는 폴을 노려보았다.

"그게 무슨 말이죠?"

"부담스럽다고요. 일할 때는 감정이 개입되지 않았으면 좋겠어요. 일은 일이에요."

"그러면 사랑은 뭔가요? 사랑하는 시간이 따로 있나요?"

그녀가 따지듯이 물었다.

"그렇죠, 일하는 시간 말고요."

"사랑은 그저 남는 시간에만 가능하겠군요?"

"네, 그것도 언제나 가능한 건 아니지요. 적어도 키스 같은 건 말이에요."

"이게 당신이 생각하는 사랑의 전부인가요?"

"전부는 아니지만 많은 부분이에요."

"당신이 그렇게 생각한다니 참으로 기쁘군요."

클라라는 얼마 동안 폴을 차갑게 대했다. 그녀가 이렇듯 냉정하게 굴 때마다, 그는 마음이 편안하지 못했다. 얼마 뒤 다시 화해를 했지만 전처럼 가까워지지는 않았다. 그가 그녀에게 만족감을 주지 못했기 때문이었다. 그저 두 사람의 관계가 유지되고 있는 것뿐이었다.

폴과 클라라가 사귀고 있다는 소문이 노팅엄에 돌기 시작했다. 하지만 확실한 것은 아무것도 없었다. 회사에서 클라라는 항상 혼자였기 때문에 소문은 더 이상 커지지 않았다.

저녁이면 폴은 클라라에게 돌아왔다. 두 사람은 어둠이 내려앉은 해변을 걸었다.

"당신은 밤에만 나를 사랑하고…… 낮에는 사랑하지 않는 것처럼 보여요."

한 줄기 빛도 비치지 않는 깜깜한 바다를 응시하며 그녀가 말했다.

"밤엔 당신에게 열려 있어요. 하지만 낮엔 혼자 있고 싶어요."

"어째서 그렇죠?"

"모르겠어요. 당신하고 함께 있을 때면 항상 그래요."

그녀는 처참한 마음으로 모래밭에 쪼그려 앉았다.

"혹시 나와 결혼하고 싶어요?"

그가 궁금하다는 듯이 물었다.

"당신은 그렇게 하고 싶어요?"

그녀가 되물었다.

"그래요, 우리의 아이를 가졌으면 좋겠어요."

그는 천천히 대답했다. 그녀는 고개를 숙인 채 모래를 만지작거리면서 앉아 있었다. 폴이 물었다.

"정말로 도스와 이혼하고 싶지 않은 거예요?"

잠시 뒤 그녀가 대답했다.

"그래요, 원치 않아요."

"왜 그래요?"

"나도 모르겠어요."

"아직 그 사람에게 감정이 남아 있나요?"

"아니……, 그렇게 생각하지 않아요."

"그렇다면 뭐예요?"

"그 사람이 아직 내게 머물러 있는 것 같아요."

그녀가 대답했다. 그는 거친 바다 위로 바람이 불어오는 소리를 들으면서 잠시 생각에 잠겼다.

"그렇다면 당신은 진정으로 내 안에 들어올 생각이 없다는 거로군요?"

"아니, 나는 당신 안에 들어가 있어요."

"그렇지 않아요. 당신이 이혼하기를 바라지 않으니까."

그것은 그들이 풀 수 없는 매듭이었다. 그래서 그냥 그 문제를 내버려 두기로 했다. 그들이 얻을 수 있는 것만을 얻고, 아닌 것들은 무시해 버렸다.

어느 날 밤, 폴은 클라라와 헤어진 뒤 기차역으로 가기 위해 들판을 가로질러 걸어갔다. 사방은 칠흑같이 어두웠다. 그런데 갑자기 검은 그림자 하나가 그의 앞을 막아섰다. 그림자의 정체는 바로 도스였다.

"안녕하시오!"

"도스?"

"이제 네놈을 잡았군그래."

도스가 기분 나쁘게 웃으며 말했다.

"시간이 없어요. 자칫하면 기차를 놓칠 수도 있다고요."

그는 어둠 때문에 도스의 얼굴을 제대로 볼 수가 없었다.

"이번엔 내가 맛을 보여 주지. 외투를 벗고 맞을래? 아니면 입은 채 맞을래?"

폴은 그가 미쳤을지도 모른다고 생각했다.

"난 싸움 같은 거 할 줄 몰라요."

"그래, 좋아."

도스는 그렇게 말하더니, 폴의 얼굴을 냅다 후려쳤다. 폴은 곧바로 바닥에 쓰러졌다. 눈앞이 깜깜했다. 어둠 속에서 도스의 모습이 조금씩 또렷이 보이기 시작했다. 폴은 허공에 대고 주먹을 휘둘렀다.

그때였다. 갑자기 뒤에서 주먹이 날아왔다. 폴은 도스가 야생 동물처럼 씩씩대는 소리를 들었다. 폴은 날째게 도스에게 달려들었다. 폴은 도스가 자빠진 틈을 타 그의 몸을 짓눌렀다. 양손으로 도스의 목덜미를 누르는데, 갑자기 그를 죽이고 싶다는 충동이 일었다.

폴이 고민하는 사이, 도스가 그를 밀치고 일어났다. 폴은 누워서 도스의 발길질을 고스란히 받아 냈다. 그리고 얼마 후, 폴은 까무룩 의식을 잃고 말았다.

　도스는 고통 때문에 끙끙대면서도 엎어져 있는 폴의 몸을 계속 발로 찼다. 그때였다. 저 멀리서 기적 소리가 들려왔다. 이윽고 환한 불빛이 조금씩 그들에게로 다가오고 있었다. 도스는 사람들이 다가오고 있는 것이라고 착각했다. 그는 들판을 가로질러 노팅엄 쪽으로 달아났다.

　시간이 얼마나 지났을까. 폴은 점차 의식을 회복했다. 그는 자신이 어디에 있는지, 그리고 어떤 일이 일어났는지 알고 있었지만 몸을 움직이고 싶지가 않았다. 조그만 눈송이들이 그의 얼굴 위에 살포시 내려앉았다. 그는 오랫동안 그렇게 가만히 누워 있었다.

　몸은 쑤셨지만, 머릿속은 이상하리만치 맑았다. 폴은 웅덩이 쪽으로 가서 피가 흥건한 얼굴과 손을 씻었다. 물은 얼음장처럼 차가웠다. 상처가 아렸지만, 정신은 확 들었다.

　폴은 당장이라도 어머니에게 가고 싶었다. 그는 꿈속을 걷듯 터벅터벅 집 쪽으로 걸음을 옮겼다.

　가족들은 모두 잠들어 있었다. 그는 거울 앞에 서서 자신의 얼굴을 바라보았다. 여기저기 멍이 들고 피로 얼룩이 져서 마치 죽은 사람의 얼굴 같았다. 그는 얼굴을 씻고 잠자리에 들었다.

　아침이 되어 눈을 떴을 때, 어머니가 머리맡에서 자신을 바라보고 있었다. 어머니의 푸른 눈! 폴이 보고 싶은 것은 그것뿐이었다. 모렐 부인은 아무 말 없이 폴의 손을 잡고 있었다.

“대단한 건 아니에요, 엄마. 백스터 도스였어요.”

“어디가 아픈지 말하렴.”

어머니가 나지막이 말했다.

“모르겠어요. 어깨 같은데……. 식구들에겐 자전거 사고였다
고 말해 주세요, 엄마.”

그는 팔을 움직일 수가 없었다. 모렐 부인이 그의 몸을 살피는
동안, 폴은 간밤에 무슨 일이 있었는지 어머니에게 모두 털어놓
았다.

“나라면 이제 그들 모두와 관계를 끊겠구나.”

어머니가 말했다.

“그렇게 할 거예요, 엄마.”

모렐 부인은 이불을 덮어 주었다.

“그 문제에 대해선 더 생각하지 말고 잠이나 푹 자거라. 의사
는 11시가 되어야 올 거야.”

의사는 어깨가 빠졌다고 했다. 당분간 절대 안정을 취해야 한
다고 덧붙였다. 엎친 데 덮친 격으로, 다음 날에는 급성 기관지
염 증세가 시작되었다.

그즈음 모렐 부인의 안색은 죽은 사람처럼 창백했고, 몸은 몹
시 여위어 있었다. 그녀는 침대 맡에 앉아서 그를 바라보다가
멀리 허공을 바라보곤 했다. 그들 사이에는 감히 뭐라 꼬집어
말하기 어려운 무엇인가가 있었다.

클라라와 미리엄이 차례대로 병문안을 왔다. 그녀들이 다녀간 뒤, 폴은 어머니에게 이렇게 말했다.

"클라라는 사람을 피곤하게 만들어요, 엄마. 전 두 사람 다 좋아하지 않는 것 같아요."

"유감스럽게도 그런 것 같구나, 애야."

그녀가 안타깝다는 듯이 대답했다.

성령 강림절이 되자, 그는 어머니에게 뉴턴이라는 친구와 함께 나흘간 블랙풀에 가겠다고 말했다. 모렐 부인은 그렇게 하라고 허락했다. 폴은 어머니에게도 셰필드에 살고 있는 애니에게 가서 일주일 정도 머물다 왔으면 좋겠다고 했다. 일상에 변화를 주는 것이 그녀에게 도움이 될지도 모른다는 생각에서였다.

모렐 부인은 노팅엄의 병원에 다니고 있었다. 의사는 그녀의 심장과 소화 기관이 좋지 않다고 말했다. 그녀는 썩 내키지는 않았지만 폴의 말을 따라 셰필드에 가기로 했다.

이제 그녀는 아들이 원하는 것이라면 무엇이든지 하려고 했다. 폴은 닷새째 되는 날 자신도 셰필드에 갈 것이라고 하면서, 휴가가 끝날 때까지 그곳에서 같이 지내겠다고 말했다.

폴은 블랙풀에서의 나흘 동안은 어두운 생각따위 하지 않으려고 마음먹었다. 그래서 일부러 즐겁게 지내려고 노력했다.

마침내 닷새째 되는 날, 폴은 어머니와의 즐거운 날들을 꿈꾸며 애니의 집 계단을 뛰어 올라갔다. 그러나 문을 연 사람은 어머니가 아닌 애니였다.

"엄마가 많이 아프셔……. 상태가 아주 좋지 않아. 그러니 엄마가 걱정스러워할 얘기는 아예 꺼내지 마."

"침대에 누워 계셔?"

"응."

폴은 가방을 아무렇게나 던져 놓은 채 위층으로 올라갔다. 그는 방문 앞에서 잠시 주저하다가 안으로 들어갔다. 모렐 부인은 침대에 누워 아들을 바라보았다. 그사이 그녀의 얼굴은 더욱 잿빛으로 변해 있었다.

"엄마!"

"네가 오지 않는 줄 알았다."

그녀는 애써 명랑하게 대답했다. 폴은 무릎을 꿇고는 침대보에 얼굴을 묻은 채 고통스럽게 소리쳤다.

"엄마……, 엄마!"

그녀는 여윈 손으로 아들의 머리카락을 천천히 쓰다듬었다.

"울지 마라. 별일 아냐. 그런데 늦었구나. 어디에 있었니?"

"기차가 늦었어요."

그는 여전히 침대보에 얼굴을 묻고 대답했다.

"그래……. 그 한심한 중앙선! 배가 많이 고프겠구나. 애니가 식사를 차려 놓고 기다렸단다."

그는 고개를 들어 어머니를 바라보았다.

"무슨 병이래요?"

"그저 조그마한 종양이야. 조금도 걱정할 필요 없단다. 그 덩어리가 오랫동안 거기 있었다는구나."

모렐 부인은 그렇게 말하고선 폴의 눈을 피했다. 폴은 다시 눈물을 흘렸다.

"어디에요?"

그가 묻자, 모렐 부인은 자신의 옆구리에 손을 대었다.

"언제부터 아팠어요?"

"통증이 시작된 건 어제였어. 집에서도 가끔씩 아프긴 했지만. 아무래도 의사가 겁을 주려고 그런 것 같아."

"혼자 여행할 상황이 아니었어요. 그런데 제가 괜히……."

"어서 가서 점심을 먹으렴. 배고프겠다."

어머니가 말했다.

"엄마는 드셨어요?"

"그래, 아주 맛있는 넙치를 먹었어. 애니가 아주 잘해 준단다."

폴은 어머니와 이야기를 조금 더 나눈 뒤, 아래층으로 내려가 늦은 점심을 먹었다.

점심을 먹고 나서 폴이 애니에게 물었다.

"정말 종양이야?"

그러자 애니는 다시 울기 시작했다.

"엄마가 어제 겪은 고통을 생각하면……. 네 매형이 미친 사람
처럼 앤젤 의사를 부르러 달려갔지. 엄마가 침대에 누워서 내게
'애니야, 내 옆구리에 있는 이 덩어리를 봐라. 이게 무엇인지 궁
금해.'라고 하셨어. 그래서 거기를 보았지. 난 기절할 뻔했어. 폴,
맹세코 내 주먹 두 개만 한 큰 덩어리가 있었어. 내가 '맙소사!
엄마, 그게 언제부터 있었어요?'라고 물었어. 엄마는 '글쎄, 상당
히 오래되었다, 애야.'라고 말했지. 죽고 싶었어, 폴. 정말로…….
엄마는 집에서 몇 달이나 고통을 겪고 있었는데 아무도 돌봐주
지 않았던 거야."

"그동안 엄마는 노팅엄의 병원에 다니고 있었잖아. 그리고 엄
마는 그런 이야기를 전혀 하지 않으셨어."

"내가 집에 있었더라면 상황이 심각하다는 걸 일찌감치 알았
을 텐데."

애니가 말했다.

오후에 폴은 앤젤 의사를 만나러 갔다. 그는 빈틈없고 다정한
사람이었다.

"그게 무슨 병입니까?"

폴이 물었다. 그는 폴을 쳐다보고는 양 손가락을 깍지 끼었다.

"세포막에 큰 종양이 생긴 것 같아요."

"수술할 수 없나요?"

"그곳은 안 돼요."

“확실합니까?”

“안타깝게도.”

폴은 잠시 생각했다. 그리고 말을 이었다.

“종양이 확실합니까? 노팅엄의 병원에서는 왜 알지 못했을까요? 어머니가 그 병원에 몇 주 동안 다녔는데 심장과 소화 불량만 치료했어요.”

“모렐 부인은 제임슨 의사에게 혹에 대한 이야기를 하지 않았더군요.”

의사가 말했다.

“그것이 종양이라는 것은 확실합니까?”

“아니, 확실하지는 않아요.”

“다른 가능성은 뭔가요? 집안에 암 환자가 있었는지 누나에게 물어보셨다면서요. 암일 가능성도 있습니까?”

“아직 모릅니다.”

“그러면 앞으로 어떻게 하실 겁니까?”

“노팅엄 병원의 제임슨 의사와 함께 검사를 해 보고 싶습니다. 준비를 하시죠. 노팅엄에서 여기까지 오는 데 왕진료가 적어도 10기니는 될 겁니다.”

“그분이 언제 오시면 좋겠습니까?”

“오늘 저녁에 편지를 써서 상의하도록 하지요.”

폴은 입술을 깨물며 병원을 빠져나왔다.

이틀 뒤, 폴은 노팅엄으로 제임슨 의사를 만나러 갔다. 그러나 제임슨 의사는 모렐 부인을 기억하지 못했다.

"M46번입니다."

간호사가 환자 번호를 알려 주자, 제임슨 의사는 진찰 기록에서 그녀의 병력을 찾아보았다.

"그쪽 의사 말로는, 종양 같아 보이는 큰 덩어리가 있다고 합니다."

폴이 말했다.

"아, 그렇소?"

제임슨 의사는 주머니에서 편지를 꺼내며 말했다.

"아버지는 무얼 하시오?"

그가 물었다.

"광산에서 석탄을 캐는 광부입니다."

폴이 대답했다.

"형편이 그렇게 넉넉하진 않겠군요."

"돈은 걱정하지 마세요. 제가 책임질 겁니다."

폴이 말했다.

"당신은 뭘 하죠?"

"조던 의료 기구 회사의 사무원입니다."

의사가 미소를 지으며 폴을 쳐다보았다.

"아! 셰필드에 간다?"

그는 손가락 끝을 모으고는 기분 나쁜 눈웃음을 흘리며 이렇게 말했다.

"8기니면 어떻겠어요?"

폴은 얼굴을 붉히고 일어서며 말했다.

"그럼 내일 오시겠습니까?"

"내일이라……. 일요일이군요. 좋아요!"

폴은 병원을 나와 아버지를 만나러 집으로 갔다. 모렐은 정원에 나와 흙을 고르고 있었다.

"그래, 아들아. 이제 도착했니?"

모렐이 폴에게 악수를 청했다.

"네, 하지만 오늘 밤에 곧바로 돌아갈 거예요."

"뭘 좀 먹었니?"

"아뇨."

"넌 여전히 쌀쌀맞구나. 자, 안으로 들어가자."

모렐은 아내에 대해 말하기를 겁내고 있었다. 두 사람은 안으로 들어갔다. 폴은 아무 말 없이 음식을 먹었고, 모렐은 건너편의 안락의자에 앉아서 그를 바라보았다.

"그래, 네 엄마는 어떠니?"

마침내 모렐이 작은 목소리로 물었다.

"일어나 앉을 수도 있고……, 부축을 받아 차를 마시러 아래층으로 내려올 수도 있어요."

"다행이구나! 그러면 곧 집으로 올 수 있겠구나. 그런데 노팅엄의 의사는 뭐라고 하던?"

"그 의사가 내일 어머니를 진찰하러 갈 거예요."

"맙소사! 돈이 꽤 들 텐데."

"8기니예요."

"8기니라고!"

모렐의 입이 크게 벌어졌다.

"제가 낼 수 있어요."

폴이 차갑게 말했다. 그들은 잠시 아무 말도 하지 않았다.

"아버지가 부디 잘 지내고 있기를 바란다고 엄마가 말씀하셨어요."

"그래, 나는 괜찮다. 네 엄마도 그랬으면 좋으련만."

모렐이 혼잣말처럼 중얼거렸다.

"3시 반에 가야 해요."

폴이 시계를 쳐다보며 말했다.

"네가 바쁘게 다녀야겠구나. 8기니라……. 네 어머니가 언제쯤 여기에 올 수 있을 것 같니?"

"내일 의사들이 뭐라 하는지 봐야 알겠지요."

모렐은 깊게 한숨을 쉬었다. 모렐 부인이 없는 집은 이상하게도 텅 빈 것 같았다. 안절부절못하는 모렐은 그날따라 유난히 외롭고 늙어 보였다.

"다음 주에 어머니를 만나러 가셔야 할 거예요."

"그때쯤엔 네 어머니가 집에 오면 좋겠구나."

"그렇지 않다면 아버지가 오셔야겠지요."

폴이 말하자, 아버지가 걱정스런 투로 대꾸했다.

"돈을 어디서 구할 수 있을지 모르겠다."

"의사가 뭐라고 하는지 편지로 알려 드릴게요."

의사는 약속한 대로 일요일에 모렐 부인을 찾았다. 진찰은 오래 걸리지 않았다. 아서와 폴은 두 의사가 내려오기만을 초조하게 기다렸다.

의사들은 모렐 부인의 심장이 너무 약해 수술이 불가능하다고 딱 잘라 말했다. 하지만 약물로 종양의 크기를 줄일 수는 있을 거라고 했다.

다음 날, 폴은 출근을 하기 위해 노팅엄으로 돌아가야 했다. 폴은 어머니에게 입을 맞추었다.

"걱정하지 마라, 애야!"

"네, 엄마. 다음 토요일에 올게요. 아버지도 모시고 올까요?"

"아버지가 오고 싶어 하겠지."

폴은 그녀에게 다시 키스를 한 다음, 마치 애인에게 하듯이 부드럽고 다정한 손길로 관자놀이에 드리워진 머리카락을 쓰다듬었다.

"늦지 않겠니?"

그녀가 중얼거렸다.

"이제 갈 거예요."

그는 아주 나지막한 목소리로 대답했다.

"이제 더 아프지 않을 거죠, 엄마?"

"그래, 얘야."

"약속해요?"

"그래……, 더 나빠지지 않을 거야."

폴은 어머니에게 몇 번이나 더 입을 맞춘 뒤 노팅엄으로 떠났다. 역으로 가는 발걸음이 유난히 무거웠다.

토요일에 모렐이 기차를 타고 셰필드로 왔다. 그는 마치 길 잃은 어린아이처럼 난감한 표정을 지으며 병실로 들어섰다.

"그래, 상태가 어떻소?"

모렐은 모렐 부인의 이마에 성급히 입을 맞추며 물었다.

"글쎄요, 반반이에요."

그녀가 대답했다. 모렐은 손수건으로 눈 주위를 닦더니, 자리에 앉아 마치 남남처럼 아내를 덤덤하게 바라보았다.

모렐 부인은 그사이 큰 변화가 없었다. 그녀는 셰필드에서 약 두 달 동안 머물렀다. 그런데도 상태는 더 나아지지 않았다. 그녀는 자꾸만 집으로 가고 싶어 했다. 그래서 폴은 노팅엄에서 자동차를 한 대 빌렸다. 모렐 부인의 상태가 너무 안 좋아서 기차를 타고 갈 수가 없었기 때문이다.

모렐은 아내가 온다는 소식을 듣고, 현관문을 활짝 열어 놓았다. 이웃들이 그녀를 맞으러 왔다. 차에 탄 모렐 부인은 시종일관 웃는 낯으로 거리를 달렸다. 사람들은 그녀의 미소를 보고 안도의 한숨을 쉬었다.

모렐은 아내를 번쩍 안아서 침대로 옮기고 싶었지만, 그러기에는 나이가 너무 들어 버렸다. 아서는 어머니를 갓난아이 안듯이 번쩍 들었다.

"애니야, 네 집이 불편해서가 아니란다. 부디 오해는 하지 말아 주렴. 하지만 내 집에 오니 정말로 좋구나."

그러자 모렐이 떨리는 소리로 덧붙였다.

"그래. 정말 그렇지, 여보? 나도 너무 좋구려."

창밖으로 보이는 정원에는 노란 해바라기들이 사랑스런 얼굴로 하늘을 바라보며 서 있었다. 그녀는 창밖을 바라보며 중얼거렸다.

"내 해바라기들이 거기 있었구나!"

제 14 장
삶의 끝자락

폴이 잠시 셰필드에 머물고 있을 때였다. 어머니의 건강 문제로 병원을 찾았는데, 앤젤 의사가 상담 중에 다른 환자 이야기를 꺼냈다.

"여기 열병 전문 병동에 노팅엄에서 온 사람이 입원해 있어요. 이름이 뭐라더라? 아, 도스, 도스라고 하더군요. 근데 일가친척이 전혀 없는 것 같아요."

"백스터 도스?"

폴이 목소리를 높여 물었다.

"맞아요, 백스터 도스! 전엔 힘깨나 쓰던 사람 같던데. 최근에 어려운 고비에 빠졌지요. 그 사람을 아세요?"

“같은 직장에서 일했어요.”

“그랬군요. 그 사람에 대해 아는 것이 있나요? 뭘 물어봐도 무조건 화만 내니, 원. 그렇지 않았다면 지금쯤 상태가 훨씬 더 좋아졌을 텐데.”

“그 사람의 가정 환경에 대해서는 아는 게 별로 없어요. 아내하고 별거 중이고, 정신적으로 약간 불안정한 상태라는 것 정도죠. 그 사람에게 내 얘기를 해 주시겠어요? 그를 만나러 가겠다고요.”

며칠 뒤, 폴은 다시 앤젤 의사를 찾아갔다.

“도스가 뭐라고 하던가요?”

“그 사람에게 노팅엄에서 온 폴 모렐이라는 사람을 아느냐고 물어보았지요. 그러자 갑자기 달려들어 내 목을 조르기라도 할 듯이 노려보더군요. 당신이 그를 만나러 오고 싶어 한다고 전했더니 당신이 뭘 원하는 것 같더냐고 물었어요.”

“나를 만나겠다고 하던가요?”

폴이 물었다.

“아무 말도 안 했어요. 좋은지, 싫은지, 아니면 아무 생각이 없는지.”

의사가 대답했다.

폴은 그와 한밤의 난투극을 벌인 다음부터 일종의 유대감 같은 것이 생겨났다. 도스에게 죄의식 비슷한 감정과 함께 약간의 책임감도 느껴졌던 것이다. 게다가 지금은 자신도 고통을 받고 있는 상태여서 그런지, 병을 앓고 있는 도스에게 친밀감마저 일었다.

폴은 의사의 소개장을 가지고 그가 입원해 있다는 격리 병동으로 찾아갔다.

"앤젤 의사에게서 여기 있다고 들었어요."

폴이 손을 내밀면서 말했다. 도스는 폴의 얼굴을 쳐다보지도 않고 건성으로 악수했다.

"그래서 와 봐야겠다고 생각했어요."

도스는 누워서 반대편 벽만 응시할 뿐 아무런 말도 하지 않았다. 한눈에도 무척 피폐해 보였다. 앤젤 의사의 말마따나, 그에게는 낫고자 하는 의지가 전혀 없는 것 같았다. 심장이 뛰고 있다는 사실마저 성가시게 여기고 있는 듯했다.

"힘드셨겠어요?"

폴의 나지막한 목소리에 갑자기 도스가 고개를 돌렸다.

"셰필드에선 도대체 뭘 하고 있는 거요?"

그가 처음으로 입을 열었다.

"어머니가 병에 걸려서 누나 집에 계세요. 그러는 당신은 여기서 뭘 하고 있어요?"

도스는 다시 침묵했다.

"얼마나 오래 있었어요?"

폴이 거듭 물었다.

"확실히 말할 수 없소."

도스가 마지못해 대답했다. 그는 마치 폴이 이곳에 없다고 믿으려는 사람처럼 건너편 벽만 뚫어지게 바라보며 누워 있었다.

잠시 뒤 도스가 입을 열었다.

"왜 여기 왔소?"

"아는 사람이 하나도 없다고 의사가 그러더군요. 진짠가요?"

"나는 어디에도 아는 사람이 없소."

"그래요, 그건 당신이 선택한 삶이지요."

또다시 그는 침묵했다.

"우리는 가능한 한 빨리 어머니를 집으로 모시고 갈 거예요."

폴이 말했다.

"당신 어머니는 어디가 아픈 거요?"

"암이에요. 하지만 집으로 모시고 가려고요."

"일자리를 구해 보겠다고 여기서 이틀 정도 얼쩡거리다가 빌어먹을, 장티푸스에 걸려 버렸소."

도스가 마침내 자신의 이야기를 꺼내는가 싶더니, 다시 입을 꼭 다물었다. 잠시 뒤 폴이 자리에서 일어섰다.

"전 이만 가야겠어요. 돈이 필요할 거예요. 반 크라운짜리 동전을 여기 두고 갈게요."

"필요 없소."

도스가 중얼거렸다.

폴은 동전을 탁자 위에 두고 병원을 빠져나왔다.

며칠 뒤 클라라를 만난 폴은 그날 일을 그녀에게 이야기했다.

"도스가 장티푸스에 걸려 셰필드의 병원에 입원해 있다는 걸 알고 있었어요?"

폴의 말에 그녀는 크게 놀라는 눈치였다. 그녀의 얼굴빛이 금세 하얗게 질렸다.

"아뇨."

"점점 나아지고 있대요. 어제 그를 보러 갔는데, 의사가 말해 주었어요. 그러니 너무 걱정하지 말아요."

클라라의 얼굴은 점점 더 굳어졌다.

"아주 심한 상태인가요?"

"차츰 나아지고 있어요."

"그 사람이 무슨 말을 하던가요?"

"아무 말도 안 했어요. 그저 골을 내고 있는 것 같더군요."

그는 그녀에게 다른 사실들도 알려 주었다. 클라라는 입을 꽉 다문 채 폴의 말을 듣기만 했다.

다음번에 같이 산책하게 되었을 때, 클라라는 폴의 팔짱을 슬그머니 풀더니 조금 떨어져서 걸었다. 폴은 마음이 아팠다. 정작 위로받고 싶은 사람은 자신이라고 생각했다.

"당신을 혼란스럽게 만드는 게 도스인가요?"

그가 마침내 용기를 내어 물었다.

"내가 그 사람에게 고약하게 굴었어요."

그녀가 대답했다.

"알고 있어요. 당신이 여러 번 말했잖아요."

그가 대답했다.

"내가 그 사람을…… 정말, 그 사람을 함부로 대했지요. 그리고 이제 당신이 날 아무렇게나 대하고 있어요. 난 그런 대접을 받아 마땅하지요."

그녀가 말했다.

"뭐라고요? 내가 당신을 아무렇게나 대한다고요?"

그가 말했다.

"나는 그 사람이 소유할 만한 가치가 없는 사람이라고 판단했었고, 이제 당신이 나를 그렇게 생각하고 있어요. 난 그런 대접을 받아 마땅해요. 그는 당신보다 나를 천 배는 더 사랑했어요."

"아니에요."

폴이 발끈했다.

"그랬어요! 최소한 그 사람은 나를 존중했지만 당신은 그렇지 않아요."

폴은 혼자 있고 싶었다. 그에게는 참기 힘들 만큼 버거운 고통이 있었다. 클라라는 그를 괴롭히고 지치게 만들 뿐이었다. 그녀와 헤어지고 나서도, 그는 전혀 아쉽지 않았다.

클라라는 일부러 시간을 내어 도스를 만나러 셰필드로 갔다.
하지만 그를 만나지는 못했다. 그녀는 도스를 몇 차례 더 방문
했고, 그때마다 장미꽃과 과일, 그리고 돈을 두고 왔다.

그녀는 도스에게 무릎이라도 꿇고 싶은 심정이었다. 피폐해
진 남편의 모습 앞에 속죄하고 싶었다.

폴 역시 그 뒤로 한두 번 더 도스를 만나러 갔다. 그러자 라이
벌이었던 두 사람 사이에 일종의 우정 같은 감정이 생겨났다.
그러나 그들은 두 사람 사이에 있는 클라라에 대해서는 한 마디
도 하지 않았다.

모렐 부인은 점점 상태가 나빠지고 있었다. 가끔씩 가족들은
그녀에게 정원을 구경시켜 주었다. 그럴 때마다 그녀는 시들어
가는 해바라기와 새로 피기 시작하는 국화꽃과 다알리아를 물
끄러미 바라보곤 했다.

폴과 모렐 부인은 서로를 두려워했다. 그녀가 서서히 죽어 가
고 있다는 사실을 그도 알고 있었고, 그녀도 알고 있었다. 그러
나 그들은 아무 일도 없는 사람들처럼 굴었다.

아침마다 그는 파자마 차림으로 어머니를 찾아가 간밤의 안
부를 물었다.

"엄마, 잘 주무셨어요?"

"그래."

"별로 안 좋으세요?"

"아니……, 괜찮아."

하지만 그녀의 손은 통증이 심한 옆구리 쪽을 지그시 누르고 있었다.

누워 있는 모렐 부인의 모습은 마치 소녀 같았다. 그녀의 푸른 눈은 내내 폴을 바라보고 있었다. 그러나 눈 아래쪽으로 검은 반원이 짙게 드리워져 있었고, 그것이 폴의 마음을 다시금 아프게 했다.

하루 종일 폴은 어머니만을 생각했다. 그것은 긴 고통이었다. 그는 퇴근하자마자 가장 먼저 부엌 창문을 들여다보았다. 그녀는 부엌에 없었다. 침대에서 일어나지 못한 것이었다.

그는 곧장 위층으로 뛰어 올라가서 어머니에게 키스했다.

"오늘 일어나지 않으셨어요, 엄마?"

"몸을 움직일 수가 없어서. 이게 다 모르핀 때문이야. 너무 피곤해."

"의사가 모르핀을 너무 많이 주는 것 같아요."

"그런 것 같아."

그는 비참한 기분으로 침대 옆에 앉았다. 그녀는 어린아이처럼 몸을 웅크린 채 옆구리 쪽으로 눕는 습관이 있었다. 회갈색의 머리카락이 그녀의 귓전에 늘어져 있었다.

"간지럽지 않아요?"

그가 머리카락을 부드럽게 뒤로 넘기면서 물었다.

"간지러워."

그녀가 대답했다.

그는 어머니의 얼굴 가까이에 자신의 얼굴을 대었다. 그녀는 소녀 같은 눈으로 아들의 눈을 들여다보며 미소를 지었다. 어머니의 모습은 공포와 걱정과 사랑으로 뒤범벅되어 그를 숨막히게 만들었다.

"머리를 땋고 싶으시지요? 가만히 누워 계세요."

폴은 그녀의 뒤로 가서 조심스럽게 머리를 풀고 빗질을 했다. 갈색과 회색이 어우러진 그녀의 머리카락은 마치 섬세한 실크 같았다. 그녀의 머리는 어깨 사이에 파묻혀 있었다. 가볍게 머리카락을 빗질하고 땋으면서 그는 입술을 깨물었다. 이 모든 것이 비현실적으로 다가왔다.

때때로 모렐 부인은 지나치게 명랑하게 굴면서 수다를 떨기도 했다. 두려웠기 때문이다. 두려웠기 때문에, 그들은 매사를 가볍게 받아들이고 유쾌한 척 행동했다.

그러나 폴의 내면은 조금씩 무너지고 있었다. 하루에도 몇 번씩 눈물이 쏟아졌고, 구역질이 나고 손발이 떨렸다. 하지만 그 원인에 대해선 전혀 생각하지 않았다. 그의 내면은 무언가를 분석하거나 이해하는 능력을 상실한 지 오래였다. 그는 단지 모든 상황을 무조건 견뎌낼 뿐이었다.

그건 모렐 부인도 마찬가지였다. 그녀는 통증과 모르핀과 내일에 대해서 생각했지만, 결코 죽음에 대해서는 생각하지 않았다. 죽음이 저만치서 오고 있다는 사실을 그녀 역시 알고 있었다. 그러나 결코 죽음 앞에서 비굴해지거나 화해하려고 하지 않았다. 눈을 감고 입술을 굳게 다문 채로 죽음의 문을 향해 내밀려지고 있을 뿐이었다. 그렇게 며칠이 지나고, 몇 주가 지나고, 몇 달이 지났다.

그 무렵, 도스는 노팅엄 근방의 요양소로 자리를 옮겼다. 폴은 가끔 그곳을 방문했고, 클라라도 자주 도스를 찾았다. 도스는 아주 천천히 회복되고 있었고, 조금씩 폴에게 의지하기 시작했다.

11월이 시작된 지 얼마 되지 않은 어느 날이었다. 클라라는 폴에게 그날이 자기 생일이라고 말했다.

"잊고 있었어요."

그가 말했다.

"그럴 거라 생각했어요."

그녀가 대꾸했다.

"아주 잊지는 않았어요. 우리, 주말에 바닷가에 갈까요?"

주말이 되자, 그들은 함께 바닷가로 갔다. 늦가을의 바다는 춥고 음울했다. 클라라는 폴이 따뜻하고 부드럽게 자신을 대해 주기를 기다렸다. 그러나 정작 폴은 클라라를 거의 의식하지 않는 듯이 보였다. 그는 기찻간에 앉아서 멍하니 밖을 내다보고 있었고, 그녀가 말을 걸 때마다 깜짝깜짝 놀랐다. 꼭 넋을 잃은 사람 같았다.

"무슨 일이에요?"

그녀가 물었다.

"아무것도 아니에요!"

폴은 클라라의 손을 잡고 앉아 있었다. 그는 아무런 말도 생각도 할 수 없었다. 그러나 부드러운 그녀의 손은 잠시나마 그에게 위안을 주었다. 하지만 그녀는 비참했다. 그는 그녀와 함께 있지 않았고, 그녀는 껍데기에 불과했다.

수평선 너머로 저녁이 내려앉고 있었다. 두 사람은 검은 바다를 내려다보며 모래 언덕에 앉아 있었다.

"엄마는 결코 굴복하지 않을 거예요."

폴의 나직한 말에 클라라의 마음이 덜컹 내려앉았다.

"그렇겠지요."

클라라가 말했다.

"엄마는 죽으려고 하지 않아요. 죽을 수가 없지요. 지난번에 목사님이 왔었어요. '생각해 보세요. 저 다른 세상에서 당신은 어머니와 아버지, 자매 들과 죽은 아들을 만나게 될 겁니다.'라고 그가 말했지요. 그랬더니 엄마는 '나는 그 사람들 없이도 오랫동안 잘 살아왔고, 지금도 그 사람들 없이 살 수 있어요. 내가 원하는 것은 살아 있는 사람들이지 죽은 사람들이 아니에요.'라고 말하더군요. 엄마는 지금도 살기를 원해요.”

“정말 끔찍한 일이군요!”

“엄마는 나만 바라보고 있고, 영원히 나와 함께 있기를 바라요. 엄마의 의지가 워낙 강해서 결코, 결코 죽지 않을 것처럼 보여요.”

그의 목소리가 멈추었다. 클라라는 고개를 숙이고 있는 폴의 얼굴을 가만히 들여다보았다. 다행히 울고 있지는 않았다.

클라라는 그 자리에서 달아나고 싶었다. 그녀는 주위를 둘러보았다. 검은 모래 언덕이 웅웅 이상한 소리를 냈고, 어둑한 하늘은 그녀를 짓누르고 있었다. 그녀는 겁에 질려 일어섰다. 환한 곳으로 가고 싶었다. 사람들이 많은 곳으로 가고 싶었다. 그런 그녀의 마음을 아는지 모르는지, 그는 머리를 떨군 채 미동도 하지 않았다.

“난 엄마가 식사를 하지 않았으면 좋겠어요. 엄마도 그걸 알고 있죠. 내가 엄마에게 ‘무얼 좀 드실래요?’라고 물으면, ‘그래.’라는 말이 튀어나올까 봐 겁내세요. 그래서 애써 ‘벤저나 물에 타 한 컵 먹어야겠다.’고 말하지요. 난 ‘그게 엄마의 기운을 더욱 돋구어 줄 텐데요.’라고 말해요. 그러면 엄마는 ‘그래, 하지만 아무것도 먹지 않으면 속이 쓰려서 참을 수가 없단다.’라고 거의 울 듯이 말씀하지요. 그래서 밖에 나가 음식을 만들어 갖다 드려요. 엄마를 그렇게 갉아먹는 것은 바로 암이에요. 엄마가 차라리…… 죽었으면 좋겠어요.”

“가요, 난 갈 거예요.”

클라라가 거칠게 말했다. 폴은 그녀를 따라 어두운 모래 언덕을 걸었다. 그는 그녀에게 가까이 다가서지 않았다. 그는 그녀의 존재를 거의 의식하지 않는 듯이 보였다. 그녀는 그런 그가 두렵고 싫었다.

하얀 눈과 함께 12월이 찾아왔다. 폴은 대부분의 시간을 집에서 보냈다. 그들은 간병인을 고용할 만한 여유가 없었기 때문에 애니가 어머니를 돌보러 왔다. 폴은 애니와 어머니의 병간호를 나눠서 맡았다.

가끔씩 저녁 시간에 친구들이 놀러 오면, 폴은 시시껄렁한 이야기에도 집이 떠나가라 큰 소리로 웃곤 했다. 그것은 일종의 저항이었다. 모렐 부인은 어둠 속에 혼자 누워서 아들의 웃음소리를 들었고, 비통한 가운데서도 안도감을 느꼈다.

그러고 나서 폴은 어머니가 그 소리를 들었는지 알아보러 죄의식을 느끼며 조심스럽게 위층으로 올라가곤 했다.

“우유 좀 드릴까요?”

폴이 물었다.

“조금만.”

그녀가 애처롭게 대답했다.

폴은 영양분을 공급하지 않으려고 우유에 물을 섞곤 했다. 하지만 그는 자신의 생명보다도 어머니를 더 사랑했다.

모렐 부인의 심장 박동은 점점 더 불규칙해져 갔다. 모르핀 때문이었다. 모르핀의 영향으로 그녀의 얼굴은 아침이면 잿빛으로 변했다. 아침마다 엄습하는 피로와 통증은 견딜 수 없을 정도였다. 그러나 그녀는 울거나 불평조차 할 수 없었고, 하려고도 하지 않았다.

"어머니가 고통을 끝내도록 무언가를 주실 수 없어요?"

마침내 폴이 의사에게 물었다.

"이제 어머니는 오래 버틸 수 없어요."

의사는 고개를 저으며 담담히 말했다.

"난 더 이상 참을 수 없어. 우리 모두 미쳐 버릴 거야."

애니가 절규하듯 말했다.

모렐 부인은 고요했지만 아직 살아 있었다. 바짝 마른 입술은 완강하게 다물고 있었고, 퀭한 눈에서 나오는 빛만이 그녀가 살아 있음을 알려 주었다.

크리스마스가 가까워지면서 눈이 더 많이 내렸다. 애니와 폴은 더 이상 견뎌낼 수 없다고 느꼈다. 하지만 아직도 그녀의 검은 눈은 살아 있었다.

어느 날 밤, 애니와 폴은 단둘이 있었다. 간호사는 위층에 있었다.

“엄마는 크리스마스가 지나도 여전히 살아 있을 거야.”

애니가 말했다.

“아냐. 내가 엄마에게 모르핀을 줄 거야.”

그가 음울하게 대답했다.

“얼마나?”

애니가 물었다.

“셰필드에서 보내온 것 전부.”

폴이 말했다.

다음 날 저녁, 폴은 남아 있는 모르핀을 모두 가지고 아래층으로 내려왔다. 그러고는 그것을 조심스럽게 갈아서 가루로 만들었다.

“뭘 하고 있니?”

애니가 물었다.

“밤에 마실 우유에 이것을 넣을 거야.”

그날 밤 간호사는 모렐 부인의 잠자리를 보살피러 오지 않았다. 폴은 컵에 뜨거운 우유를 담아 가지고 올라갔다. 9시였다.

그는 모렐 부인을 침대에서 일으켜 앉힌 뒤 그녀의 입술에 컵을 대었다. 그녀는 우유를 한 모금 마시고는 컵의 주둥이를 밀어내면서 의아한 눈빛으로 그를 바라보았다.

“아, 정말 쓰구나!”

그녀는 인상을 약간 찡그리면서 말했다.

"의사가 엄마에게 준 새로운 수면제예요."

그가 말했다.

"이 약은 고통을 조금 더 줄여 줄 거래요."

"나도 그러기를 바란다."

그녀는 아이처럼 말하고선 우유를 조금 더 마셨다.

"그렇지만 정말 끔찍한 맛이야!"

그는 컵을 잡은 어머니의 연약한 손가락과 마른 입술이 움찔하는 것을 보았다. 그는 우유를 더 가져오기 위해 아래층으로 내려갔다. 컵의 바닥에는 가루가 남아 있지 않았다.

"엄마가 드셨어?"

애니가 속삭이듯이 물었다.

"그래……, 아주 쓰다고 하셨어."

그들은 같이 위층으로 올라갔다.

"왜 간호사가 잠자리를 봐 주러 오지 않는지 참 이상하네!"

모렐 부인은 아이처럼 투덜거렸다.

"음악회에 갈 거라고 했어요, 엄마."

애니가 대답했다.

"그랬어?"

그들은 잠시 가만히 있었다. 모렐 부인은 조금 남은 새 우유를 남김없이 마셨다.

"애니야, 그 새 수면제는 정말 끔찍하더라."

그녀는 투정하듯이 말했다.

"그랬어요, 엄마? ……신경 쓰지 마세요."

모렐 부인은 깊은 숨을 들이마셨다가 내쉬었다. 그녀의 맥박은 아주 불규칙적으로 뛰고 있었다.

"우리가 잠자리를 봐 드릴게요. 간호사가 많이 늦을 거예요."

애니가 말했다.

"아, 그래라."

폴과 애니는 침구를 걷었다. 폴은 어린 소녀처럼 면 잠옷을 입은 채 웅크리고 있는 어머니를 물끄러미 바라보았다. 그들은 재빨리 침대의 반쪽을 정리하고 그녀를 옮긴 다음 다른 쪽을 정리했다.

폴은 그녀의 어깨를 부드럽게 어루만지며 말했다.

"자, 이제 편히 주무실 수 있을 거예요."

"그래, 너희가 이렇게 침대 정리를 잘할 거라고는 생각하지 않았다."

그녀가 천진하게 웃으며 말했다. 그러고는 머리를 어깨 사이에 파묻고 몸을 웅크렸다. 폴은 길고 가느다란 회색 머리 다발을 그녀의 어깨 너머로 넘기며 키스를 했다.

애니와 폴은 11시쯤 다시 어머니를 보러 들어갔다. 그녀는 약을 먹은 뒤 평소와 마찬가지로 잠을 자고 있는 듯이 보였다. 그런데 입이 약간 벌어져 있었다.

"항상 그랬듯이 내가 엄마와 함께 잘게. 엄마가 깨어날지도 모르니까."

애니가 말했다.

"그래……, 무슨 일이 있으면 나를 불러."

"알았어."

폴은 자다 깨다를 반복하다가 어느 순간 깊은 잠에 빠져 들었다. 얼마나 지났을까. 애니가 부르는 소리에 깜짝 놀라 깨어났다. 애니는 흰 잠옷을 입고 길게 땋은 머리를 등 너머로 늘어뜨린 채 어둠 속에 서 있었다.

"이리 와서 엄마 좀 봐!"

그는 침대에서 미끄러지듯이 빠져나왔다.

모렐 부인은 잠이 들었을 때처럼 몸을 잔뜩 웅크리고 자고 있었다. 그러나 입은 활짝 벌어져 있었다. 마치 코를 골듯이 크고 거친 소리를 내면서 숨을 쉬었다. 숨과 숨 사이에 아주 긴 간격이 있었다.

"엄마가 돌아가시나 보다."

폴이 나지막이 중얼거렸다.

새벽 3시였다. 폴은 난롯불을 지핀 다음, 애니와 나란히 앉아서 어머니를 바라보았다. 모렐 부인은 큰 소리로 숨을 들이마시고 한참 멈추었다가 다시 내쉬기를 반복했다.

폴은 그녀 위로 몸을 낮게 굽히고는 얼굴을 자세히 들여다보왔다.

"엄마가 이 상태로 계속 있을지도 몰라."

폴과 애니는 아무 말도 하지 않았다.

"가서 자. 내가 앉아 있을게."

폴은 그렇게 말하고는 갈색 담요로 몸을 감싸고 어머니 앞에 쭈그리고 앉았다. 몇 분이 지나갔다. 그녀의 숨소리가 밤의 한가운데를 지나가고 있었다.

잠시 뒤 모렐이 침실로 들어왔다.

"쉿!"

폴이 말했다. 모렐은 우두커니 서서 아내를 내려다보았다. 그러고는 무력한 눈빛으로 아들을 바라보았다.

"오늘은 일을 안 나가는 게 좋지 않을까?"

"아니에요. 일하러 가세요. 엄마는 내일까지 계속 이런 상태일 거예요."

모렐은 그녀를 다시 한 번 보고는 힘없이 방에서 나갔다.

모렐 부인의 끔찍한 호흡은 계속되었다. 그때 갑자기 애니가 문을 열고 안으로 들어왔다. 애니는 아무 말 없이 폴을 빤히 바라보았다.

"마찬가지야."

폴은 조용히 대답했다.

11시쯤 되었을 때, 폴은 이웃집에 가서 잠시 휴식을 취했다.

갑자기 애니가 마당을 가로질러 뛰어오면서 반쯤 미친 듯이 소리를 질렀다.

"폴! 엄마가 돌아가셨어."

폴은 집을 향해 뛰기 시작했다.

모렐 부인은 몸을 잔뜩 웅크린 채 누워 있었다. 간호사가 그녀의 입술을 정성스레 닦아 주고 있었다. 폴은 무릎을 꿇고 자신의 얼굴을 어머니의 얼굴에 대고는 팔로 몸을 감싸 안았다.

"엄마……, 사랑하는 엄마……. 내 사랑……."

폴은 끊임없이 속삭였다.

뒤에서 간호사가 눈물을 훔치며 말했다.

"이제 편안해지셨을 거예요. 훨씬 좋으실 거예요."

모렐은 4시가 되어서야 집으로 돌아왔다. 그는 무거운 몸을 질질 끌며 식탁 앞에 앉았다.

"블라인드가 내려진 것을 보셨어요?"

폴이 묻자, 모렐이 고개를 들었다.

"아니. 그럼…… 엄마가 돌아가셨니?"

"네."

"언제?"

"12시쯤이었어요."

모렐은 잠시 가만히 앉아 있다가 저녁을 먹기 시작했다. 마치 아무 일도 일어나지 않은 것 같았다. 저녁을 다 먹은 다음, 그는 몸을 씻고 위층으로 올라갔다. 그녀의 방문은 닫혀 있었다.

아주 오랫동안 따뜻했던 방 안은 금세 냉기로 가득 찼다. 폴은 촛불을 손에 들고 어머니 쪽으로 몸을 굽혔다. 그녀는 마치 꿈속에서 연인을 만나고 있는 것처럼 편안한 표정으로 누워 있었다. 자신이 겪는 고통이 의아하다는 듯이 입을 약간 벌리고 있었지만, 얼굴은 여느 때보다 맑고 깨끗했다.

폴은 몸을 굽혀 어머니에게 입을 맞췄다. 그의 입술이 그녀의 입술에 닿자 혹 하고 냉기가 느껴졌다. 그 선뜩한 기분에 폴은 입술을 깨물었다.

어머니를 이렇게 보낼 수는 없었다. 안 돼! 그는 관자놀이의 머리카락을 어루만졌다. 그것 역시 차가웠다. 그는 바닥에 주저앉아서 그녀의 귀에 대고 속삭였다.

"엄마! 엄마!"

그때 장의사들이 왔다. 그들은 그녀를 조심스럽게, 그러나 사무적으로 다루었다. 폴과 애니는 어머니의 시신을 장의사를 제외한 어느 누구에게도 보여 주지 않았다. 그것 때문에 이웃 사람들의 감정을 상하게 만들었다.

잠시 뒤 폴은 밖으로 나가 친구들과 카드놀이를 했다. 집에 돌아왔을 때는 자정이 넘어 있었다. 그가 집 안으로 들어서자, 모렐이 침상에서 일어나 잔뜩 굳은 얼굴로 이렇게 말했다.

"네가 오지 않는 줄 알았다."

"아버지가 일어나 계시리라고는 생각하지 못했어요."

폴이 말했다.

모렐은 아주 외로워 보였다. 폴은 아버지가 죽은 사람과 단둘이 있는 것에 겁을 먹고 있다는 사실을 알아차렸다. 그는 아버지에게 미안한 감정을 느꼈다.

"아버지가 혼자 계신다는 것을 깜빡했어요."

"뭘 좀 먹을래? 너 주려고 우유를 뜨겁게 데웠다."

폴은 아버지가 가져다준 우유를 마셨다.

"내일 노팅엄에 가야겠어요."

폴이 말했다.

잠시 뒤, 모렐은 잠자리에 들었다. 그는 굳게 닫힌 모렐 부인의 방을 서둘러 지나간 다음, 자기 방문을 조금 열어 두었다.

곧 폴이 위층으로 올라왔다. 그는 평소와 마찬가지로 어머니에게 밤 인사를 하려고 들어갔다. 방 안은 춥고 어두웠다. 그는 그녀의 방에 불을 계속 지펴 두었으면 좋았을 거라고 생각했다. 여전히 그녀는 행복했던 시절의 꿈을 꾸고 있는 듯했다.

"엄마!"

그가 속삭였다. 그러나 그는 어머니가 차갑고 낯설게 느껴질까 봐 입을 맞추지는 않았다. 그는 문을 조용히 닫고 방으로 들어가 잠자리에 들었다.

쏟아지는 장대비 속에서 그들은 장례식을 치렀다. 비에 젖은 땅이 질척거렸고, 흰 꽃들은 흠뻑 젖은 채 고개를 아래로 떨구었다. 애니는 폴의 팔을 움켜쥔 채 눈물을 흘렸다. 그때 폴은 우연히 저 아래 윌리엄이 묻혀 있는 검은 관의 한쪽 모서리가 밖으로 드러나 있는 것을 보았다.

이윽고 참나무로 만든 관이 천천히 땅 속으로 가라앉았다. 그녀는 그렇게 사람들의 눈앞에서 사라지고 있었다. 무덤 속으로 빗줄기가 쏟아졌다. 장례식이 끝나고 사람들이 떠나자 차가운 빗줄기 아래 묘지만이 덩그러니 남게 되었다.

폴은 집으로 돌아와 손님들을 대접하느라 분주히 움직였다. 모렐은 친척들에게 아내가 얼마나 좋은 여자였는지, 그리고 자신이 아내를 위해서 얼마나 노력했는지를 끊임없이 말했다. 그러면서 흰 손수건으로 눈물을 훔쳤다. 모렐은 그런 식으로 아내를 마음속에서 지우려고 했다.

그리고 몇 주가 지나갔다. 폴은 쉴 새 없이 여기저기를 돌아다녔다. 어머니가 병석에 누워 있는 동안 폴은 클라라와 사랑을 나누지 않았다.

클라라 역시 그에게 조금 거리를 두었다. 대신 그녀는 도스를 자주 만났다. 하지만 둘 사이의 엄청난 거리는 조금도 메워지지 않았다. 세 사람은 그렇게 실체 없이 서로의 사이를 둥둥 떠다니고 있었다.

도스는 아주 천천히 회복되고 있었다. 폴과 도스 사이에는 여전히 클라라라는 해결되지 않은 문제가 있었지만, 적어도 두 사람의 관계에서는 서로 충실해 보였다. 도스는 이제 폴에게 완전히 의존했다. 그는 폴과 클라라가 실제로는 헤어졌다는 것을 알고 있었다.

제 15 장

빛을 찾아서

클라라는 결국 도스와 함께 세필드로 떠났다. 그 뒤로 폴은 그녀를 다시 볼 수 없었다. 모렐은 여전히 진창 같은 삶 속에서 허우적거리고 있었다. 아버지와 아들 사이에는 나눌 수 있는 것이 하나도 없었다. 하지만 서로를 방치할 수만은 없는 노릇이었다. 결국 폴은 노팅엄에 숙소를 구했고, 모렐은 베스트우드의 친구 집에서 살게 되었다.

모든 게 끝이었다. 적어도 폴에게는 그랬다. 그림을 그릴 수도 없었다. 어머니가 죽던 날 완성한 그림이 마지막이었다. 일터에는 클라라도 없었다. 폴에게는 이제 아무것도 남아 있지 않았다. 그래서 폴은 시내 여기저기를 돌아다니며 술을 마셨고, 자기가 알고 있는 사람들을 만나면 괴롭혀 대곤 했다.

그는 회사에 있을 때만 비로소 숨을 쉴 수 있었다. 아무 생각 없이 기계적으로 일에 매달리다 보면, 현실의 고통을 잠시나마 잊을 수 있었다. 그러나 그것은 끝이 있기 마련이었다.

그를 가장 자유롭게 하는 건 밤의 짙은 어둠이었다. 어둠 속에 숨어 있으면 마음이 그렇게 편안할 수가 없었다. 그래서 자신을 점점 더 깊은 어둠에 내맡겼다. 그렇게 며칠이 지나고 몇 주가 지났다.

어느 날 밤, 폴은 자정이 넘은 시각에 숙소로 돌아왔다. 난롯불은 타닥타닥 소리를 내며 타고 있었고, 다른 사람들은 모두 깊은 잠에 빠져 있었다. 그는 난로에 석탄을 좀 더 넣은 다음 안락의자에 깊숙이 앉았다. 허기 따윈 잊은 지 오래였다. 사방이 고요했다. 그는 희미한 연기가 굴뚝으로 흔들리며 올라가는 것을 그저 멍하니 보고 있었다.

얼마나 지났을까. 폴은 반쯤 취한 몽롱한 상태로 스스로에게 이렇게 물었다.

"나는 지금 뭘 하고 있는 걸까?"

어디선가 답이 들려왔다.

"나 자신을 파괴하고 있지."

"뭐가 잘못이란 말이야?"

더 이상 아무런 답도 들리지 않았다.

폴은 정면을 응시한 채 꼼짝하지 않고 앉아 있었다. 쥐들만이 종종걸음으로 발밑을 돌아다니고 있었고, 난롯불은 어둠 속에서 붉게 타고 있었다.

잠시 뒤 폴의 마음속 깊은 곳에서 다시 대화가 시작되었다.

"엄마는 죽었어. 그녀의 기나긴 투쟁은 결국 무엇을 위한 것이었을까?"

"너는 살아 있지."

"엄마는 죽었어."

"살아 있어, 네 안에. 너는 어머니를 위해서 계속 살아야 해."

그의 마음속에서 살아 움직이는 의지가 말했다. 그러나 폴은 모든 걸 포기하고 싶었다.

"하지만 그림을 계속 그릴 수 있잖아. 아이들을 낳을 수도 있고. 그 모든 것들이 네 어머니의 노력을 이어 갈 거야."

그의 의지가 말했다.

"그림을 그리는 것은 삶이 아니야."

"그렇다면 살아 봐."

"누구랑?"

음울한 질문은 그렇게 계속되었다.

"가장 좋은 상대하고."

"미리엄……."

그러나 폴은 확신을 가질 수가 없었다. 폴은 곧장 침실로 들어간 뒤 문을 닫고 주먹을 꼭 쥐었다.

"엄마…….."

그의 영혼이 온 힘을 다해 말을 하기 시작했다. 그러고는 이내 멈췄다.

"더 이상 말하지 않을 거야. 죽고 싶다는 것을, 여기서 다 끝내 버리고 싶다는 것을 인정하지 않을 거야. 삶에 패배했다는 것을, 그리고 죽음에 패배했다는 것을 자백하지 않을 거야."

폴은 그렇게 중얼거리고는 깊은 잠에 빠져 들었다.

그렇게 몇 주가 지나갔다. 죽음과 생의 경계에서 서성대던 가난한 그의 영혼은 점차 생 쪽으로 기울기 시작했다. 때때로 그는 미친 사람처럼 길거리를 질주했으며, 실제로 미쳐 가고 있는 듯이 보였다.

어느 일요일 저녁, 폴은 우연히 시내의 한 교회에 들렀다. 그런데 놀랍게도 그곳에 미리엄이 있었다. 그녀는 일어나 성가를 부르고 있었다. 노래하는 그녀의 아랫입술에서 빛이 반짝였다. 그녀의 눈은 희망을 품고 있었다. 순간 그녀를 향한 애정이 솟아올랐다. 그는 그녀에게 희망을 걸었다.

폴을 본 미리엄은 깜짝 놀랐다. 그녀의 큰 눈이 두려움으로 휘둥그레졌다.

"몰랐어."

그녀가 말을 더듬었다.

"나도 그래."

그는 그렇게 말하고는 시선을 돌렸다. 갑작스럽게 타오르던 그의 희망이 다시 가라앉고 있었다.

"시내에서 뭘 하고 있어?"

폴이 물었다.

"요즘 사촌인 앤의 집에 와 있어."

두 사람은 교회 마당에 무리 지어 서 있는 신자들을 헤치고 앞으로 나아갔다. 교회 안에서는 아직도 오르간이 울리고 있었다.

"나하고 내 숙소로 가서 저녁이나 같이 먹자. 그러고 나서 바래다 줄게."

그가 말했다. 그녀는 나지막한 목소리로 좋다고 했다.

그들은 차에 오른 뒤 거의 말을 하지 않았다. 차창 너머 다리 아래로 강물이 어둠에 덮여 흐르고 있었다.

저녁 식사는 이미 차려져 있었다. 폴은 창문에 커튼을 쳤다. 식탁 위의 꽃병에는 프리지아와 진홍색 아네모네가 꽂혀 있었다. 미리엄은 손가락 끝으로 꽃들을 어루만지면서 말했다.

"예쁘지 않아?"

"그래. 뭘 마실래? 커피?"

"좋아."

"그러면 잠깐만 기다려."

그는 부엌으로 갔다.

미리엄은 모자와 외투를 벗고 주위를 돌아보았다. 별다른 장식이 없이 그저 단정하게 보이는 방이었다. 자신과 클라라, 애니의 사진이 벽에 걸려 있었다. 그녀는 그가 무엇을 그리고 있는지 알아보려고 화판을 들여다보았다. 의미 없는 선들이 몇 개 그어져 있을 뿐이었다.

미리엄이 스케치북을 넘겨 보고 있을 때, 폴이 커피를 가지고 돌아왔다.

"볼 게 없을 거야."

폴이 말했다.

그들은 저녁을 먹기 위해 식탁에 마주앉았다.

"일을 하게 되었다는 이야기를 들은 것 같은데."

"맞아."

폴의 말에 미리엄이 커피를 홀짝이며 대답했다.

"어떤 일이야?"

"브로턴에 있는 농업 학교에 세 달 정도 가 있을 거야. 그곳에 선생으로 있게 될 것 같아."

"아주 잘됐네! 늘 독립하고 싶어 했잖아."

"그래."

"왜 내게 말하지 않았어?"

"나도 지난주에야 알았어."

"난 그 이야기를 한 달 전에 들었는데."

"그래? 하지만 그때는 확실하지 않았어."

저녁을 먹은 뒤 그들은 불 앞으로 가서 앉았다. 폴은 미리엄이 앉을 의자를 자기 쪽으로 돌려놓고 마주 보며 앉았다. 그녀는 짙은 자줏빛 옷을 입고 있었는데, 까무잡잡한 피부와 잘 어울렸다. 그녀의 부드러운 곱슬머리는 여전했지만, 얼굴은 훨씬 더 나이가 들어 보였다.

"그래, 어떻게 지내?"

이번에는 그녀가 물었다.

"그저 그래."

그녀는 그를 바라보며 다음 말을 기다렸다. 하지만 그는 더 이상 입을 열지 않았다.

"클라라하고 헤어졌어?"

"그래."

폴은 마치 버려진 물건처럼 의자 위에 축 늘어져 있었다.

"난 지금 우리가 결혼해야 한다고 생각해."

미리엄이 말했다.

"왜?"

"네가 지금 스스로를 얼마나 망가뜨리고 있는지 한번 봐. 지금 상태로라면 넌 병에 걸릴 수도 있고, 심지어 죽을 수도 있어."

"결혼한다고 만사가 잘될 거라는 확신을 할 수가 없어."

그가 천천히 말했다.

"폴, 나는 오로지 너만 생각해."

"네가 그렇다는 것은 알아. 하지만 넌 날 너무 사랑해서 네 주머니에 넣고 싶어 하지. 그러면 난 숨이 막혀 죽을 거고."

"그 외에 다른 방법이 있어?"

"나도 모르겠어. 이대로 계속 살아가겠지. 어쩌면 곧 외국으로 갈지도 몰라."

미리엄은 비참한 감정에 사로잡혔다. 그녀는 고개를 떨군 채 아무 말도 하지 않았다. 그녀의 작은 어깨가 조금씩 떨려 왔다. 폴은 그런 그녀가 안쓰러웠다. 그래서 자기 쪽으로 끌어당긴 뒤 가만히 손을 잡았다.

"나와 결혼해서 나를 온전히 소유하고 싶어?"

그가 아주 나지막한 목소리로 물었다.

"넌 내가 널 소유하길 원해?"

그녀가 진지한 눈빛으로 되물었다.

"그다지 원하지 않아."

그녀는 얼굴을 옆으로 돌렸다. 그러고는 자리에서 일어나 그의 머리를 가슴에 품고 부드럽게 흔들었다. 그녀는 그의 머리카락을 손가락으로 연신 쓸어내렸다.

그는 또 다른 실패에 대한 혐오와 비참함을 느꼈다. 그는 따뜻한 그녀의 가슴, 요람처럼 자신을 흔들어 주는 그녀의 가슴을 참을 수 없었다. 그는 그녀에게서 진정으로 쉴 수 있기를 간절히 바랐다. 하지만 지금 그녀의 행동은 위안의 시늉에 불과했다. 적어도 그는 그렇게 느꼈다. 그것은 고문일 뿐이었다. 그는 그녀에게서 몸을 빼냈다.

"결혼하지 않으면 우리는 아무것도 할 수 없을까?"

폴이 물었다.

"할 수 없어. 그렇게 생각해."

그녀는 낮지만 단호한 목소리로 대답했다.

그렇다면 그들 사이는 이것으로 끝이었다. 그녀는 그를 사랑했지만, 그의 무게를 온전히 지탱하면서 그가 지닌 의무까지 덜어 줄 수는 없었다. 그녀는 오직 자신을 그에게 희생할 수 있을 뿐이었다. 그것도 매일매일을 즐거운 마음으로.

하지만 폴은 그러한 희생을 원하지 않았다. 그는 그녀가 자신을 붙잡고 당당하게 "이 지루한 싸움을 끝내. 넌 내 거야. 내 남편이야."라고 말하기를 바랐다. 하지만 그녀는 그럴 만한 힘이 없었다. 그녀가 원하는 것은 진정 남편이었을까? 아니면 순수하고 완전무결한 영혼이었을까?

"가야겠어."

그녀가 부드럽게 말했다.

"데려다 줄게."

폴이 자리에서 일어섰다.

미리엄은 차에 오른 뒤 비참한 기분으로 그의 어깨에 머리를 기댔다. 그러나 그는 어떤 반응도 보이지 않았다.

폴은 어디로 갈 것인가, 그리고 어디에 도달할 것인가? 미리엄은 그가 어떻게 될지 기다리며 지켜보리라고 다짐했다. 세상사를 충분히 겪고 나면, 결국 그는 그녀에게로 돌아올 것이다.

폴은 미리엄의 사촌 집 문간에서 그녀와 악수를 하고 헤어졌다. 그는 돌아서면서 자신을 지탱하던 마지막 보루가 사라져 버렸음을 느꼈다. 차창 너머로 바라보는 도시는 아름다웠다. 크고 작은 건물들이 플랫폼 너머로 멀리 펼쳐져 있었고, 그 풍경은 부연 빛의 연무에 조용히 잠겨 있었다.

그는 차를 세우고 아무 데서나 내렸다. 시골에서는 모든 것이 죽은 듯이 조용했다. 조그마한 별들이 저 높은 곳에서 빛나고 있었다.

모렐 부인은 저 멀리 어둠의 세계로 떠났지만, 폴은 여전히 그녀와 함께 있었다. 그러나 그의 몸은 이곳에 발을 딛고 서 있었다.

"엄마……."

그는 나지막한 목소리로 그녀를 불렀다.

"엄마!"

어머니는 그를 모든 것으로부터 지켜 준 유일한 존재였다. 그러나 그녀는 가 버렸다. 이 짙은 어둠 속에 뒤섞여 버렸다.

그러나 폴은 굴복하지 않겠다고 다짐했다. 폴은 갑자기 몸을
돌려 도시의 환한 불빛을 향해 발을 내딛었다. 주먹을 꽉 쥐고
입을 굳게 다문 채.

그는 더 이상 어머니를 따라 어둠 쪽으로 나아가지 않을 것이
다. 그는 희미한 소음과 황금색 불빛이 뒤섞인 도시를 향하여
뚜벅뚜벅 걸어갔다.

깊은 그늘을 벗어나
눈부신 세상과 만나다

강혜원 _ 서울 상암고등학교 국어 교사

어머니를 사랑한 아들

인간의 몸 한 가운데에 자리하고 있는 배꼽. 배꼽은 우리가 어머니로부터 나왔다는 유일한 '기억'이다. 우리가 아직 세상의 빛을 보지 못한 태아였을 때, 어머니와 이어져 있던 탯줄을 끊은 흔적이기 때문이다.

탯줄은 아기와 어머니의 몸을 이어 주는 생명의 끈이다. 뱃속의 아기에게 영양분을 공급해 주고, 호흡에 필요한 산소를 전해 주며, 아기가 만들어 내는 노폐물을 다시 어머니에게 내보낼 수 있게 해 준다.

아기는 어머니의 뱃속에서 열 달 가까이 지내다가 탯줄을 달고 나온다. 그러면 의사나 아빠가 탯줄을 자른다. 비로소 아기가 어머니의 몸에서 떨어져 나오는 순간이다. 그렇게 여리디여린 생명은 독립된 인간으로서 당당히 세상과 첫울음으로 대면하게 된다.

이렇듯 '어머니'는 모든 인간에게 생명의 근원과도 같은 존재다. 어머니의 자궁은 인간이 머무는 최초의 안식처이자 고향이다. 바깥 세상에 나와서도 마찬가지다. 어른이 되어 완전하게 독립을 하기 전까지 가장 가까이 있는 사람 또한 어머니이기 때문이다.

이렇듯 자식을 향한 어머니의 사랑은 끝이 없다. 바로 그 사랑이 있기에 우리는 생명을 유지하고, 조금씩 성장해 나간다.

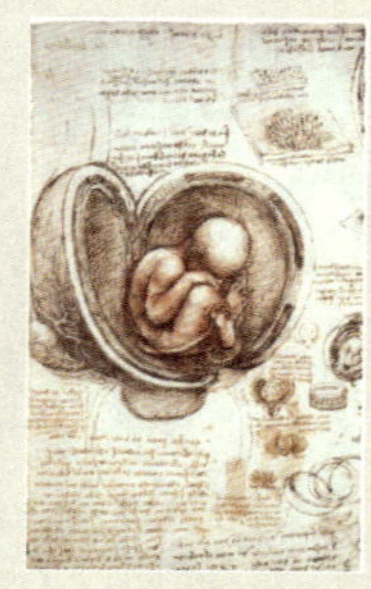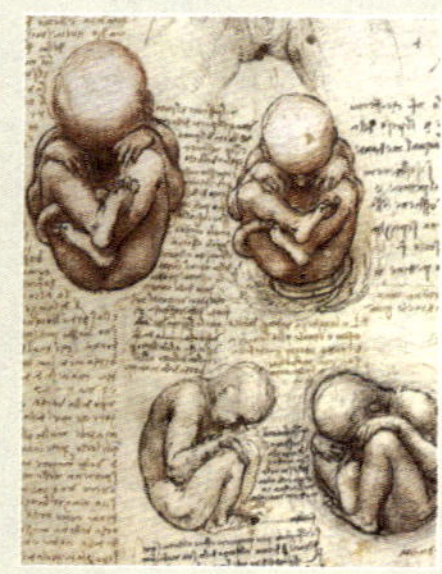

레오나르도 다 빈치가 그린 인체 해부 드로잉 〈자궁 속의 태아〉. 다 빈치는 여성의 임신에 유난히 관심이 많아, 임산부와 태아의 그림을 즐겨 그렸다.

그러나 영원히 어머니의 품 안에 머무를 수는 없다. 탯줄을 끊고 세상에 나왔듯이, 우리는 유아기·유년기·사춘기·청년기를 거치며 어머니와의 숱한 이별을 경험한다. 젖을 떼고, 주어진 일을 스스로 처리하고, 정서적으로 홀로 서는 것, 더 나아가 독립된 가정을 꾸리는 일 등이 다 그와 같은 맥락에 있다. 그런 이별이 없다면, 우리는 건강하고 주체적인 인간으로 커 나가기 어렵다.

그런데 그 과정을 제대로 거치지 못한 사람들이 종종 있다. 우리는 그런 사람들을 시쳇말로 '마마보이'라 부른다. 이 말의 밑바닥에는 소극적이고 의지가 약한 인간이라는 부정적인 의미가 짙게 깔려 있다. 영화나 드라마에서 흔히 우스꽝스러운 캐릭터로 그려지곤 하는 것만 봐도 알 수 있다. 오죽하면 미혼 여성을 대상으로 한 설문 조사에서 '기피하고 싶은 결혼 상대자' 1위로 마마보이가 꼽혔을까.

마마보이까지는 아니지만, 어린 사내아이가 어머니에게 의존하는 경향을 심리학에서는 '오이디푸스 콤플렉스'라 부른다. 오이디푸스 콤플렉스는 그리스 신화에 등장하는 오이디푸스 왕에 얽힌 이야기에서 비롯된 것으로, 어머니를 사랑하여 마치 연인처럼 느끼며 아버지를 질투의 대상으로 여기는 심리 상태를 일컫는 말이다.

심리학자 지그문트 프로이트에 따르면, 남자아이는 필연적으로, 또 직관적으로 아버지를 경쟁자로 여기게 된다고 한다. 이는 어머니를 독점하고 싶어 하는 욕구를 아버지가 응징하기 위해 자신을 거세할지도 모른다는 아이의 현실적이면서도 억압된 공포에서 비롯된 심리라는 것이다.

1913년에 출간된 데이비드 허버트 로렌스의《아들과 연인》은 바로 이러한 인간 심리에 천착한 소설로, 자식에 대한 사랑을 넘

운명이라는 이름의 비극, 오이디푸스 이야기

오이디푸스는 테베의 왕자로, 훗날 아버지를 죽이고 어머니와 결혼을 할 것이라는 무시무시한 저주의 예언을 받고 태어난다. 라이어스 왕은 그 예언을 막기 위해 아들 오이디푸스의 발목에 쇠못을 박은 뒤 산에 갖다 버린다. 그러나 우여곡절 끝에 오이디푸스는 이웃 나라인 코린토스의 왕에게 넘겨지고, 자식이 없던 왕은 어린 그를 아들로 삼는다. 오이디푸스는 아무것도 모른 채 코린토스의 왕자로 자라난다.

오이디푸스 신화를 비극 작품으로 완성한 소포클레스(BC 496~BC 406). 아이스킬로스, 에우리피데스와 함께 고대 그리스를 대표하는 비극 시인 가운데 한 명이다.

그러나 진실은 반드시 밝혀지기 마련. 궁정 잔치가 벌어진 날, 술에 취한 사람들은 오이디푸스가 코린토스 사람도, 왕의 친자식도 아니라는 사실을 발설하고 만다. 그 얘기를 들은 오이디푸스는 충격과 혼란에 휩싸여 방황하다가 코린토스 땅을 떠나 목적 없는 고행의 길로 들어서게 된다.

그러던 어느 날, 오이디푸스는 세 갈래 길에서 한 노인을 만나게 되는데, 사소한 시비 끝에 그만 그 노인을 죽이고 만다. 오이디푸스가 죽인 그 노인은 다름 아닌 테베의 왕 라이어스이다.

한편 테베에서는 델포이로 가던 길에 라이어스 왕이 살해되었다는 소식을 듣고, 그것을 스핑크스라는 괴물의 저주로 받아들인다. 격분한 테베의 왕비 이오카스테는 스핑크스를 처치하는 자에게는 테베의 왕위를 바치겠노라고 공표한다. 테베를 지나던 오이디푸스는 이 소식을 듣고, 스핑크스를 처치하기 위해 길을 떠난다. 결국 '스핑크스의 수수께끼'를 풀어 스핑크스를 물리친 오이디푸스는 테베의 새로운 왕이 되어 어머니인 이오카스테를 아내로 맞는다. 그리고 슬하에 두 아들과 두 딸을 낳는다.

그러나 라이어스 왕을 죽인 범인을 색출하는 과정에서 오이디푸스의 출생을 둘러싼 비밀과 왕 자신이 범인이라는 사실이 만천하에 드러난다. 이오카스테는 아들과 결혼했다는 자책감에 목숨을 끊고, 오이디푸스는 그녀의 옷에 꽂혀 있는 황금 브로치로 자신의 두 눈을 찌른다. 맹인이 된 그는 큰딸 안티고네의 손에 의지한 채 테베를 떠난다.

앵그르 작 〈오이디푸스와 스핑크스〉(1808)

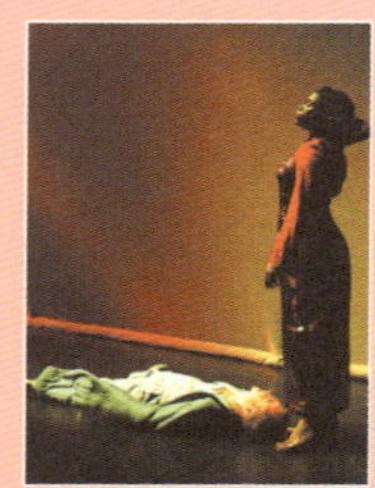

소포클레스의 희곡 《오이디푸스 왕》을 현대적으로 해석한 네덜란드 그랜드 극단의 〈오이디푸스〉(2002). 이 비극의 원형은 오늘날에도 새로운 의미로 끊임없이 재창조되고 있다.

어 소유와 집착을 보이는 어머니와 그 때문에 성장이 멈춰 버린 아들의 이야기를 다루고 있다. 한 가지 재미있는 사실은 작가가 자신의 실제 가족 관계와 성장 과정을 고스란히 담아 낸, 자전적 성격이 강한 작품이라는 것이다. 자, 그럼 지금부터 탄가루가 풀풀 날리는 19세기 말 영국의 베스트우드로 떠나 보자.

탄광 마을에 사는 어느 가족의 이야기

영국의 전형적인 탄광 마을 베스트우드. 결혼한 지 8년째인 모렐 부인은 광부인 남편 월터 모렐과의 사이가 좋지 않다. 두 사람은 무도회장에서 처음 만난다. 모렐 부인은 정열적이고 건장한 청년 월터에게 호기심을 느끼고, 사랑의 종착지로 결혼을 선택하게 된다.

그러나 결혼은 현실이었다. 모렐 부인은 교양이라고는 전혀 없는 남편의 모습에 실망하고, 가난한 살림살이에도 힘겨움을 느낀다. 결국 그녀는 결혼 생활에 환멸을 느낀 나머지 남편을 점점 멀리한다. 남편은 남편대로 아내의 지나친 도덕 강박증과 지적 허영심에 치를 떨며 밖으로만 겉돈다.

시간이 지나면서 모렐 부인은 남편 대신 큰아들 윌리엄에게 온갖 애정을 쏟기 시작한다. 그러나 윌리엄에게 건 기대가 너무 큰 나머지, 그가 만나는 여인들을 탐탁지 않게 여긴다. 윌리엄은 윌리엄대로 자신의 연애 문제에 사사건건 간섭하는 어머니에게서 벗어나고 싶어 한다. 런던에 일자리를 얻은 윌리

작품의 배경이 된 19세기 말 이스트우드의 모습

《아들과 연인》의 한 장면을 판화로 표현한 작품. 어머니와 미리엄 사이에서 갈등하는 폴의 내면이 잘 드러나 있다.

엄은 어머니와 정반대의 성향을 지닌 릴리라는 여인과 사귀면서 경제적으로나 심리적으로 큰 부담을 안게 된다. 결국 그는 자기 내면의 갈등을 이기지 못하다가 병을 얻어 세상을 떠난다.

모렐 부인의 애정은 둘째 아들 폴에게로 옮겨진다. 폴은 남편과의 사랑이 완전히 식은 뒤에 원치 않은 임신으로 낳은 아들로, 그런 폴에게 가지고 있던 측은한 감정이 점차 집착으로 바뀐다. 폴 역시 다른 자식들보다 훨씬 더 어머니에게 애착을 갖는다. 어머니를 힘들게 하는 아버지를 미워하며, 아버지의 존재를 방해자로 여기기까지 한다.

열여섯 살이 되던 해, 폴은 어머니의 친구 가족이 사는 윌리 농장에서 미리엄이라는 처녀를 만난다. 그는 미리엄을 통해 화가로서의 예술적 영감을 얻기도 하고, 자신의 재능을 더욱 발휘할 수 있는 힘을 얻기도 한다.

하지만 둘의 사랑은 아름다운 결실을 맺지 못한다. 폴은 미리엄이 추구하는 정신적인 사랑에 갑갑함을 느끼고, 미리엄은 폴에게 지나친 애착을 가진 모렐 부인 때문에 자신의 사랑을 제대로 표현하지 못한다. 결국 폴은 미리엄과의 사랑을 '정신적인 우정'이라 믿고 헤어질 결심을 한다.

그 무렵 폴은 남편과 별거 중인 클라라라는 여성을 알게 되고, 그녀의 묘한 매력에 빠져 든다. 클라라는 자신의 감정을 극도로 절제하는 미리엄과는 달리, 감정 표현이 매우 적극적인 여성이다. 그러나 그녀와의 관계 역시 오래 지속되지 못한다. 폴은 클라

《아들과 연인》이 프로이트에게 신세를 졌다고?

비평가를 비롯한 많은 사람들은《아들과 연인》을 이야기할 때, 프로이트의 '오이디푸스 콤플렉스'를 연결시키곤 한다. 특히 프로이트를 연구하는 학자들 가운데에는 로렌스가 집필 당시 그의 심리학에 깊은 영향을 받았을 것이라고 주장하는 이들도 있다. 실제로《아들과 연인》은 프로이트 심리학의 직접적인 도움을 받았을까?

오스트리아의 심리학자인 지그문트 프로이트

연구자들에 따르면, 로렌스는《아들과 연인》을 쓸 당시 프로이트의 이론을 읽어 본 적조차 없다고 한다. 그러나 그의 아내 프리다는 훗날 프로이트의 제자들에게 들은 정신 분석학에 깊은 감명을 받았고, 그의 이론에 대해 로렌스와 열띤 토론을 벌이기도 했다고 한다.

프로이트는 자신의 책에 이런 내용을 쓰고 있다.

"어린 사내아이가 아버지의 존재를 방해자라 느끼고 어머니를 독점하려 하며, 아버지가 어머니에게 애정을 보이면 기분 나빠 하고, 아버지가 여행을 떠나거나 집에 없으면 흐뭇해 하는 것을 쉽게 볼 수 있을 것이다. 어린아이들은 대개 자기의 감정을 직접적으로 표현하며, 자기는 어머니를 신부로 삼는다고 말한다."

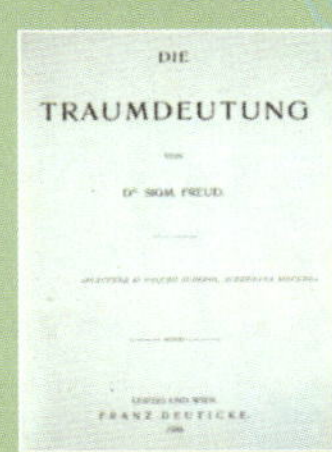

프로이트가 1900년에 출간한《꿈의 해석》. 인간의 꿈과 무의식에 대한 연구 결과를 집대성한 책으로, 정신 분석 이론에서 중요한 위치를 차지하고 있다.

물론 그가 말한 이러한 심리 상태는《아들과 연인》에서 드러난 폴의 그것과 거의 흡사하다. 하지만 프로이트가 '이는 인류에게 보편적으로 나타나는 심리'라고 한 점을 생각했을 때, 로렌스 역시 무의식 속에 잠재해 있던 자신의 심리를 순수하게 문학이라는 예술로 승화시킨 것은 아니었을까?

라와의 육체적인 결합을 통해 생명력을 얻지만, 미리엄에게선 느끼던 정신적 풍요를 얻지 못해 다시 방황한다. 클라라 역시 몸과 마음을 다한 완전한 사랑을 원하지만 폴은 그것을 줄 수 없다고 생각한다. 결국 클라라는 거칠긴 하지만 자신을 순수하게 사랑하는 남편에게로 돌아간다.

그런 가운데 모렐 부인은 암에 걸려 드러눕고 만다. 폴은 어머니를 정성껏 보살피지만, 결국 그녀는 세상을 떠난다. 폴은 상실 감과 허탈함 속에서 죽음과도 같은 공황 상태에 빠진다. 어머니를 따라 거대한 어둠 속으로 빠져 들고 싶은 유혹을 느끼는 폴. 그러나 그는 어둠이 아닌 환한 빛을 내뿜는 시내를 향해 뚜벅뚜벅 걸어간다.

모렐 부부가 사는 법

《아들과 연인》은 우리들에게 많은 질문거리를 안겨 준다. 왜 등장인물들은 하나같이 대립하고 갈등했을까? 모렐 부부의 갈등이 의미하는 것은 무엇일까? 폴은 어머니와 미리엄, 그리고 클라라 사이에서 어떤 위안과 속박과 가능성을 느낀 것일까? 모렐 부인에게 아들은 어떤 의미였으며, 폴에게 어머니는 또 어떤 의미였을까? 우리를 억압하고 괴롭히는 것은 무엇이고, 우리를 성장하게 하는 힘은 무엇일까? 바람직한 가정의 모습은 무엇이며, 온전한 사랑은 또 어떤 모습일까?

이런 다양한 질문들을 스스로에게 던지다 보면, 모렐 집안의 비극과 폴이 겪는 갈등의 의미를 파헤치는 것이 이 작품을 이해하는 열쇠임을 알 수 있다. 그리고 그 과정에서 이야기의 축을 가로지르며 펼쳐지는 폴의 인간적인 성장과, 예술가로서의 발전도 아울러 만나게 된다.

작품의 처음부터 거의 끝까지 등장하는 모

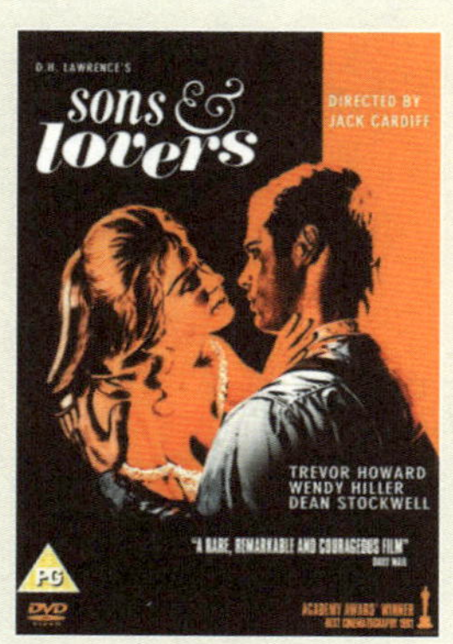

잭 카디프 감독의 〈아들과 연인〉(1960) 포스터. 이 영화는 이듬해 아카데미 촬영상과 골든 글로브 감독상을 수상했다.

렐 부인은 모든 등장인물들과 관련을 맺고 있는, 작품 속 갈등과 대립의 한가운데에 서 있는 인물이다. 따라서 그녀의 성장 배경과 성격 등을 꼼꼼히 분석하면 작품을 이해하는 데 필요한 실마리를 찾을 수 있다.

모렐 부인은 교양을 갖춘 중산층 출신의 여성으로, 나름의 엄격한 도덕적 기준을 갖고 있으며, 자존심이 강한 인물이다. 그러나 모순되게도 그런 그녀가 결혼 상대자로 택한 사람은 당시 하류층에 속하는 광부였다. 결혼 뒤 그녀는 술독에 빠져 사는 남편에게 크게 실망한다. 결국 모렐 부인에게 남편은 생계를 이어나갈 수 있도록 돈이나 벌어다 주는 존재로 전락한다.

그녀는 대신 자식들에게 애정을 쏟는다. 그러나 그녀의 애정은 평범한 어머니가 쏟는 것 이상의 집착으로 변질된다. 자식이 성공하기를 바라는 것은 세상 어머니들의 공통된 소망일 것이다. 그러나 모렐 부인의 소망은 훨씬 더 강렬하다. 그것은 바로 남편에게 느낀 상실감에 대한 보상 심리라 할 수 있다.

모렐 부인은 아들들이 사귀는 여자들에 대해서도 엄격한 잣대를 적용한다. 그녀는 자신의 남편을 판단했던 것과 같은 도덕적 기준으로 아들의 연인을 판단하고, 아들을 향한 사랑에 비례하는 질투를 느낀다.

그에 반해 월터 모렐은 가족들로부터 철저하게 소외된 인물이다. 그는 춤추며 노는 것을 좋아하고, 술을 즐기며, 노동의 가치를 중요시 여기는 인물이다. 교양과도 거리가 멀다. 물론 방탕한 생활을 하는 것은 아니나, 가족들에게 종종 거친 모습을 보이곤 한다.

모렐의 특징을 가장 잘 드러내는 것은 바로 광부라는 그의 직업이다. 모렐은 어두운 탄광 속에서 하루 종일 일하며 자기 삶의

로렌스 문학의 자취가 살아 있는 이스트우드

작품의 주요 배경인 베스트우드는 과연 실제 있는 곳일까? 아쉽게도 영국 내에 똑같은 이름을 가진 지역은 존재하지 않는다. 하지만 이 작품이 로렌스 자신의 삶을 담아 낸 자전적 소설임을 생각했을 때, 주인공 폴이 나고 자란 베스트우드는 작가의 고향, 즉 이스트우드임을 알 수 있다.

이스트우드는 영국 중부에 위치한 노팅엄셔의 작은 탄광 마을이다. 노팅엄셔는 동쪽으로 링컨셔의 농경 지대와 서쪽으로 더비셔의 산업 지대를 잇고 있으며, 그곳에 탄광이 개발되면서 이스트우드가 생겨났다. 원래는 아주 작은 마을이었지만, 산업혁명의 영향으로 탄광이 대규모로 개발되면서 탄광촌으로 급속하게 발전했다. 영국 산업 발전의 역사를 고스란히 품고 있는 의미 깊은 곳이기도 하다.

이스트우드 빅토리아 거리에 있는 그의 생가는 오늘날 박물관으로 꾸며져 많은 관광객들의 발길을 모으고 있다.

이스트우드 근교에 자리한 로렌스 가족의 묘. 그의 부모와 둘째 형 윌리엄 어니스트 로렌스가 묻혀 있다.

로렌스의 생가. 지금은 그의 박물관으로 운영되고 있다.

의미를 느낀다. 지상 세계에 있는 가정은 익숙하지 않은 공간인 동시에 전혀 다른 세계이다. 그래서 그는 또 다른 어둠을 제공하는 술집으로 도피하곤 하는 것이 아닐까.

흥미로운 점은 모렐의 모습이 오늘날 우리 주변에서 흔히 볼 수 있는 아버지의 모습과 많이 닮아 있다는 사실이다. 가족을 위해 열심히 일하지만 번번히 가족에게 소외받고 무시당하는 우리

네 아버지들. 끊임없이 가족을 억압하고 군림하려 들지만, 결국 엔 가족들의 마음속에서 철저하게 외면받는 고개 숙인 아버지들 의 슬픈 자화상인 것이다.

모렐 부인이 종교적이며 도덕적인 측면을 중요하게 여기는 인물이라면, 모렐은 육체적인 가치를 추구하면서, 관능적이고 정열적인 삶을 사는 인물이다. 다시 말해 모렐 부인은 지성과 교양을, 모렐은 생명력을 대변하는 인물이라고 할 수 있다.

이 두 가지 가치는 인간이 사는 데 하나라도 없어서는 안 될 동전의 양면 같은 것이며, 서로 완벽하게 조화를 이뤄야 할 영역이다. 그러나 모렐 부부는 서로 한 면만을 지나치게 강조하여 결국 하나가 되지 못한 채 불행한 삶을 살아간다. 서로 이해할 수도, 이해시킬 수도 없는 이런 소통 불능의 상태는 고스란히 모렐 부부의 아들들에게 영향을 미친다.

어른이 되기 위한 아들들의 투쟁

모렐 부부의 세 아들은 아버지에게는 거리감과 두려움을, 어머니에게는 비정상적인 애착을 느끼며 일그러진 삶의 길을 걸어간다.

큰아들 윌리엄은 어머니를 사랑하고 존중했지만, 바로 그 이유 때문에 어머니의 자리에 다른 여인을 놓을 수 없다. 그가 사랑한 여자들은 교양과는 거리가 멀어 경박하거나 육체적인 매력만을 발산한다. 아마도 자신의 마음까지 송두리째 바칠 만한 완벽한 여인을 만난다면 어머니에게 쏟아야 할 사랑마저 주게 될지도 모른다는, 일종의 두려움이 윌리엄에게 은연중 그런 선택을

강요했으리라.

그러나 인간의 사랑에는 육체적인 요소만 있는 것도 아니고, 정신적인 가치만 있는 것도 아니다. 사랑은 인간의 몸과 마음이 완벽하게 조화를 이뤄야만 비로소 완성되는 것이기 때문이다. 불행하게도 윌리엄은 어머니를 향한 사랑이 연인을 향한 사랑과 다르다는 것을 죽기 전까지 깨닫지 못한다. 어머니의 사랑이 자신을 성장하게 한 동력이었다면, 이제 그 사랑이 연인을 향한 사랑과는 다른 빛깔임을 인식하고 한 단계 도약해야 했음에도 불구하고 말이다.

끝내 그는 어머니가 쳐 놓은 사랑의 울타리에서 단 한 발자국도 밖으로 나가질 못한다. 그랬기에 마음의 갈등에서 비롯된 병을 얻고 만다. 그의 죽음은 자신을 옭아맨 틀에서 벗어나 더 큰 세계로 나아가지 못한 자의 좌절이 아니었을까.

폴에게 있어 어머니는 또 하나의 세계이다. 그건 모렐 부인 역시 마찬가지다. 그래서 그가 이뤄 낸 성취는 바로 어머니의 성취가 된다. 그러나 어느 순간, 어머니의 사랑은 집착으로 바뀌어 가기 시작한다.

폴을 향한 모렐 부인의 집착을 가로막는 첫 번째 걸림돌은 미리엄이다. 그녀는 폴과 미리엄이 가까워지자, 마치 이성에게 하듯 둘 사이를 질투한다. 미리엄은 윌리엄이 사랑했던 여자들과 달리 영혼의 향기가 배어나는 여자였고, 모렐 부인은 그런 그녀 때문에 폴이 자기 곁에서 떠날지도 모른다는 두려움을 느낀 것이다.

미리엄은 지적이며, 종교적이고, 도덕적인 여성이다. 모렐 부인이 폴을 성장시킨 것처럼, 미리엄도 폴에게 예술적인 영감을 주어 예술가로 성장하는 데 기여한다. 말하자면 미리엄은 폴의

영국 BBC에서 제작한 〈아들과 연인〉(2003). 영화 〈헬 보이〉에서 존 마이어스 역을 맡은 루퍼트 에번스가 폴로 등장한다.

어머니가 해야 할, 또 그토록 하고 싶어 했던 일을 가로챈 존재인 셈이다. 바로 그런 이유로 그녀는 미리엄을 견제하고 미워한다. 결국 일그러진 모성인 것이다.

모렐 부인은 폴이 자신과 외출하는 것은 싫어해도 미리엄을 바래다 주는 건 좋아한다면서 이렇게 불평한다.

폴, 난 너무 힘들어. 다른 여자는 다 돼도 미리엄은 안 된다. 나는…… 너도 알잖니? 폴, 내겐 단 한 순간도 남편이 있었던 적이 없어. 진정으로.

모렐 부인에게 있어 폴은 남편과 큰아들의 빈 자리를 채워 주는 존재이다. 폴은 그런 어머니를 진정으로 사랑하기에 미리엄을 받아들일 수 없다. 미리엄 역시 그녀가 자신을 싫어한다는 사실을 알고, 그때부터 둘의 관계는 삐그덕거리기 시작한다.

그러던 중 폴은 클라라를 만난다. 늘 활기에 차 있는 클라라는 폴의 성적 욕망을 채워 줄 수 있는 여자이다. 모렐 부인은 미리엄만큼 클라라를 싫어하지는 않는다. 클라라가 폴의 전부를 차지할 수 없으며, 폴이 곧 클라라에게 싫증을 내리라고 믿었던 것이다. 결국 그녀에게 클라라는 경쟁 상대가 아닌, 자신이 폴에게 채

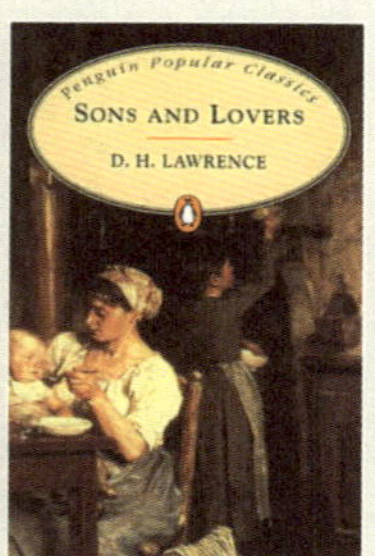

《아들과 연인》의 다양한 판본들

워 줄 수 없는 부분을 대신 채워 줄 대용품에 불과한 셈이다.

그러나 폴은 클라라에게도 온전한 사랑을 주지 못한다. 모렐 부인은 여전히 폴의 내면을 지배하는 강력한 존재이며, 어머니에 대한 비정상적인 애정과 집착은 결국 그를 건강한 남성으로 성장하지 못하게 만든다.

새는 알을 깨고 나온다

이 작품을 관통하는 중심 줄기는 바로 '대립과 충돌'이다. 조화를 이루며 공존해야 할 두 개의 세계는 대립과 충돌을 반복하면서 폴의 성장을 방해한다.

폴의 가정은 아버지의 세계와 어머니의 세계가 대립하는 공간이다. 또 폴의 내면에서는 어머니의 세계와 사랑하는 여인들의 세계가 끊임없이 대립하고 충돌한다.

실제적인 공간 역시 대립과 충돌을 일으키긴 마찬가지이다. 작품 안에서는 폴의 동선을 중심으로 세 개의 공간이 등장한다. 어머니가 지배하는 베스트우드와 미리엄이 속해 있는 윌리 농

20세기 초 영국에서는 어떤 일이?

19세기 말부터 20세기 초 사이에 성장기를 보낸 로렌스. 그가 1913년에 발표한 《아들과 연인》에는 한 세기에서 다른 세기로 넘어가는 영국 사회의 맨얼굴이 자세하게 묘사되어 있다. 그렇다면 그 당시 영국은 어떤 역사적 변화를 겪고 있었을까?

18세기 산업혁명을 주도한 영국은 명실공히 세계 금융과 산업의 중심지로서 발전을 거듭해 나갔다. 영국의 지주 계급은 토지 경영이 아닌 다른 분야에서 부를 쌓기 위해 혈안이 되어 있었다. 특히 그 가운데서도 광산업은 발전 가능성이 매우 큰 황금 시장이었다. 사람들은 너나할 것 없이 광산업에 손을 대기 시작했는데, 석탄이 '검은 다이아몬드'라 불릴 정도로 광산업의 인기는 치솟았다. 작품 속의 베스트우드(로렌스가 살던 이스트우드) 역시 이러한 바람을 타고 자본가들이 대거 몰려들어 만든 광산 마을인 셈이다.

신분 계급도 동요하고 있었다. 19세기 말부터 귀족과 지주층이 쇠퇴하는 대신 중간 계급이 비약적인 성장을 보였는데, 특히 사무원, 기술직, 판매원의 수가 크게 증가했다. 주인공 폴이 조던 회사의 사무원으로 취직하자, 기뻐하는 모렐 부인의 모습은 당시의 신분 변화를 표현한 대목이라 할 수 있다.

또 하나의 주목할 만한 변화는 여성들이 목소리를 내기 시작했다는 점이다. 1917년 '여성 참정권 운동'의 시작과 함께 여성들은 다양한 방법으로 자신들의 지위 향상을 요구했다. 《아들과 연인》의 클라라 역시 여성 인권 운동가로 나오는데, 폴이 클라라를 통해 사회주의자나 여성 운동가들과 알고 지내는 모습은 당시 변화하는 영국 사회의 일면을 잘 보여 주는 것이라 할 수 있다.

20세기 초 영국 광부들의 모습. 그 당시 영국의 석탄 산업은 세계를 움직이는 원동력이었다.

장, 클라라와의 만남이 이루어지는 노팅엄셔가 바로 그것이다.
이 각기 다른 공간들은 폴이 숨고자 하는 세계와 성장하기 위해

저주받은 걸작? 로렌스는 괴로워!

우리가 흔히 고전이라 일컫는 작품 가운데 상당수는 당대에 차가운 외면을 받다가 후대에 들어서야 비로소 그 가치를 인정받은 저주받은 걸작(?)들이다. 그 중에서도 로렌스의 소설들은 유독 시련과 고초를 많이 겪어야 했다. 검열과 삭제, 비난, 판매 금지, 심지어 재판까지……. '로렌스라는 이름만 찍히면 인쇄물이 겪을 수 있는 수난이란 수난은 모두 겪는다.'라는 우스갯소리까지 나올 정도였으니 말이다.

조지 오웰(1903~1950)

《아들과 연인》은 출간 당시 온전한 모습으로 세상에 나오지 못했다. 로렌스는 애초에 책을 내려던 출판사에서 소설 내용이 노골적이라는 이유로 거절당한 뒤, 원고를 수정해 친구가 편집자로 있는 출판사에 보냈다. 하지만 그는 로렌스와 상의도 없이 작품의 상당 부분을 삭제한 다음 출간을 했다. 무삭제판은 1992년에서야 출간되었다. 작품을 발표하고 무려 90년이나 지난 뒤였다.

장편 소설 《무지개》 역시 여론의 뭇매를 맞은 작품이긴 마찬가지. 1915년에 런던에서 출판하려 했지만 내용이 외설적이라는 이유로 발매 금지 처분을 받은 것이다. 결국 《무지개》는 재고가 불태워지는 수모를 겪기도 했다.

이탈리아 피렌체에서 한정판으로 출간된 《채털리 부인의 사랑》(1928)

그가 말년에 쓴 《채털리 부인의 사랑》 역시 영국이 아닌 이탈리아 피렌체에서, 그것도 한정판으로 출간해야 하는 아픔을 겪었다.

불운의 작가는 비단 로렌스만이 아니다. 《동물 농장》을 쓴 조지 오웰은 출판을 의뢰한 출판사로부터 "미국에서 동물 이야기 따윈 안 통해요."라는 모욕적인 말을 들어야 했으며, 《파리 대왕》으로 노벨 문학상을 받은 작가 윌리엄 골딩 또한 "작품의 소재가 영 이상하다."는 이유로 퇴짜를 맞았다.

나아가야 할 세계를 상징한다.

폴에게 아버지는 두려움과 증오의 대상이다. 그것은 어머니에게서 물려받은 감정이기도 하다. 폴은 아버지가 속해 있는 거친 세계를 두려워했고, 그런 그의 나약함을 감싸주는 사람은 바로 어머니였던 것이다. 어려서부터 그의 도피처는 줄곧 어머니의 품속이었다. 바람직한 방향으로 성장하기 위해선 아버지의 세계를 이해해야 했고, 어머니의 그늘에서 벗어나 다른 방식으로 어머니를 사랑해야 했다. 그러나 그는 그 안락한 세계에 안주하고 만다. 결국 어머니가 세상을 떠나서야, 그는 그 깊은 그늘에서 벗어나야 함을 깨닫는다.

폴이 영향을 받은 세 여인의 세계 역시 대립과 충돌의 연속이다. 어머니를 향한 사랑과 연인을 향한 사랑은 분명 다르다. 대개 사람들은 어머니나 아버지를 향한 복합적인 애정을 갖고 있다. 이 사랑은 유년기를 거쳐 성장기에 이르면서 여러 가지 형태로 분화해 간다. 그러나 폴의 사랑은 분화하지 못한다. 그에게 어머니는 어머니인 동시에 연인이기에 오히려 연인과의 사랑이 극단으로 치달을 수밖에 없다. 미리엄과의 사랑은 추상적이고, 클라라와의 사랑에는 정신적 교감이 부족하다.

베스트우드와 윌리 농장, 그리고 노팅엄셔를 오락가락하는 폴의 방황은 결국 어머니의 죽음과 함께 마무리된다. 어머니가 죽자, 그는 죽음과도 같은 절망의 나락으로 떨어진다. 자신의 삶을

호주 출신 화가 게리 시어드가 그린 'D. H. 로렌스 연작' 가운데 《입항》(왼쪽)과 《거울》. 호주에 막 도착한 로렌스와 프리다의 경직된 표정이나, 캥거루와 함께 지내는 일상을 재미있게 표현했다. 실제로 로렌스는 1922년에 호주에서 여름을 보내며 《캥거루》라는 작품을 쓰기도 했다.

지탱시켰던, 그리고 파괴시키던 강한 힘이 사라졌기에 그는 삶의 방향을 상실한 채 죽음까지 생각하는 지경에 이르게 된 것이다.

그러나 폴은 죽지 않는다. 지금까지 자신을 에워쌌던 단단한 어둠에 굴복하지도 않는다. 그는 단지 주먹을 꽉 움켜쥔 채 환한 불빛이 타오르는 도시를 향해 뚜벅뚜벅 걸어갈 뿐이다. 이는 빗나간 모성과의 작별을 의미하는 동시에 비로소 성장하기 시작한 폴의 내일을 상징한다. 이보다 아름답고 눈부신 성장의 문턱이 또 있을까!

삶은 날실과 씨실이 함께 이루는 조화

영혼과 육체는 분리된 것이 아니다. 이성과 감성이라는 정신 작용 역시 마찬가지이다. 그러나 우리는 이것들을 별개의 것으로 인식한 채 대립된 평행선상에 놓곤 한다. 이러한 이분법적 논리는 결국 혼란과 고통만 야기할 뿐이다.

폴이 겪은 성장기의 고뇌는 바로 철저하게 분리된 두 세계 사이의 괴리감에서 비롯된다. 아버지의 세계와 어머니의 세계가 서로 조화를 이루지 못해서 빚어진 가정의 불화는 결국 폴의 진정한 성장을 가로막는다. 분리되지 말아야 할 세계가 분리되고, 정작 분리되어야 할 세계가 분리되지 못하는 모순을 낳은 셈이다. 어머니에게서 벗어나야 할 자식이 어머니의 품속으로 도망을 치고, 어머니를 향한 사랑과 연인을 향한 사랑이 분리되지 못한 채 일그러진 사랑이 되도록 만든

로렌스의 어린 시절 모습. 그는 《아들과 연인》의 폴처럼 섬세하고 여린 성격의 소년이었다.

것이다.

어머니의 사랑은 인간이 성장하는 데 중요한 자양분이다. 그러나 어머니의 뱃속에서 나올 때 탯줄을 끊어야 하고, 때가 되면 어머니의 젖을 끊어야 하듯이 언젠가는 어머니의 그늘에서 완전하게 벗어나야 한다.

날실과 씨실이 교차하면서 하나의 직물이 만들어지듯, 대립되는 것처럼 보이는 것들이 조화를 이뤄야만 온전한 삶이 완성된다. 남성과 여성이, 이성과 감정이, 영혼과 육체가, 도덕과 본능이…….

불꽃처럼 타오른 로렌스의 삶과 사랑

데이비드 허버트 로렌스는 1885년 9월 11일 영국 중부 노팅엄셔 주의 이스트우드에서 태어났다. 광부인 아버지와 교사 출신의 어머니 사이에서 자랐으며, 작품 속에 등장하는 '보텀스'와 같은 어느 탄광촌의 사택에서 생활했다.

그가 태어나고 자란 이스트우드는 푸른 들판 속에 자리 잡은 탄광 마을로, 주변의 자연 경관이 매우 아름다웠다. 하지만 그 속에서 살아가는 광부들의 삶은 몹시 어둡고 칙칙했다.

부모님의 잦은 불화로 그의 유년 시절은 행복하지 못했다. 전직 교사였던 어머니 리디어 비어졸은 청교도적 가치관을 지닌 교양 있는 여인이었다. 그러나 한 차례의 실연을 겪은 뒤 침체된 상태에서 아서 로렌스를 만났다. 광부라는 직업에 대해 현실적인 감각이 없었던 그녀는 그의 잘생긴 외모와 호탕한 성격에 반해 결혼을 결정했다. 결혼한 지 얼마 되지 않아 두 사람은 성격

멕시코 차팔라 호수 위의 로렌스

차이와 문화적 차이를 극심하게 느꼈고, 결국 사이가 멀어지고 말았다.

어머니는 남편과의 거리감 속에서 아이들에게 모든 애정을 쏟았고, 좀 더 나은 직업과 신분을 갖게 하려고 애썼다. 반면 아버지는 점차 가정에서 소외받는 신세가 되어 갔다.

이러한 로렌스의 어린 시절은 《아들과 연인》에서 폴의 모습과 신기할 만큼 일치하는 부분이 많다. 다른 인물들도 마찬가지다. 이름만 다를 뿐, 그의 유년 시절을 그대로 옮긴 듯 현실의 모습과 비슷하다.

로렌스는 열두 살에 노팅엄 고등학교로 진학했다. 그곳에서 하층 계급인 광부의 아들로서 중산층 아이들과 어울릴 수 없는 자신의 처지를 절감하게 되었고, 고등학교를 마치자마자 의료 기구 제조 공장에 취직을 했다.

그즈음 런던에서 생활하던 셋째 형 어니스트가 단독에 걸려 세상을 떠났고, 아들의 죽음으로 인해 어머니는 실의에 빠져 살았다. 그때 로렌스가 폐렴으로 앓아눕자, 어머니는 아들을 정성스레 간호하면서 다시금 삶에 애착을 갖게 되었다.

로렌스는 열여섯 살 때 어머니의 친구인 체임버즈 부인의 초청을 받아 한 농장을 방문했는데, 그곳에서 오랜 친구이며 훗날 연인 사이로 발전한 제시 체임버즈를 만났다.

한편 그는 런던 대학교 입학 시험에 합격했지만, 경제적인 이유로 진학을 포기했다. 그리고 몇 년 뒤, 노팅엄 대학 2년제 사범과에 들어갔다. 그때 그의 나이 스물두 살이었다. 로렌스는 그 시

로렌스가 사랑한 여인들

로렌스는 본인 스스로도 밝혔듯이, 평소에 남자들보다 여자들과 더 잘 어울렸다. 그래서일까? 그의 삶과 문학을 이야기할 때면, 늘 그에게 영향을 끼친 여인들이 함께 거론되곤 한다. 로렌스와 가깝게 지낸 여인들은 그의 작품에 조언을 아끼지 않았으며, 기꺼이 소설 속 인물의 모델이 되기도 했다.

로렌스에게 가장 오랫동안 영향을 끼친 여인은 바로 어머니이다. 그는 어머니의 모습을 《아들과 연인》에 등장하는 모렐 부인 안에 고스란히 담아 냈는데, 실제로 그녀는 모렐 부인과 거의 비슷한 삶을 살았다고 한다. 친구에게 보낸 편지에서 "우리는 마치 남편과 아내처럼 사랑했다." 라고 고백할 만큼 그의 삶에 있어 어머니는 절대적인 존재였다.

미리엄의 실제 모델이기도 한 제시 체임버즈도 빼놓을 수 없는 로렌스의 여인이다. 제시는 다방면에서 예술적인 재능을 보인 여성으로, 로렌스와 10년 동안이나 정신적인 교감을 나누었다. 제시는 로렌스가 《아들과 연인》의 원고를 읽어 보라고 주었을 때, 자신이 미리엄이라는 인물로 왜곡되어 나타난 것에 크게 실망했다고. 평생 독신으로 살았으며, 세상을 떠날 때까지 로렌스와의 추억을 가슴 깊이 간직했다고 한다.

로렌스의 삶 전반에 걸쳐 지대한 영향을 준 여인은 아내인 프리다였다. 어머니의 죽음을 겪은 뒤 방황하던 로렌스는 프리다를 만나면서 삶의 전환점을 맞았다. 로렌스는 일자리를 부탁하기 위해 스승인 위클리 교수의 집을 방문했고, 그곳에서 스승의 부인인 프리다를 처음 보았다. 열정적인 성격의 소유자인 프리다는 이후 로렌스의 창작열에 불을 지폈다. 《채털리 부인의 사랑》의 코니를 비롯해 그가 쓴 작품의 여주인공들에겐 프리다의 모습이 조금씩 녹아 있다.

로렌스의 첫사랑 제시 체임버즈

로렌스(오른쪽)와 프리다의 결혼식 모습

행복한 한때를 보내고 있는 로렌스와 프리다. 프리다는 로렌스와의 사랑을 위해 남편과 세 아이를 두고 영국 해협을 건너 독일로 떠났다.

절에 첫 장편 소설인《흰 공작》을 집필했다. 1908년에는 데이비슨 로드 학교에서 교사 생활을 시작했으며, 1910년에《아들과 연인》을 쓰기 시작했다. 오랫동안 사귀던 제시와 결별하고, 루이 버로우즈라는 대학 동창과 약혼을 하기도 했다. 이와 같은 행동은 어머니를 향한 사랑과 다른 여성을 향한 사랑 사이에서 혼란을 느꼈기 때문인 듯하다.

이듬해 어머니가 세상을 떠나자, 그 역시 오랫동안 몸져누웠다. 그는 루이 버로우즈와 파혼하고, 프리다 위클리라는 여성을 만나게 된다. 프리다는 독일 출신의 여성으로, 당시 로렌스를 가르치던 교수의 부인이었다. 그들은 독일, 이탈리아 등으로 사랑의 도피를 감행했고, 1914년 프리다의 이혼이 성립되어 정식 부부가 되었다.

두 사람의 사랑이 순탄치는 않았다. 결혼을 하자마자 제1차 세계 대전이 터졌으며, 신작《무지개》라는 소설이 음란 서적으로 낙인 찍혀 출판 금지 처분을 받았다. 또 독일인 부인과 산다는 이유로 독일 스파이 혐의를 받기도 했다. 전쟁이 끝날 때까지 영국에 머물며 고통스러운 나날을 보냈던 로렌스 부부는 그 뒤 대부분의 시간을 외국에서 살았다.

이탈리아에 머물면서《잃어버린 소녀》,《아론의 지팡이》를 썼고, 호주에서는《캥거루》라는 정치 소설을 썼다. 미국과 멕시코 등지에서는《공주》,《말 타고 가 버린 여자》,《깃털 달린 뱀》등의 작품을 썼다.

1925년 멕시코에서 지내던 그는 폐병이라는 진단을 받았다. 그 뒤 이탈리

워싱턴 셰익스피어 극단의 《채털리 부인의 사랑》. 등장인물들의 감정을 섬세하면서도 감각적으로 표현했다는 호평을 받았다.

아로 건너가 몇 편의 중편과 여행기들을 썼으며, 1927년에는 투병 중에 《채털리 부인의 사랑》을 집필했다.

1930년 담당 의사의 권유에 따라 프랑스 프로방스에 있는 결핵 환자 요양원에 들어갔다가 더욱 건강이 악화되어 근처의 한 빌라로 옮겨졌다. 그리고 그해 3월 2일 세상을 떠났다.

1935년 프리다는 로렌스의 유언에 따라 유해를 화장하여 미국 뉴멕시코 주의 타오스에 안치했다.

미국 뉴멕시코 주 타오스에 자리한 로렌스의 묘

작품의 마지막 부분에서 빛을 향해 나간 폴은 그 후 어떻게 되었을까? 로렌스의 삶과 작품이 그 대답을 대신해 줄 수 있을 것 같다. 그는 인생의 후반부에 《채털리 부인의 사랑》이란 작품을 썼다. 귀족의 부인인 코니는 산지기이며 광부의 아들인 멜러즈와 육체적 결합을 통해 정신적 사랑에 이르는 인물이다. 한때 이분법적으로 그를 지배했던 육체와 정신은 그 작품에서 완벽한 화합을 보여 준다. 두려움의 대상이었던 광부의 아버지, 그를 괴롭혔던 하층 계급이라는 신분의 벽이 코니라는 인물을 통해 극복된 것이었다.

푸 른 숲
징 검 다 리
클 래 식
0 1 2

아들과 연인

첫판 1쇄 펴낸날 2007년 7월 31일
　　　8쇄 펴낸날 2021년 11월 10일

지은이 데이비드 허버트 로렌스　**옮긴이** 공경희
발행인 김혜경　**편집인** 김수진
주니어 본부장 박창희
편집 길유진 진원지 강정윤
디자인 전윤정 정진희
마케팅 이상민 강이서
경영지원국 안정숙
회계 임옥희 양여진 김주연

펴낸곳 (주)도서출판 푸른숲
출판등록 2003년 12월 17일 제2003-000032호
주소 경기도 파주시 심학산로 10, 우편번호 10881
전화 031) 955-9010　**팩스** 031) 955-9009
홈페이지 www.prunsoop.co.kr　**이메일** psoopjr@prunsoop.co.kr

ⓒ 푸른숲주니어, 2007
ISBN 978-89-7184-730-5　44840
　　　978-89-7184-464-9　(세트)

* 잘못된 책은 구입하신 서점에서 바꾸어 드립니다.
* 본서의 반품 기한은 2026년 11월 30일까지입니다.